Les feux de la passion

DENISE LYNN

Les feux de la passion

LES HISTORIQUES

éditions Harlequin

Titre original : COMMANDED TO HIS BED

Traduction française de JACQUES CEZANNE

Photos de couverture
Sceau : © ROYALTY FREE / FOTOLIA
Couple : © F. ACCORNERO / T. SCHLUCK

83/85 boulevard Vincent-Auriol 75646 PARIS CEDEX 13.
Service Lectrices — Tél. : 01 45 82 47 47
www.harlequin.fr

ISBN 978-2-2808-1889-6 —ISSN 1159-5981

Prologue

Palais royal, 1169

La mort envahissait peu à peu l'espace confiné de la chambre. Inexorablement, elle glissait vers le grand lit surmonté d'un large dais qui trônait au centre de la pièce. Comme une volute de fumée montant d'un encensoir incandescent, elle se balançait dans le courant d'air léger, enveloppant lentement mais sûrement toute la pièce de son souffle amer et glacé.

Un souffle qui gelait le sang de Hugh de Ryebourne, l'esclave favori de Sidatha.

— Oublie ta colère et ton chagrin, mon fils. Laisse-moi les emporter dans la tombe et permets à ton désir de vengeance de mourir avec moi. Pardonne et oublie.

Hugh s'agenouilla à côté de son maître, les doigts serrés sur les documents qui lui donnaient sa liberté, ainsi qu'à ses trois compagnons de captivité.

— Je ne le puis, père, répondit-il. C'est impossible. Ils m'ont trop pris pour que je pardonne.

Oui, on lui avait tout pris, en effet, la nuit même de ses noces. On l'avait privé du plaisir de découvrir le corps de sa femme d'abord, de sa liberté ensuite, et, par-dessus tout, de son héritage, de son avenir, de tout ce qui faisait sa vie même, avant de l'affamer et de le torturer atrocement. Son innocence, ses rêves, il n'en restait plus rien, plus rien du tout. Et tout cela à cause du mensonge d'une fille vaniteuse.

— Mon fils…

Hugh tressaillit quand Sidatha plaça sa main frêle et ridée sur son cœur.

— Souviens-toi de tout ce que tu as appris ici.

— Je vous le promets, père, répondit l'Anglais sans cacher les larmes qui coulaient sur ses joues, en hochant la tête et en prenant dans sa main celle du vieillard.

— Tu seras toujours le bienvenu ici quand je ne serai plus.

Hugh n'objecta pas mais il savait que rien n'était moins sûr. Le fils de Zirta, l'une des nouvelles concubines de Sidatha, le haïssait. Aussi Hugh avait-il intérêt, pour sa propre sécurité, à quitter le palais avant que le pouvoir n'y change de mains. Pour autant, il ne voulait pas faire peser ce fardeau sur les derniers instants de Sidatha.

— Je le sais, père, mais je dois rentrer chez moi, se contenta-t-il de répondre.

Il aurait été facile de demeurer ici et de continuer à vivre la vie à laquelle il était habitué désormais, n'eût été la présence de ses ennemis. Mais l'Angleterre lui manquait, finalement. Et s'il lui restait un avenir, il fallait d'abord qu'il reprenne le fil du passé qu'on lui avait volé jadis. Certains avaient une dette envers lui qu'il comptait bien leur faire payer de gré ou de force. Au fond, il ne vivait plus que pour cela.

— Chez toi ? Ne t'ai-je pas donné beaucoup plus qu'un pays, mon fils ? Tout ce que j'ai fait pour toi ne compte-t-il plus ?

Hugh regarda l'homme qu'il avait jadis haï avec

passion et qu'il s'était finalement surpris à aimer, malgré les brimades et les vexations que sa situation d'esclave lui avaient imposées.

— Vous savez que ce n'est pas vrai, père. Jamais ma gratitude ne pourra compenser ce que je vous dois.

— N'est-il rien que je puisse dire pour te faire changer d'avis ?

Hugh grimaça de dépit, tiraillé entre son orgueil blessé et son désir de rassurer le vieil homme.

— Non, souffla-t-il enfin en secouant la tête.

— Dans ce cas, promets-moi une dernière chose, mon fils, supplia Sidatha en poussant un profond soupir.

— Tout ce que vous voudrez, père.

— Dans ta quête de la vérité, tâche de ne pas faire de mal aux innocents, l'exhorta le vieil homme d'une voix qui se brisait.

Hugh savait parfaitement qu'il restait peu de temps et que la femme de Sidatha, Halona, attendait au-dehors qu'il quitte le chevet de son époux. L'heure n'était plus aux discussions.

— Je vous le jure, père. Dans tout ce que je ferai votre sagesse me guidera.

— En ce cas, va, mon fils et sois béni, souffla Sidatha avec un vague sourire.

Hugh s'inclina devant le vieil homme, se penchant sur lui pour l'embrasser sur le front.

— Et vous, mon maître, mon père, que le grand voyage vous soit doux.

Il se releva, essuyant rapidement les larmes qui perlaient à ses paupières avant de quitter la pièce, puis s'effaça pour laisser entrer Halona avant de se diriger tout droit vers l'entrée du palais où l'attendaient ses futurs compagnons de voyage.

En silence, les quatre hommes franchirent les remparts, abandonnant du même coup la ville et la civilisation.

Les jours et les nuits à venir s'annonçaient éprouvants : il leur faudrait trouver la force de mener à bien ce long voyage. Quant aux provisions, la nature se chargerait de les leur fournir.

Pour Hugh, la liberté retrouvée avait un goût doux-amer. Néanmoins, la perspective de la vengeance suffisait à lui donner de l'allant et du courage.

1

Cour de la reine Aliénor, Poitiers, mai 1171

Depuis qu'elle s'était installée à la cour de la reine Aliénor, il y avait trois mois de cela, les hommes l'affublaient de nombreux sobriquets, dont le moins déplaisant faisait allusion aux qualités de la glace en hiver. Mais Adrienna de Hallison était habituée désormais à entendre la gent masculine se plaindre de sa froideur.

Pourtant, à cette heure, chacun de ses vêtements semblait s'évaporer sur elle comme une brume matinale sous l'effet du soleil. Elle avait presque l'impression que sa robe venait de glisser le long de son corps, laissant l'air du soir caresser librement sa chair palpitante. Le regard brûlant de l'inconnu la déshabillait pièce par pièce avec une lenteur délibérée qui lui faisait l'effet d'une torture délicieuse.

Adrienna tremblait d'excitation autant que de peur, le cœur battant si fort qu'elle se sentait presque mourir. Elle voulait plus que les regards affolants de cet homme étrange, beaucoup plus. Oui, elle voulait qu'il lui effleure le cou de son souffle brûlant, dépose ses lèvres mâles sur les siennes.

Ses seins, si gonflés de désir qu'ils en étaient douloureux, tendaient follement l'étoffe de son corsage, s'offrant sans vergogne à une caresse qui ne venait pas.

Sous le lin et la soie diaphanes qui cachaient son corps, elle ressentait des picotements à la fois exquis et insoutenables. Le feu et la glace couraient dans ses veines et elle priait le ciel de pouvoir encore longtemps dissimuler le désir qui lui fouaillait le ventre, à défaut d'atténuer la rougeur de ses joues. La chaleur qu'elle sentait monter à son visage la prenait totalement au dépourvu. Aussi fit-elle mine d'examiner, devant elle, la table richement garnie dans l'espoir que l'inconnu ne le remarque pas.

Jusque-là, Adrienna avait toujours pensé que les hommes étaient tous pareils : sans relief, sans intérêt. Qu'ils possèdent des châteaux fortifiés ou des palais luxueux n'avait aucune importance à ses yeux. A la cour d'Aliénor, ils s'étaient tous battus pour obtenir le droit de la faire fondre.

Et tous avaient échoué.

L'intérêt mensonger qu'ils feignaient tous de lui manifester l'exaspérait. Quand ils n'étaient pas tout simplement assommants, elle les trouvait ridicules et pitoyables.

S'ils avaient pu lire dans ses pensées à ce moment précis, tous auraient été plus que surpris. Aucun homme, jamais, ne lui avait fait bouillir le sang de cette manière, ni n'était parvenu à susciter en elle un désir aussi violent. L'incendie qu'elle sentait brûler au creux de son ventre du simple fait de se sentir regardée par un inconnu les aurait laissés pantois.

L'étranger avait l'air sombre et dangereux, vêtu d'une tenue taillée dans un bleu si foncé qu'on l'aurait dit presque noir, et qui attirait l'œil bien plus sûrement que les atours prétentieux et outrageusement colorés des paons qui se pavanaient à la cour.

Ces derniers avaient toutefois eu raison de la juger froide, car son corps, tout autant que son cœur, était bel et bien figé dans la glace depuis ce qui lui semblait une éternité.

Jusqu'à présent…

L'étranger lui lança un regard perçant qui la ramena d'un coup à la réalité. Il la déshabillait toujours du regard, si effrontément qu'elle avait l'impression d'être déjà toute nue.

Le souffle court, elle brûlait de sentir ses mains sur sa peau. Contre toute raison, toute décence, elle se demandait si ses doigts seraient rugueux et ses caresses aussi brûlantes que les flammes qui luisaient dans ses yeux.

Elle détacha son regard du visage de l'inconnu pour regarder les tapisseries précieuses tendues sur les murs. L'intérêt que lui portait cet homme risquait fort de battre en brèche la réputation qu'elle s'ingéniait à se construire depuis des mois. Il la dépouillerait du manteau de dignité et de pudeur dont elle s'enveloppait depuis si longtemps en une tentative désespérée de protéger son cœur meurtri.

Non, il fallait qu'elle tienne bon face à la tentation. Jamais, elle ne devait laisser un homme, et surtout pas un étranger, briser ses défenses. Car elle avait aimé jadis, et l'homme qu'elle aimait l'avait abandonnée encore vierge dans le château de son père.

Plus jamais elle ne croirait aux promesses mensongères d'un homme. Plus jamais. La prochaine fois, ce serait elle qui choisirait. Son avenir ne dépendrait que d'elle seule.

— Adrienna.

Ce simple mot l'arracha à ses pensées, ce qui constituait une diversion bienvenue. Elle se pencha vers sa voisine de table.

Elise de Fairway hocha la tête en direction de l'étranger.

— A votre avis, qui est cet homme ? s'enquit-elle. Je ne l'ai encore jamais vu à la cour.

— Qui cela ? demanda Adrienna en jetant un regard plein d'indifférence feinte à travers la pièce. Il y a tellement d'inconnus ici ce soir.

— Celui qui vous regarde comme s'il avait envie de vous croquer toute crue pour son dîner, répondit Elise en baissant la voix.

Décidément elle ne pouvait pas cacher grand-chose à son amie. Elles se connaissaient depuis leur arrivée commune à la cour. Veuves toutes les deux et plus vraiment toutes jeunes, ne possédant rien d'autre à offrir à un homme que le pouvoir qui s'attache à la possession de terres et de serfs, elles s'étaient découvert bien des points communs. Elles ne se trouvaient à la cour que parce que le roi — ou la reine — escomptait qu'elles y trouvent un mari.

Et pas n'importe lequel : il leur fallait en effet choisir un époux susceptible de répondre aux ambitions de leurs pères, perspective qui n'enchantait pas plus l'une que l'autre.

Confrontée à l'alternative que lui offrait son père, se marier ou quitter le château pour vivre par ses propres moyens, Adrienna avait choisi le mariage sans hésiter — d'où la position qu'on lui avait trouvée à la cour. Elle savait bien que nulle femme ne pouvait vivre seule à cette époque, et que quitter le château paternel reviendrait en quelque sorte à… mourir.

Adrienna ne se sentait pas prête à mourir. Mais elle était encore moins disposée à devenir la propriété d'un homme, si riche soit-il.

— Ah, celui-là. Espérons qu'il trouvera quelqu'un d'autre pour jouer les galants ce soir, répondit-elle en parcourant des yeux les dîneurs assis à la table haute. Allons, inutile de nous inquiéter : Sarah semble l'avoir déjà repéré.

Le gloussement inconvenant avec lequel Elise accueillit cette saillie attira l'attention de plusieurs des convives attablés pour le festin. La jeune femme dissimula son impair en toussotant d'un air douloureux.

— Le pauvre homme ! Voulez-vous que nous priions pour lui ?

Adrienna se retint avec peine de ne pas imiter son amie en gloussant à son tour.

— Ce n'est pas très gentil pour Sarah. Si le ciel nous exauce, sa soirée sera gâchée, souffla-t-elle en se mordant la lèvre.

— Lady Adrienna ?

L'intéressée sursauta, surprise par l'arrivée inattendue d'un des pages de la reine.

— Oui ? répondit-elle d'un ton qu'elle essaya tant bien que mal de rendre aussi sérieux que possible.

— Sa Majesté requiert votre présence auprès d'elle, annonça le jeune garçon en la toisant de haut, mais d'une voix chevrotante qui trahissait sa jeunesse et son manque d'assurance.

— A votre avis, ma chère, qui donc se trouve déjà auprès d'elle ? demanda Elise, mutine.

Il ne fallait pas réfléchir longtemps pour trouver la réponse à cette question, et Adrienna ne leva les yeux vers la souveraine que pour vérifier son intuition.

L'étranger la fixait en secouant la tête d'un air entendu, presque comme un amant qui aurait à peine quitté son lit.

Seigneur Jésus, se pouvait-il qu'il puisse lire dans ses pensées ? Savait-il à quel point elle le désirait ?

Le cœur battant la chamade, le ventre noué, elle maudit silencieusement la réaction physique que cet homme suscitait en elle. Et pour faire bonne mesure, elle voua silencieusement la reine et l'étranger aux gémonies.

Le page lui offrit son bras, puis :

— Milady, je suis chargé de vous escorter auprès de Sa Majesté, annonça-t-il.

Adrienna posa la main sur le poignet du jeune garçon, lançant à son amie avant de suivre ce dernier :

— Pardonnez-moi, Elise. Je serai de retour bientôt.

L'intéressée regarda de l'autre côté de la pièce d'un air entendu avant de se tourner de nouveau vers Adrienna.

— A votre place, je ne parierais pas là-dessus, car il me semble que vous allez être occupée ailleurs pour le reste de la soirée.

Adrienna voulut ignorer les battements affolés de son cœur. En grinçant des dents, elle adressa un regard furibond à sa commère, ce qui eut pour effet de faire éclater celle-ci de rire.

— Milady…, insista le jeune page d'un ton impatient.

— Allons, je vous prie, répondit-elle en hochant la tête.

Elle se força à traverser la pièce sans fléchir, la tête droite. Cela lui sembla plus difficile qu'elle n'aurait cru, et la distance qui séparait sa table du dais sous lequel dînait la reine, tout au fond de la pièce, lui sembla interminable. Elle avait les genoux qui tremblaient et pouvait à peine respirer.

Qu'avait donc cet homme de si particulier pour qu'elle réagisse de cette façon à sa vue ?

Dieu du ciel, il valait vraiment le coup d'œil. Certains troubadours devaient l'avoir eu à l'esprit en composant leurs chansons. Elle n'avait pas souvenir d'avoir jamais vu un homme aussi grand et fort. La largeur de ses épaules attestait de l'habitude qu'il devait avoir des champs de bataille. Il savait sûrement manier une épée à deux mains comme s'il s'agissait d'une plume, et l'on pouvait parier sans risque qu'il pouvait abattre un ennemi d'un seul coup de son estoc.

Ses yeux brillants comme des diamants sertis au milieu de son visage hâlé par le soleil la perçaient comme s'il lisait en elle jusqu'au plus profond de son âme. Elle avait l'impression de ne rien pouvoir lui cacher.

Sous son regard hypnotique, elle se sentit vaciller sur ses jambes. Une vision étrange traversa sa mémoire, soudain. Connaissait-elle cet homme ? L'avait-elle déjà vu, et, si oui, dans quelles circonstances ?

Elle secoua la tête doucement. Non, ce n'était qu'une illusion, une impression vite dissipée. Le souvenir qui la hantait était celui d'un jeune garçon, et non pas d'un homme confiant et sûr de soi comme celui qui la regardait. Quand elle s'agenouilla devant la reine pour faire preuve de son obéissance, Adrienna fut surprise de sentir qu'on lui prenait fermement le bras. D'une main large et quelque peu calleuse, l'étranger l'aidait à se relever.

— Lady Adrienna, puis-je vous présenter le comte de Wynnedom, annonça Aliénor avec un sourire en hochant la tête en direction de l'inconnu. Il a réclamé votre présence à son côté pour lui tenir compagnie au cours de ce repas.

Hugh baissa les yeux sur sa femme, sidéré. Dieu qu'elle avait grandi ! Ses cheveux blonds d'adolescente avaient aujourd'hui des reflets d'or rouge, et sa silhouette jadis un peu trop mince s'était épanouie magnifiquement, au point qu'il en avait des picotements au bout des doigts.

Comme une fleur de lotus fleurissant au milieu des roses, elle se distinguait de toutes les autres femmes de la cour. Non, décidément, son épouse n'était pas devenue une frêle beauté de légende, mais une femme splendide qu'il suffisait de regarder une fois pour se prendre à rêver d'innombrables nuits d'amour pleines de passion et de fougue.

La dernière fois qu'il avait posé les yeux sur elle, elle n'était qu'une enfant, assise sur le lit nuptial dans sa robe de mariée magnifique. Il la revoyait encore, douze ans plus tôt, et ce souvenir suscitait toujours en lui la même curiosité amusée, la même perplexité qu'autrefois.

Bien vite l'image de l'adolescente de jadis se dissipa dans son esprit et, tout aussi rapidement, la colère et la soif de revanche lui remplirent le cœur de nouveau.

Ne laisse pas l'orgueil et la vengeance guider ta vie…

Ces paroles apprises voici bien des années résonnaient encore dans ses oreilles. Au prix d'un terrible effort il fit taire son désir de vengeance.

Pour un moment, du moins.

Un jour, bientôt, Adrienna connaîtrait à son tour le goût atroce de la trahison et les affres du chagrin.

— Lady Adrienna, voulez-vous vous joindre à moi ? lança-t-il.

La jeune femme lui adressa un regard qui manqua de le faire éclater de rire tant il indiquait qu'elle ne le reconnaissait pas. Il ravala un sourire, un peu déçu.

Dans ces conditions, les choses risquaient d'être bien trop faciles à son goût.

En la voyant hésiter, il décida de pimenter un peu la conversation :

— J'espère que vous n'avez ni mari ni amant qui attendent votre retour, milady ?

— Non, intervint la reine. Lady Adrienna est veuve.

Hugh refréna une envie de sourire. Non seulement Adrienna ne le reconnaissait pas, mais il semblait évident que le roi Henry n'avait pas informé son épouse de ce qui se préparait. Tant mieux. Intérieurement, il remercia le roi d'avoir gardé le silence. Il se demandait simplement combien cela allait lui coûter.

Adrienna secoua la tête.

— On peut difficilement dire de moi que je suis veuve, corrigea-t-elle. Mon mariage n'en était pas vraiment un.

A qui la faute, Adrienna ?

Hugh ravala sa question avant qu'elle ne lui vienne aux lèvres, offrant son bras à la jeune femme avec galanterie :

— Ah, milady, vraiment vous fouettez ma curiosité. Voilà des propos fort énigmatiques et qu'il va vous falloir m'expliquer. Peut-être avez-vous là de quoi me divertir tout au long du repas.

Il la conduisit vers l'une des tables discrètes installées sous une alcôve obscure dont l'espace exigu offrait un cadre intime et propice à la conversation ; on pouvait y discuter à l'aise sans craindre d'être dérangé ou entendu. Des torches brûlaient lentement sur les anneaux de métal qui leur servaient de support, projetant une lumière douce.

Adrienna hésita l'espace d'un instant avant de suivre le comte dans la petite pièce. Elle se garda de faire un commentaire, mais prit soin de vérifier que les rideaux restaient ouverts. Ainsi, pendant qu'ils dînaient en conversant dans la pénombre, la grande table qui trônait au milieu de la salle à manger restait dans leur champ de vision.

Et vice versa.

Cela ne gênait nullement Hugh de Wynnedom. Après tout, il n'avait pas l'intention de faire l'amour à sa femme pendant le dîner. Cela pouvait attendre.

Quand elle s'assit, il sentit l'épaule d'Adrienna frôler sa cuisse, et ce simple contact, pour furtif qu'il fût, lui fit l'effet d'une flamme vive sur la peau. Des images lascives surgirent dans son esprit malgré lui : il la voyait à genoux devant lui, totalement nue. Mieux valait se garder de laisser le désir prendre le pas sur sa raison. Il avait peu à y gagner.

— Eh bien, milady, lança-t-il après avoir rempli le gobelet de la jeune femme de vin. Que disiez-vous ?

— Rien de bien intéressant, milord. J'ai été mariée très jeune et mon mari a disparu la nuit même de nos noces.

Disparu ?

C'était une façon bien étrange de décrire les événements de cette nuit-là.

Adrienna leva sa coupe et but une gorgée de vin, et quand elle reposa le hanap d'étain, une gouttelette couleur rubis perlait sur sa lèvre pourpre, qu'elle alla chercher du bout de la langue. Hugh la regarda faire, fasciné. Il ne savait pas exactement s'il aurait préféré être la gouttelette ou bien aller lui-même laper la bouche de la jeune femme.

— Et qu'est-il arrivé à ce pauvre homme ? demanda-t-il après s'être éclairci la voix.

— Lui, un homme ? s'esclaffa-t-elle d'un rire grinçant.

Hugh se souvenait de l'avoir vue s'esbaudir franchement lorsqu'elle conversait avec son amie tout à l'heure, mais son hilarité d'alors n'avait rien de commun avec les rires forcés qu'elle s'imposait à présent.

— Nous étions très jeunes tous les deux, répondit-elle après s'être reprise. D'après ce que je sais, il n'est plus de ce monde.

Cette phrase fut comme un coup de poignard dans la poitrine de Hugh. Combien de fois avait-il souhaité la mort d'Adrienna au début ? Combien de nuits avait-il passées à pleurer jusqu'à tomber de fatigue en pensant à sa femme et en ruminant des idées de suicide ?

— Vraiment ?

— C'est ce qu'on m'a dit.

Adrienna prit une cerise entre ses lèvres d'un air si provocant que Hugh sentit le sang se ruer dans ses veines devant ce geste lascif. Quand il vivait chez Sidatha, il pouvait choisir celle avec qui il passerait la nuit parmi les innombrables courtisanes qui vivaient au palais, et il est vrai qu'il en avait refusé bien peu, certes, mais il savait depuis longtemps refréner ses désirs. Pourquoi diable alors réagissait-t-il devant cette femme comme un adolescent ?

Il se força à penser à autre chose.

— Cela doit dater de bien longtemps. Pourquoi n'avoir pas cherché à vous remarier ?

La jeune femme fronça les sourcils et ses yeux d'émeraude semblèrent perdre leur éclat tout à coup.

— Mon mari a disparu voici bien longtemps, c'est vrai, mais malgré les années qui passaient sans nouvelles de lui, je ne pouvais pas en toute bonne foi demander l'annulation de notre mariage.

Quelle noblesse…

— A votre place, beaucoup de femmes n'auraient pas eu la force de continuer à vivre seules pendant si longtemps.

— Cela ne tenait pas à moi. Mon père ne voulait pas perdre le bénéfice de toutes les terres acquises de par cette union.

En fait, il a détruit ce qu'il m'avait volé, a laissé pourrir la terre et mourir de faim ceux qui la cultivaient…

— Pourquoi a-t-il attendu si longtemps pour vous chercher un nouveau mari ? Qu'est-ce donc qui a changé pour que vous vous trouviez ici à présent ?

Une lueur de colère furtive passa sur le visage de la jeune femme, si fugace que Hugh se demanda s'il s'agissait vraiment d'une émotion ou d'un jeu de lumière sur la pupille de la belle.

— Mon père avait demandé l'aval du roi pour me marier de nouveau, mais pour une raison inconnue de moi, Sa Majesté le lui a refusé obstinément jusqu'à il y a peu.

— J'entends de l'amertume dans votre voix.

Adrienna baissa les yeux vers la table tandis qu'un peu de rouge ombrait ses joues, soudain.

— A ma grande honte, je suis amère en effet, admit-elle en levant vers Hugh des yeux qui scintillaient comme l'herbe des champs couverte de rosée sous la pleine lune. Je vous demande pardon, milord. Je ne voudrais pas gâcher votre dîner.

— Il s'agissait seulement d'une observation, milady, n'allez pas croire que je me plaignais.

— C'est très galant à vous, répondit Adrienna en hochant la tête, mais je n'ai point envie de vous assommer avec des problèmes d'ordre privé.

Hugh regarda la grande salle. Partout autour de lui des hommes et des femmes conversaient tranquillement, et il aurait parié cher que leurs conversations étaient d'une nature bien plus personnelle que celle qu'il menait avec Adrienna.

Quand il se pencha vers elle, un parfum de roses et de lavande frappa ses narines. C'était là une odeur parfaitement caractéristique des Anglaises, si terriblement sage qu'il ne put s'empêcher de se demander quels effluves auraient émané d'elle si, au lieu de sa robe, elle n'avait été vêtue que de sa féminité et de son désir ?

Il s'approcha encore un peu, juste assez pour sentir la chaleur de son corps glisser sur sa propre joue comme une caresse.

— N'est-ce pas justement pourquoi nous sommes ici ?

— Je ne comprends pas ce que vous voulez dire, répliqua-t-elle d'un air étonné, une petite ride se creusant entre ses sourcils.

— Cette cour, cette foule, répondit Hugh en désignant la table haute d'un geste du menton, n'ont-elles pas été rassemblées dans le seul but de faire se rencontrer tous ces gens ?

— Milord, vous ne croyez tout de même pas que

quiconque ici puisse faire la moindre confidence sincère ? La vérité n'est pas de mise ce soir.

— Mais vous, lady Adrienna ? Votre histoire de mari disparu n'est-elle donc qu'une fable que vous venez d'inventer, avec talent, je l'admets ?

La jeune femme se figea, aussi immobile qu'une statue d'ivoire.

— Et dans quel but, je vous prie, aurais-je imaginé une telle histoire ?

— Pour susciter la pitié, la sympathie peut-être ? Je suis sûr qu'il ne manquerait pas de candidats pour offrir de vous consoler de cette perte douloureuse.

— Beaucoup ont essayé…

— Et combien parmi eux ont vu leur entreprise couronnée de succès ?

Adrienna serra le manche de son couteau si fort qu'elle en avait les phalanges toutes blanches. Dès qu'il s'en aperçut, Hugh se dit qu'il était allé trop loin. Elle lui en voulait de cette question, assurément, aussi resta-t-il parfaitement immobile sur son banc, pour permettre à la colère de la jeune femme de s'épanouir.

C'était le but recherché, après tout.

— Je ne demande ni la pitié ni la sympathie de quiconque, répliqua-t-elle d'une voix sifflante. Ma situation actuelle n'a rien d'imaginaire. Mon mari a disparu la nuit de mes noces, et depuis douze ans je n'ai aucune idée de ce qui a bien pu advenir de lui. On ne m'a annoncé la nouvelle de sa mort qu'il y a quelques semaines.

Adrienna s'interrompit un instant pour boire une longue gorgée de vin, après quoi elle reposa son gobelet sur la table d'un geste hésitant.

— Pendant toutes ces années, je suis resté seule, sans

foyer, sans enfant, sans mari. Je ne dois qu'à la bonté de mon père de ne m'être pas flétrie dans un couvent.

Elle le fusillait des yeux désormais, et se força manifestement à sourire avant de continuer :

— Vous en ai-je assez dit pour satisfaire votre curiosité, milord ? lança-t-elle.

Non.

Loin s'en fallait. Mais tudieu, quel tempérament !

Elle risquait d'en avoir besoin dans les journées qui viendraient.

— Vous êtes encore jeune, remarqua Hugh. Assez en tout cas pour avoir des enfants. Vous semblez faite pour ça, et votre beauté…

— Faite pour ça ? Peut-être un peu trop, répliqua la jeune femme. Quant à ma beauté, milord, vous feriez mieux de garder vos compliments pour composer une chanson. Ils ne me touchent nullement, croyez-le bien.

Hugh la dévisagea sans se cacher, amusé par le rouge qui lui venait aux joues devant cette impudence. Amusé et ravi à la fois. Comment pouvait-elle ne pas croire à la sincérité de ses compliments ? Il détourna les yeux un instant vers les autres femmes de l'assistance, puis revint à elle presque aussitôt.

— Lady Adrienna, je ne sais pas à quelle aune vous jugez la beauté, mais je peux vous dire que les gentes dames qui peuplent les chansons des troubadours existent uniquement dans l'imagination de certains hommes quc les vraies femmes effraient. En tout cas, je vous assure qu'aucune de ces créatures de légende ne vous égale.

Certain qu'elle ne partagerait pas ce point de vue, Hugh décida de revenir à son premier sujet :

— Pourquoi êtes-vous demeurée veuve alors qu'apparemment vous aspiriez profondément à vous marier de nouveau ?

Adrienna planta son couteau dans un morceau de viande comme elle aurait repoussé un agresseur une dague à la main.

— Le roi Henry a refusé de m'y autoriser tant que je n'aurai pas passé un certain temps à la cour de son épouse.

— Etes-vous ici depuis longtemps ?

— Presque trois mois.

Hugh cacha avec peine le sourire qui naissait sur ses lèvres. Sa dernière conversation avec Henry remontait un peu plus loin que cela.

Il devait donc au souverain plus qu'il ne pensait.

— Mais vous n'avez trouvé personne pour remplacer votre premier mari ?

A nouveau, Adrienna éclata de rire, mais son hilarité semblait trop sonore pour être vraiment sincère.

— Le remplacer ? A vous entendre, sir, on croirait que j'ai l'intention de trouver un prétendant qui lui ressemble.

— N'est-ce pas le cas ?

— Milord, je ne saurais pas où commencer à chercher. Je n'ai passé en tout et pour tout que quelques heures en compagnie de mon époux, et si par quelque miracle il entrait dans cette pièce à l'instant, je ne pourrais pas le reconnaître.

Evidemment. Personne n'aurait pu, de toute façon. Le jeune homme en question n'existait plus depuis déjà bien longtemps.

Hugh resta silencieux quelques instants, le temps de contenir le chagrin qui prenait en lui le garçon d'autrefois qui n'avait pas eu l'occasion de devenir un mari.

— Ainsi, vous n'avez pas été fiancés longtemps ? s'enquit-il.

La jeune femme secoua la tête :

— Je n'ai pas dit cela. Nous l'étions en fait depuis notre naissance, mais ne nous étions rencontrés que le jour même de notre mariage.

Sans trop savoir pourquoi, il brûlait de lui demander si elle se rappelait avoir trouvé quoi que ce soit d'intéressant dans ce jeune homme, mais il contint sa vanité.

— Alors, lequel de ces messieurs avez-vous trouvé à votre goût ce soir ? demanda-t-il plutôt.

— Aucun, répondit-elle.

Hugh fronça les sourcils, surpris, et s'enquit, un sourire sur les lèvres :

— Je suis pourtant bien certain, milady, qu'il doit s'en trouver un parmi eux qui corresponde à ce que vous cherchez.

— Vous parlez d'hommes, sir, répliqua Adrienna en soupirant, mais je ne vois ici que des paons accoutrés comme des femmes.

Hugh hocha la tête pour signifier qu'il partageait cet avis, mais n'en insista pas moins :

— La perspective d'avoir un château bien protégé, un cellier bien rempli et des serviteurs sous vos ordres n'est-elle pas de nature à compenser ce léger inconvénient ?

La jeune femme répondit d'un ton bien peu féminin, avec une honnêteté et une brutalité que Hugh trouva réjouissantes dans cette cour où tout n'était qu'artifice et mensonges.

— Vous appelez cela un léger inconvénient ? Vraiment milord, nous n'avons pas la même opinion des choses. L'orgueil et la vanité ne sont pas précisément de petits défauts, à mon sens.

— Vos semblables, milady, ne me semblent pas être d'accord avec vous sur ce point.

Elle jeta un coup d'œil en direction des femmes de l'assistance puis dit , en haussant les épaules d'un air moqueur :

— Il vaut mieux passer une soirée en compagnie d'un paon plutôt que toute seule, sir. Cela ne signifie pas pour autant néanmoins que chaque femme ait envie d'être enchaînée au même homme pour tous les dîners à venir de son existence.

Enchaînée ? Comme un esclave à son maître ?

Hugh préféra ne pas expliquer à la jeune femme ce qu'il savait exactement de l'esclavage et se contenta donc de hocher la tête comme s'il venait d'apprendre une chose qu'il ignorait.

— Je vois..., laissa-t-il tomber. En réalité, si je vous comprends bien, elles ne font que se jouer des sentiments de leur cavalier d'un soir ?

— Ce n'est pas ce que j'ai dit.

Il ouvrit des yeux tout ronds, feignant la surprise et la perplexité.

— Mais alors, qu'avez-vous dit, lady Adrienna ?

L'intéressée pinça les lèvres en fronçant les sourcils.

— Est-il impossible à une femme de passer une bonne soirée en compagnie d'un homme sans qu'elle doive ensuite promettre à celui-ci de lui consacrer toutes celles qui lui restent à vivre ?

La rancœur qu'il décelait dans le ton de cette phrase étonna Hugh, aussi se pencha-t-il vers Adrienna en baissant la voix :

— Et pourquoi donc, milady, faut-il toujours

que les femmes murmurent comme si le souffle leur manquait ?

Le coup avait porté, à l'évidence, car il la vit tressaillir et rentrer les épaules presque imperceptiblement.

Il n'en avait pas terminé, et d'ailleurs personne n'aurait été en mesure de le faire taire. Tout le monde se moquait bien de ce qu'il disait à sa voisine de table. Chacun semblait bien trop occupé à mener ses propres affaires.

Hugh saisit la main d'Adrienna et la porta à hauteur de ses lèvres.

Elle essaya de se dégager de son étreinte, mais il ignora superbement cette résistance sans conviction.

Quand leurs regards se croisèrent, il la regarda longuement au fond des yeux avant de se pencher sur sa main pour y poser un baiser.

Adrienna sursauta mais n'essaya plus de se dégager. Elle tremblait, il le sentait.

Avec le bout de sa langue, il traça une ligne brûlante qui remontait vers le poignet.

Elle se raidit sous cette caresse inattendue, mais ne prononça pas un mot pour la faire cesser.

Hugh repoussa doucement du bout du pouce le bord de la manche, découvrant une petite portion de chair blanche, en suivant le recul du tissu avec sa bouche. Elle sentit son pouls s'accélérer follement sous ce baiser.

Jusqu'où lui permettrait-elle d'aller avant que la colère ne prenne le pas sur la surprise ?

Il fit un geste pour s'approcher, plaquant fermement sa cuisse contre celle de la jeune femme.

Sa lourde robe gênait ses mouvements, l'empêchant de se dégager, de se soustraire à ce contact.

Hugh relâcha la main qu'il tenait entre ses doigts et se pencha plus près, son souffle brûlant caressant le cou d'Adrienna. Il sentait la chaleur qui émanait du corps de la jeune femme et, au-delà de son parfum suave, l'odeur musquée du désir.

De la sentir trembler ainsi faisait monter en lui une impatience qu'il avait du mal à contenir. Ce qui avait débuté sous la forme d'un combat entre deux volontés semblait se transformer rapidement en une joute passionnée. Il n'y avait plus que la largeur d'un cheveu désormais entre ses lèvres et la peau blanche et soyeuse d'Adrienna.

— Et pourquoi, milady, ces courtisans doivent-ils se tenir tout près les uns des autres pour se toucher ?

Elle sentait son cœur s'affoler, sa chair s'enflammer.

— C'est qu'ils sont exposés à tous les regards, mais ils ne font rien de mal, répondit-elle d'une voix tremblante, la gorge nouée. La cour est un endroit où s'exercent les lois de la chevalerie, et ils savent qu'ils y sont à l'abri.

Quand Hugh posa la main sur la cuisse de la jeune femme, il la sentit frémir sous ses doigts, parfaitement conscient que les vêtements qu'elle portait l'empêchaient de réagir trop violemment pour le repousser, sous peine d'attirer l'attention sur elle.

— Et vous, lady Adrienna, partagez-vous ce sentiment de sécurité ?

Elle tremblait à présent, visiblement, et s'écarta de lui, le visage si pâle qu'on aurait cru que tout le sang venait de s'en retirer.

— Pourquoi faites-vous cela, milord ?

Hugh sourit. Il était temps de mettre fin à ce jeu cruel, aussi leva-t-il la main pour aller caresser du bout du doigt le visage de la jeune femme. Comme on pouvait s'y attendre, elle eut un geste de recul encore une fois, mais ce fut le moment qu'il choisit pour la prendre par la nuque et la forcer à se rapprocher de nouveau. Cette fois-ci, elle ne lui échapperait pas. Elle lui appartenait, qu'elle le veuille ou non.

Elle le regarda fixement, incrédule, les yeux ronds, la bouche ouverte sur une question affolée et sans réponse.

Dieu qu'il aurait aimé prendre ses lèvres, et l'allonger là sur le sol pour se repaître d'elle tout entière.

Avec un art consommé, il retenait le désir brûlant qui lui fouaillait les reins. Il voulait cette femme et il l'aurait, mais pas par la force, ni par la peur. Il voulait une reddition totale, une soumission absolue. Et pour que tout se passe selon ses plans, il devait éviter à tout prix de l'effrayer.

Il relâcha son étreinte d'un coup en lui caressant la nuque, un grand sourire sur les lèvres.

— Parce que vous, vous êtes ma femme, ma chérie, et que cela fait bien longtemps, douze ans pour être précis, que je rêve de le faire.

2

Ma chérie...

L'attachement enfantin de jadis remontait à la surface depuis le plus profond de sa mémoire. Le souffle coupé, Adrienna sentit son sang se figer dans ses veines. Tout autour d'elle, les convives, les serviteurs, s'évanouirent en une sorte de nuage cotonneux. Le soleil et la lune cessèrent leur course dans le ciel.

Ma chérie...

Jadis, ce simple mot la mettait en colère. Elle y voyait une allusion directe à son jeune âge, à cause de l'espèce de condescendance qu'il impliquait, alors qu'elle voulait, plus que tout, être considérée comme une femme dans tous les sens du terme.

Vous êtes ma femme...

Elle ferma les yeux pour chasser les souvenirs qui l'assaillaient et qu'elle croyait depuis longtemps morts et enterrés. Intérieurement, elle lançait au ciel des imprécations que pour rien au monde elle n'aurait proférées en public, et un millier de questions lui venaient à l'esprit en même temps. Des questions dont elle ne voulait pas connaître les réponses.

Se pouvait-il que l'informateur de son père se soit trompé ? S'agissait-il d'un imposteur ou bien réellement de son mari supposé mort ? Pourtant, il avait l'air bien vivant, et même plus que ça. La chaleur qui émanait de son corps, le feu qu'il allumait en elle en posant simplement sa main sur sa cuisse ne pouvaient être le fait d'un mort ni même d'un fantôme.

Adrienna scruta son regard bleu saphir, mais n'y détecta rien. Ni colère ni joie. Pas la moindre émotion.

C'était justement cela qui l'effrayait le plus.

L'homme qui prétendait être Hugh ne ressemblait en rien au jeune homme gauche et dégingandé qu'elle avait connu jadis. Celui-ci avait l'air d'un chêne qu'aucune tempête n'aurait pu faire plier. En regardant ses bras musclés et en se remémorant sa démarche souple, tout à l'heure, elle se dit qu'il devait être né avec cette carrure extraordinaire.

Ses réparties rapides, tout autant que l'effet inouï qu'il lui faisait, la convainquaient qu'il ne pouvait s'agir de Hugh. L'image d'un garçon fluet renversant du vin sur sa robe de mariée lui vint à l'esprit dans un éclair.

Elle plissa le front. L'incertitude battait en brèche ses questions avant même qu'elles puissent se former dans son esprit.

A son côté, l'homme prit un gobelet pour y boire une gorgée de vin sombre avant de le lui tendre.

— Cette fois-ci, lança-t-il en la fixant au fond des yeux, je n'en verserai pas une goutte sur votre robe.

Adrienna étouffa un cri. Non seulement Hugh s'était transformé en ce farouche guerrier assis près d'elle, mais il semblait aussi qu'il avait appris à lire dans ses pensées.

Persuadée que le vin calmerait un peu le tumulte de ces instants, elle accepta la coupe qu'il lui tendait et en but le contenu jusqu'à la dernière goutte avant de la reposer sur la table en disant :

— Hugh est mort.

L'homme sourit, découvrant des dents blanches et régulières.

— Vous avez été mal informée, s'esclaffa-t-il d'une voix douce et caressante qui émut profondément la jeune femme, en serrant de nouveau la nuque de celle-ci pour l'attirer vers lui. Je ne me sens pas mort du tout…

De sentir son souffle sur son visage, elle en avait l'esprit embrumé, soudain.

— Qu'en dites-vous, Adrienna ? souffla-t-il en frôlant le menton de la jeune femme du bout des lèvres avant d'ajouter : dirait-on vraiment la caresse d'un mort ?

La tête lui tournait à présent, et malgré la petite voix qui lui criait de se dégager, son corps ne faisait que s'abandonner contre Hugh.

Avec une douceur et une lenteur inouïes, il lui effleura la lèvre inférieure du bout de sa langue, et, à ce contact, elle fut comme frappée par la foudre. Un frisson incroyable la traversa tout entière, la laissant pantelante et folle de désir.

Elle sentit la main posée sur son genou s'aventurer plus haut, brûlante à travers le tissu épais de sa robe. Avec insistance il pétrissait sa chair et caressait sa peau, plus haut, toujours plus haut…

Elle ouvrit la bouche, cherchant l'air qui lui manquait. L'envie irrésistible de s'ouvrir à lui pour l'inviter à une caresse plus intime manqua de submerger irrésistiblement la part d'elle-même qui résistait encore.

— Adrienna, je sens très bien que vous avez envie de moi aussi fort que moi de vous.

Elle se raidit, comme si cette affirmation venait de

briser net le filet qu'il avait mis si longtemps à tisser autour d'elle, et avec quel talent. Affolée par les sensations qu'elle éprouvait à son contact et irritée de l'assurance dont il faisait preuve, elle le gifla subitement avant même que la raison puisse arrêter son bras.

Un grand silence se fit autour de la table haute. Tous les yeux se tournèrent vers eux. Elle avait déjà honte de son geste et fixait la marque rouge de sa main imprimée sur la joue de l'inconnu, horrifiée. Une bouffée de chaleur la saisit, impitoyable.

Hugh la lâcha puis, d'une voix très douce et très calme, affirma.

— Non, assurément, je ne suis pas mort.

Ayant dit cela, il se retourna vers les dîneurs et, levant son verre vide :

— Il semble que milady n'apprécie guère l'audace de mes compliments, déclara-t-il en désignant la jeune femme de la main. Je lui présente mes excuses pour l'avoir offensée.

Un murmure nerveux parcourut la foule des invités. Certains semblèrent déçus que les choses ne s'enveniment pas autant qu'ils l'auraient voulu, ce qui leur aurait offert un beau spectacle. Bientôt, tous reprirent là où ils s'étaient interrompus.

— Milady ? souffla à l'adresse d'Adrienna l'un des écuyers de la reine, qui venait d'apparaître sous l'arche qui menait à leur alcôve. Avez-vous besoin de quelque chose ?

Hugh pressa sa jambe contre celle de la jeune femme, qui étouffa l'appel à l'aide qui lui montait aux lèvres. De toute façon, il semblait douteux que ce garçon soit capable de se mesurer à celui qui se prétendait son mari et elle ne voulait surtout pas attirer une nouvelle fois l'attention sur elle. Cela suffisait.

— Non, répondit-elle après avoir pris une longue inspiration. Je vous remercie. Tout va bien.

Une fois l'écuyer parti, elle se tourna de nouveau vers son compagnon de table.

Son mari !

— Où diable étiez-vous passé ? Pourquoi êtes-vous parti sans rien dire ? Quelle mouche vous a piqué ? demanda-t-elle, comme si les questions qu'elle se posait depuis douze ans lui revenaient aux lèvres d'un seul coup.

Hugh lui posa un doigt sur les lèvres pour la faire taire, pour faire cesser ce flot soudain qui menaçait de le submerger.

— Une vraie dame ne jure pas, Adrienna. Vous devriez le savoir.

Elle savait beaucoup de choses en effet. Et d'abord que le doigt de Hugh sur ses lèvres était brûlant, et que le sang battait dans ses veines avec plus de violence que jamais. Cet homme était dangereux. D'un seul regard, il lui mettait le feu au ventre et réduisait sa volonté en cendres d'une seule caresse.

Pire, elle craignait qu'il s'en soit aperçu.

— Ne me parlez pas de jurer ou non, milord, répliqua-t-elle en essayant en vain de se dégager.

Il lui prit le menton entre ses doigts en la fixant d'un œil dur.

— Je vous parlerai de ce dont j'ai envie, ma chérie.

— Ne m'appelez pas comme cela, protesta-t-elle, si effrayée soudain que tout désir s'évanouit en elle.

Il la dévisagea un instant, le front plissé comme s'il

réfléchissait puis, après avoir jeté un bref coup d'œil vers la grande salle, se retourna vers elle :

— Il faut que nous parlions, milady.

— J'en suis d'accord, milord.

— Dans votre chambre ou la mienne ? s'enquit-il avec un sourire désarmant.

Elle aurait voulu étreindre son cœur entre ses mains pour l'obliger à se calmer, mais au lieu de cela elle parvint à se forcer à répondre en serrant les dents :

— Ni dans l'une ni dans l'autre.

— Vraiment ? répondit Hugh en haussant les épaules. Eh bien, en ce cas, peut-être une promenade dans le jardin fera-t-elle l'affaire ?

— Entendu. Je vous y retrouverai demain matin à l'heure qui vous conviendra.

D'ici là elle aurait le temps de trouver le moyen de calmer ses sens et son cœur.

— Pas question. Vous venez avec moi tout de suite, ordonna-t-il d'un ton sans réplique.

Ainsi, il se permettait de lui donner des ordres ?

Sans même lui laisser le temps de répondre, il se leva et l'entraîna derrière lui.

Adrienna se dégagea de l'étreinte de son tourmenteur.

— J'ai dit demain.

Hugh haussa les sourcils, puis se pencha sur elle pour murmurer :

— Si vous ne me suivez pas de votre plein gré, je viendrai vous chercher et vous porterai sur mon dos hors de cette salle. A vous de choisir.

Déterminée à relever défi, elle se cala résolument sur son banc, agrippant le bord de celui-ci d'un air buté.

— Vous n'oseriez pas faire une telle scène en public.

Il vint se poster derrière elle puis se pencha de nouveau pour lui parler à l'oreille :

— En ce qui vous concerne, je suis prêt à oser bien plus que cela, souffla-t-il en l'obligeant sans difficulté à lâcher la planche de bois ciré avant de lui saisir les poignets.

— Choisissez maintenant.

Adrienna ravala son amertume et se leva en le fusillant du regard. La défaite avait un goût de cendres.

— Vous paierez pour cela un jour, je vous le promets, siffla-t-elle, menaçante.

— C'est déjà fait, milady.

La lune éclairait doucement le chemin qui menait au jardin. Des torches placées aux endroits stratégiques éclairaient de leur lumière douce et pâle les recoins les plus sombres du labyrinthe de buis taillés qui s'étendait au milieu du jardin de la reine.

Hugh regardait la jeune femme marcher devant lui d'un air perplexe. La scène qui s'annonçait risquait de n'avoir rien de romantique. A voir la façon dont elle frappait le sol du pied, elle n'avait pas envie d'être là, mais vraiment pas du tout.

Au début, il avait espéré, en gardant le silence et en lui permettant d'exprimer sa colère de la sorte, qu'elle se calmerait un peu, mais il ne caressait plus cet espoir à présent. De toute façon, il n'était pas d'humeur à marcher ainsi pendant des heures.

— Adrienna, il ne va pas nous être facile de converser

si je dois courir derrière vous et crier pour me faire entendre.

Elle marqua le pas immédiatement et se tourna vers lui. La colère semblait avoir disparu de son visage, mais ses lèvres restaient pincées, ce qui n'était jamais bon signe.

— Parlez, répliqua-t-elle sèchement. Personne ne vous en empêche.

Elle bouillait toujours de colère, en effet. Hugh lui indiqua néanmoins un banc pour l'inviter à s'asseoir.

— Allons, venez vous installer à côté de moi.

— Non, je resterai debout. Je vous remercie.

— Je ne vais pas vous mordre, répliqua-t-il d'un ton excédé.

— Ce n'est pas votre morsure que j'essaye d'éviter, rétorqua-t-elle en plissant les yeux.

Il eut du mal à étouffer un cri de victoire. Ainsi, elle s'irritait de l'effet qu'il lui faisait…

C'était parfait. Le jeu n'en serait que plus intéressant.

— Que voulez-vous, Hugh ?

— Vous, répondit-il, déterminé à ne pas tourner autour du pot.

— Mais moi, je ne vous veux plus.

— Allons donc ! Qui croyez-vous berner, Adrienna ? Moi ou vous-même ?

— Que faites-vous ici ? répondit-elle, ignorant cette question. Où étiez-vous passé ? Et pourquoi vous faites-vous appeler comte de Wynnedom ? C'est Hugh de Ryebourne que j'ai épousé.

Il se laissa aller contre le dossier du banc et tendit ses jambes devant lui tranquillement, prenant son temps pour trouver une position confortable, sans lâcher un instant la jeune femme des yeux. Elle dansait d'un pied sur l'autre, les bras crispés sur sa poitrine.

— Hugh de Ryebourne est mort la nuit de nos noces, répondit-il en commençant par le point qui lui semblait le plus facile. En fait, il n'a jamais existé, ou c'est tout comme.

Elle regardait autour d'elle, partout sauf vers lui, de sorte que dans la clarté pâle de la lune il n'arrivait pas à voir clairement ses yeux. Que cachait-elle ? De quoi avait-elle peur ?

— Comment expliquez-vous ce titre que vous portez ?

— C'est une chose qui s'achète, répondit-il en haussant les épaules, et qui s'octroie facilement par édit royal. J'ai pensé que Wynnedom sonnait bien. N'est-ce pas votre avis ?

— Quelle importance ? Mon avis changerait-il quelque chose ?

— Très honnêtement, non. Vous avez raison.

Comment parvenir à gagner sa confiance ? Et que faudrait-il faire pour la réduire à néant, ensuite ? Il avait tout son temps pour répondre à ces questions.

Rien ne pressait.

— Ne serait-il pas plus facile, insista-t-il en tapotant la place vide sur le banc, de converser l'un à côté de l'autre ? Cette distance qui nous sépare n'est pas propice à la discussion.

Adrienna secoua la tête obstinément, campant sur ses positions en silence.

— Déjà que ce n'est pas exactement l'endroit rêvé pour une discussion privée…

Elle jeta un regard autour d'eux avant de constater l'évidence :

— Il n'y a personne d'autre que nous ici. Cette conversation est aussi privée qu'elle peut l'être.

Cela n'arrangeait pas Wynnedom, car il voulait pouvoir scruter toutes les nuances de ses sentiments sur le visage d'Adrienna, et observer ses yeux de près. On apprenait toujours beaucoup d'un regard qui s'éclairait ou s'assombrissait. Il voulait voir ses lèvres aussi, l'entendre respirer, sentir sa chaleur.

Les paroles étaient indispensables pour communiquer, certes, mais elles pouvaient tout aussi bien n'être qu'un tissu de mensonges. Les émotions, les expressions en revanche lui paraissaient bien plus difficiles à dissimuler et, en outre, il ne pensait pas Adrienna capable de dissimuler ses sentiments ou ses pensées. Il fallait qu'il en ait le cœur net.

Il tenta une manœuvre qu'il espérait voir couronnée de succès pour l'attirer plus près :

— Si vous me rejoignez sur ce banc, je vous promets de ne pas vous toucher.

— Que faites-vous ici ? répéta-t-elle, ignorant une nouvelle fois sa supplique.

— Et pourquoi n'y serais-je pas ? C'est ici que se trouve ma femme.

— Je ne suis pas votre femme, répliqua-t-elle en levant les yeux vers le ciel constellé d'étoiles.

— Ah, ma chérie, le roi m'a confirmé voici peu la validité de notre union. Il n'existe aucune ordonnance d'annulation, et par conséquent vous êtes bien mon épouse légitime.

— Ne vous avisez plus de m'appeler ainsi, s'insurgea-t-elle d'une voix pleine de colère. Je vais demander audience à la reine demain matin au plus tôt.

— Ne vous gênez pas, railla-t-il. Ce n'est pas elle qui

a signé l'édit de notre mariage, et par conséquent elle n'y peut rien faire. Rien du tout.

— Très bien, répliqua la jeune femme d'une voix qui montait d'un ton à chaque mot. En ce cas j'en appellerai au roi lui-même, et à l'Eglise.

— Non, vous ne ferez rien de tout cela.

Il adorait la voir se raidir sous l'emprise de la colère, et voir ses lèvres s'ouvrir pour aspirer à grandes goulées l'air qui lui manquait comme si elle en avait besoin pour alimenter sa colère. Ses émotions étaient comme d'énormes bulles d'air crevant la surface d'un lac. Dieu, quelle passion bouillonnait dans cette femme !

— Et qui m'en empêchera ? Vous ? le défia-t-elle en relevant le menton avec fierté.

— Qui d'autre ? Si vous ne faites ne serait-ce que songer sérieusement à en appeler au roi ou à l'Eglise, je vous assure que je remplirai mon devoir de mari sur l'heure. Il vous sera bien difficile de prétendre que notre mariage n'aura pas été consommé quand vous serez étendue nue sur mon lit.

Adrienna laissa retomber ses bras sur ses flancs en serrant les poings et en faisant un pas vers lui.

— Vous n'oseriez pas me… me prendre de force.

— Il me semble que je n'aurais pas à vous contraindre beaucoup, répondit-il en s'appuyant négligemment sur ses coudes comme un homme parfaitement détendu et sûr de lui.

— Espèce de crapaud arrogant, cria-t-elle, faisant s'enfuir un lapin effrayé d'un buisson tout proche.

— Arrogant ? Si fait, milady je suis simplement honnête avec vous, répondit-il en croisant les jambes.

Combien de temps encore faudrait-il la harceler pour qu'elle se jette sur lui toutes griffes dehors ?

— Allons, Adrienna n'essayez pas de dissimuler le désir que vous avez de moi.

— Le désir ? De vous ? s'exclama-t-elle, incrédule.

Le léger tremblement qui agitait la voix de la jeune femme démentait à l'évidence ces dénégations, et ne fit qu'inciter Hugh à s'enhardir.

— Exactement, ne niez pas. Vous vous êtes presque évanouie dans la grande salle tout à l'heure alors que je vous ai à peine touchée.

La colère noire qui bouillait en elle la poussa à faire un pas de plus vers lui.

— Décidément, votre arrogance ne connaît aucune borne.

— Il n'y a aucune arrogance là-dedans, objecta-t-il. Je sais simplement que, comme toutes les femmes, vous avez des besoins aussi élémentaires qu'impérieux.

Elle le regarda, incrédule, bouche bée, incapable d'en croire ses oreilles.

Devant son silence abasourdi, Hugh poussa son avantage :

— Quelques mots doux, quelques caresses un peu appuyées et vos sens s'enflamment. Un baiser et vous ouvrez les jambes.

Elle se jeta sur lui, mais il l'attendait de pied ferme. Avant qu'elle puisse lui planter ses ongles dans le visage, il lui saisit les poignets et la jeta sur ses genoux puis l'enveloppa de ses bras, fermement malgré sa résistance.

— Ah, voilà qui est mieux. Beaucoup mieux.

Instantanément, elle cessa de se débattre et, en le fusillant du regard :

— Vous avez fait exprès de me provoquer, souffla-t-elle, folle de rage et outrée à la fois.

— Evidemment, répondit-il. Il y a douze ans, vous

aviez déjà le sang vif. Je comptais bien que vous n'ayez pas changé de ce point de vue.

— Je vous hais ! lui lança-t-elle au visage en se raidissant entre ses bras, comme une enfant irascible.

— Je n'en doute pas un instant, admit-il sans se douter qu'avec le temps cette haine atteindrait des sommets inimaginables. Adrienna, je veux simplement vous parler. Est-ce trop demander ?

Ces paroles semblèrent apaiser la jeune femme, qui cessa définitivement de se tortiller en vain.

— Où étiez-vous passé ? Pourquoi êtes-vous parti ? demanda-t-elle une nouvelle fois, d'une voix lasse.

Hugh relâcha son étreinte. Qu'allait-il répondre à cela ? Depuis longtemps, presque chaque jour, il répétait dans sa tête la conversation qu'il voulait avoir avec elle, mais à présent qu'elle se trouvait dans ses bras et que le temps des explications semblait enfin venu, il n'avait plus envie de lui dire la vérité, sans vraiment savoir pourquoi. En tout cas, si des remords de conscience lui venaient tout à coup, il allait falloir qu'il les fasse taire, et vite.

— Eh bien ? insista-t-elle en croisant les bras et en lui lançant un regard impatient.

— Je ne suis pas parti.

Adrienna fronça le sourcil, interloquée.

— Ainsi, votre absence pendant toutes ces années n'a été que le fruit de mon imagination ?

Le clair de lune baignait son visage d'une lumière pâle et la colère ombrait ses joues délicatement. Ses yeux brillaient encore d'une rage qu'elle contenait à peine.

— Eh bien, milord ? insista-t-elle de nouveau en lui donnant un petit coup d'épaule. Répondez-moi.

Il voulait effacer les dernières traces de colère en elle, en regarder la lueur s'évanouir lentement pour laisser la place au feu ravageur de la passion. Il voulait la voir nue entre ses bras quand l'aube se lèverait, blotti en elle si profondément que…

De simplement l'imaginer nue l'arracha aux brumes du désir.

— Hugh…

De l'entendre prononcer son nom de la sorte le rendit plus fou encore. Il la souleva de ses genoux pour l'asseoir à son côté, se forçant par ce geste à reprendre quelque peu le contrôle de lui-même, mais sans la lâcher néanmoins, de peur qu'elle ne s'échappe. Ses cuisses brûlantes pressées contre les siennes lui faisaient perdre la raison.

— Non, Adrienna, votre imagination n'a rien à voir là-dedans, mais je ne suis pas parti de mon plein gré.

Elle pencha la tête et le dévisagea un instant, une petite ride se creusant au milieu de son front.

— Je ne comprends pas…

Hugh se laissa aller de nouveau contre le dossier du banc en fermant les yeux. Il avait su que ce moment arriverait un jour ou l'autre. Pourquoi alors les souvenirs déchiraient-ils son âme ? Il entendait une voix familière murmurer au plus profond de lui : « Fie-toi à la force qui t'habite et laisse la vérité te guider. »

— Vous souvenez-vous de cette nuit, Adrienna ? Vous souvenez-vous de la façon dont vous m'avez hurlé de m'en aller ? Et comment j'ai voulu échapper à votre hystérie en m'enfuyant comme un lapin apeuré ?

— Bien sûr que je m'en souviens, répondit-elle, les joues en feu, en posant la main sur le bras de Hugh. Nous n'étions que deux enfants, alors, ou presque. Des enfants forcés de devenir adultes en l'espace de quelques heures. Ce n'était pas une raison suffisante pour vous enfuir. Ni pour m'abandonner aussi cruellement que vous l'avez fait.

A peine la bouche fermée, elle ouvrit de grands yeux en se mordant la lèvre inférieure. A l'évidence, cette dernière phrase lui avait échappé.

Il posa à son tour sa main sur celle de la jeune femme puis, en lui caressant le poignet du bout du pouce sans même s'en rendre compte, poursuivit :

— Je me suis rendu aux écuries pour y cacher ma honte et trouver un endroit où dormir.

Le souvenir battait à ses tempes, impitoyable. Brusquement, il se leva et se mit à marcher en long devant elle pour échapper à la douleur qui l'assaillait.

— Trois hommes m'ont trouvé là et m'ont enlevé, lâcha-t-il enfin.

Adrienna se leva d'un bond et lui prit le bras en s'écriant :

— Oh ! Hugh, pourquoi n'avez-vous pas crié au secours ? Pourquoi n'avez-vous pas appelé mon père à la rescousse ?

Il leva les yeux sur elle, mais sa terreur ancienne l'aveuglait.

— Je l'ai fait…

— Ne vous a-t-il pas entendu ?

— Oh que si ! C'est lui-même qui m'a poussé un bâillon dans la bouche pour me faire taire.

A ces mots, Adrienna fit deux pas en arrière, le visage déformé par l'incrédulité.

— C'est un mensonge ! Mon père vous aurait sauvé de leurs griffes et vous aurait protégé. Pourquoi dites-vous de telles horreurs ?

— Des mensonges dites-vous ? C'est votre père lui-même qui a essayé de me faire occire.

— Voilà bien la preuve que vous mentez, s'emporta Adrienna. Si mon père avait voulu vous tuer, vous ne seriez pas ici devant moi. Vous déraisonnez, Hugh. Il n'avait aucune raison de désirer votre mort.

— Sauf s'il cherchait à débarrasser sa fille d'un mari dont elle ne voulait pas.

— Comment cela ? insista-t-elle en secouant la tête. Qu'insinuez-vous ? Que je lui ai demandé de vous tuer ? Et pour quelle raison l'aurais-je fait ?

Hugh jura en lui-même contre la pénombre qui l'empêchait de lire les expressions sur le visage de la jeune femme. Ses sourcils froncés marquaient-ils la perplexité ou la surprise ? Comment savoir ?

— Vous étiez la seule personne à connaître la situation de ma famille. Vous seule me saviez ruiné, quand bien même vous m'aviez juré que cela n'avait pas d'importance.

Adrienna baissa la tête et détourna les yeux un instant avant de revenir vers lui.

— Pour moi, cela n'en avait aucune, en effet.

— Vous avez dit à votre père que le mien avait perdu sa fortune, sa position et la faveur du roi, n'est-ce pas ?

— C'est exact, mais…

— Vous saviez, coupa-t-il brutalement, que je ne possédais plus que quelques terres sans valeur et encore une fois vous m'avez assuré que cela ne comptait pas. Vous m'avez convaincu de vous épouser malgré tout.

Elle tendit les mains vers lui comme pour le supplier de la comprendre.

— C'était mon père, et il m'aimait. Je n'étais qu'une enfant et je savais qu'il ferait en sorte que nous ne manquions de rien.

— Ah ! De ce point de vue il a fait ce qu'il fallait

pour ça en cherchant à me tuer, s'exclama Hugh avant d'ajouter, un ton plus bas. Dites-moi Adrienna, avez-vous jamais manqué de quoi que ce soit pendant toutes ces années ?

Il tendit la main vers elle, mais en la voyant reculer encore, laissa retomber son bras.

— Avez-vous jamais eu faim ou si froid que votre chair s'en trouvait gelée ? Avez-vous jamais eu peur de mourir ou cherché le soulagement de la mort ?

Au lieu de répondre, elle tourna les talons et s'enfuit en courant en direction du palais, abandonnant Hugh dans le noir, seul avec ses souvenirs, seul avec la terreur qu'il croyait avoir vaincue des années plus tôt. Et qui revenait à présent avec une force qui menaçait de le mettre à genoux.

Il manqua de retomber comme une masse sur le banc derrière lui, mais se remit sur pied et se prit la tête entre les mains. Que lui arrivait-il ? Pourquoi ne parvenait-il pas garder son sang-froid ? Pourquoi ne parvenait-il pas à trouver assez de force en lui pour contrôler ses émotions ? Se pouvait-il qu'il eût oublié comment on faisait ?

Il se laissa glisser lourdement sur le sol puis tourna son visage vers la lune qui brillait au milieu du ciel rempli d'étoiles et resta immobile un long moment, en prenant soin de vider ses poumons entre chaque inspiration pour essayer de se calmer.

Il ferma les yeux et tenta de chasser toutes les pensées qui encombraient son esprit pour se concentrer sur le néant, seul à même de lui apporter la paix. Au bout de quelques minutes, sa respiration s'apaisa.

Des cloches se mirent à tinter de l'autre côté du palais et un parfum de sauge et de myrrhe vint flatter ses narines tout à coup. Il trouva là de quoi apaiser sa nervosité et reprendre quelques forces.

En réfléchissant à ses difficultés présentes, il réalisa rapidement que le désir indomptable qu'il éprouvait pour Adrienna menaçait gravement l'équilibre auquel il aspirait. Certes, il était absolument résolu à la séduire, mais comment aurait-il pu se douter qu'elle lui ferait autant d'effet ? Il fallait qu'il prenne son temps et marque une pause dans ses assauts. Cela lui permettrait de suivre le plan qu'il s'était fixé.

Soudain, déchirant le silence de la nuit, les cris terrifiés d'une femme l'arrachèrent à sa réflexion. D'un bond, il fut sur pied. Dans la paix de ce jardin, les hurlements épouvantables semblaient parfaitement incongrus, et pourtant il ne rêvait pas.

Adrienna.

Sans réfléchir, il s'élança à toutes jambes.

Au sortir d'un tournant, il s'arrêta brusquement, le souffle coupé. Devant lui, un homme tenait Adrienna par les poignets, un couteau à la main.

Une nouvelle fois les cris de la jeune femme vrillèrent l'air de la nuit. Elle se débattait de toutes ses forces contre son assaillant, mais Hugh voyait bien que ses efforts seraient inutiles. Elle n'avait pas assez de force pour se mesurer à la créature qui la tenait en son pouvoir.

Le visage de l'homme était caché sous une capuche noire et verte. Les yeux fixés sur ces couleurs qu'il ne connaissait que trop, il fit un effort désespéré pour retrouver son souffle malgré la peur atroce qui lui nouait la gorge. Que faisait en ces lieux un des gardes du palais de Sidatha ?

Cela ne pouvait pas être une coïncidence. Ses ravisseurs ne pouvaient pas non plus l'avoir suivi ici sur un coup de tête. Et il ne faisait aucun doute que l'homme ne pouvait être seul. Il y en avait d'autres, forcément.

Le goût métallique de la peur agaçait sa bouche, d'un seul coup, seulement cette fois-ci, il ne craignait pas pour lui-même, mais pour la femme qui se trouvait à la merci de ce barbare. L'horreur montait en lui, hideuse. Adrienna ne se doutait pas de tous les dangers qu'elle courait, le couteau était bien le moindre.

Si ce démon parvenait à ses fins, elle subirait un sort qu'il ne pouvait même pas imaginer, et à côté duquel la mort même semblerait bien douce.

Il avait beau vouloir se venger d'elle, il ne souhaitait pas qu'elle souffre à ce point ni qu'on lui brise l'âme à jamais.

Comptant sur l'effet de surprise, il se rua vers les deux ombres, parfaitement conscient de ce qu'il perdrait son avantage aussitôt qu'il serait repéré. D'un geste vif, il agrippa l'homme par l'épaule et, le forçant à se retourner, lui écrasa le nez du plat de la main puis, lançant l'autre comme la serre d'un aigle, saisit l'agresseur à la gorge et y enfonça ses doigts impitoyablement.

Quand il eut laissé glisser sur le sol le corps sans vie de l'inconnu, il prit Adrienna dans ses bras, toute tremblante de peur.

— Là, là, souffla-t-il. C'est fini.

Elle s'agrippait à lui frénétiquement et enfouit son visage contre sa poitrine.

— Il… Il a surgi de nulle part, balbutia-t-elle. Je ne l'ai même pas entendu arriver.

Son cœur battait si fort que Hugh le sentait cogner contre sa poitrine. D'un geste rassurant, il lui caressa doucement le dos et les cheveux pour chasser la peur qui l'étreignait encore.

— Là, là, Adrienna il ne peut plus vous faire de mal à présent. Calmez-vous.

Quand elle cessa enfin de trembler, elle leva timidement les yeux vers Hugh, puis tourna lentement la tête vers le corps de son agresseur.

— Ne devrions-nous pas appeler la garde avant qu'il ne se réveille ?

— Qu'il se réveille ? répéta Hugh en fronçant le sourcil. Il n'y a plus que Dieu pour accomplir ce miracle. Je doute fort qu'il revienne à lui dans ce monde, Adrienna.

Elle se dégagea d'un geste hésitant, puis s'avança vers le corps sans vie quelle tâta du bout du pied avec circonspection. Quand elle se retourna vers lui, Wynnedom remarqua qu'elle le regardait d'un air qui ne lui disait rien qui vaille.

— Vous l'avez tué ?

— Il n'y avait pas d'autre solution, répondit-il en tendant la main vers elle.

Il disait vrai. Si l'homme était parvenu à s'enfuir, il serait simplement revenu avec du renfort.

— Vous l'avez occis de vos propres mains ? soufflat-elle en reculant, horrifiée, les yeux fixés sur les doigts ensanglantés de Hugh.

— Ce sont les seules armes que j'avais à ma disposition. Il n'est pas dans mes habitudes de porter l'épée dans le palais de la reine.

— Mais vous ne l'avez frappé qu'une seule fois avant de l'étrangler.

— Il était mort après le premier coup, Adrienna.

La jeune femme poussa un petit cri. Pourquoi diable se comportait-elle de façon si étrange ? N'avait-elle jamais assisté à un combat ? N'avait-elle jamais vu un homme mourir ?

Il fit un pas vers elle, mais s'arrêta brusquement quand elle leva la main devant lui comme pour le retenir.

— Non ! Ne m'approchez pas.

Elle jeta encore un coup d'œil sur le cadavre de son agresseur puis fixa Hugh de nouveau, l'air incrédule.

— Qui êtes-vous ?

Wynnedom haussa les épaules, perplexe, puis, ouvrant les bras en un geste d'impuissance.

— Je suis un homme tout simplement. Je n'ai voulu que vous défendre.

— Non ! répliqua-t-elle en secouant la tête. Non. J'ai déjà vu des hommes se battre. Avec celui-ci, il n'y a pas eu l'ombre d'un combat. Vous l'avez tué raide, d'un seul coup du plat de la main.

— C'est exact, répondit Hugh, réalisant soudain ce qu'il avait fait en n'utilisant même pas ses poings. Adrienna ne risquait pas d'avoir jamais vu un homme utiliser une telle technique de combat.

— Vous ne comprenez pas, Adrienna…

— Qui êtes-vous ? demanda-t-elle de nouveau d'une voix angoissée.

Il ne servait à rien d'essayer de la raisonner pour l'instant. De toute façon elle n'entendrait pas ses explications et s'il se risquait à lui expliquer des choses dont elle n'avait aucune idée, cela ne ferait qu'envenimer la situation.

Il éprouvait une vive colère à présent, envers lui-même d'abord et envers cet assaillant qui l'avait forcé à se découvrir ainsi. Il ne pouvait contenir la rage qui lui faisait bouillir le sang.

Sans même réaliser ce qu'il faisait, il attira la jeune femme contre lui en un geste sans réplique, puis, plongeant les yeux au fond de son regard, lui lança en ignorant délibérément la peur viscérale qu'il devinait en elle et qui la faisait se refermer sur elle-même.

— Je suis un homme sans terre, un tueur aguerri, et un amant de la même veine.

L'horreur emplissait à présent les yeux verts de la jeune femme. Frénétiquement, elle se mit à le frapper de ses poings fermés.

— Lâchez-moi. Ne me touchez pas. Lâchez-moi, vous dis-je !

Sa voix vibrante déchirait le cœur de Hugh. Cette peur qu'elle avait de lui, cette peur atroce, lui donnait la nausée. Il la repoussa à bout de bras puis lui releva le menton tout en la tenant toujours fermement pour l'empêcher de s'échapper.

— Je suis ce que votre père a fait de moi, souffla-t-il.

De grosses larmes perlèrent aux paupières d'Adrienna.

— Je vous en supplie, plaida-t-elle d'une voix tremblante. Vous me faites mal. Lâchez-moi.

Hugh relâcha immédiatement son étreinte et la laissa s'éloigner. Aussitôt, elle fit volte-face pour s'enfuir.

— Je suis votre mari, Adrienna !

Elle ne se retourna pas, comme si elle n'avait pas entendu cette phrase. De son côté, il ne chercha même pas à l'arrêter et se contenta de la suivre des yeux tandis qu'elle regagnait le palais dans sa course éperdue.

3

— Oh, ma douce Adrienna, j'aime tant voir le soleil jouer dans vos tresses.

— Richard, veuillez cesser à l'instant, je vous prie, répondit la jeune femme en repoussant doucement la main de l'homme qui lui caressait les cheveux.

En temps normal, Richard Langsford savait la faire rire, mais aujourd'hui son badinage lui faisait grincer les dents.

— Vous me brisez le cœur, mon amour, protesta-t-il en se frappant la poitrine en un geste théâtral.

Il suffisait de voir ses yeux brillants pour comprendre qu'il n'en était rien. Pour blesser un homme tel que lui il fallait user d'une arme acérée. Bien qu'elle le considérât comme un ami, Adrienna avait envie qu'il la laisse en paix à cette heure. De toute façon, il ne lui disait toutes ces choses que par pure fantaisie et n'en pensait pas un mot. Il n'était là, avec elle au bord de l'étang aux canards, que pour la taquiner et faire l'intéressant.

D'un coup, il prit l'air sérieux, fronçant les sourcils avant de demander :

— Que vous arrive-t-il, chère amie ?

— Rien du tout, Richard. Tout va bien, répondit

Adrienna, rassurée de le voir ainsi changer de ton et arrêter provisoirement ses fadaises.

Pour autant, elle n'avait aucun désir, vraiment aucun, de discuter de quoi que ce soit avec lui.

— En ce cas, pourquoi cet air sombre ? Jusqu'à il y a trois jours, jamais je ne vous avais vue aussi sérieuse ni si renfermée.

Adrienna posa son menton sur ses genoux en regardant l'étang parfaitement lisse. Nulle brise n'en perturbait la surface, aucun nuage ne cachait le bleu du ciel. Une belle journée de printemps s'annonçait, propice à la joie et à la gaieté, et pourtant une tempête faisait rage dans son cœur. Des vents furieux soufflaient dans son esprit avec une férocité impitoyable, des vents qui ne lui laissaient aucun abri où se cacher pour échapper à leur violence.

— Si mon humeur maussade vous déplaît, personne ne vous oblige à rester, répliqua-t-elle.

En d'autres temps, elle aurait immédiatement regretté ces paroles blessantes, mais pas aujourd'hui.

— Lady Adrienna, rétorqua Langsford avec un soupir exaspéré.

— Sir Richard, répondit-elle sur le même ton en levant les yeux au ciel.

— Je ne m'en irai pas tant que vous ne m'aurez pas dit ce qui peut vous avoir fait changer à ce point.

— Si vous continuez à me harceler, c'est moi qui m'en irai.

Quand bien même elle aurait voulu se confier à lui, qu'aurait-elle pu lui dire ? Que feu son mari était ici, surgi de nulle part — voire d'outre-tombe ? Qu'elle ne l'avait même pas reconnu en le voyant ? Ou encore que depuis trois nuits elle ne rêvait de personne d'autre que lui ?

Non, surtout pas ! De simplement prononcer ces paroles leur aurait donné encore plus de poids et de réalité.

— Je ne vous importunerai plus, promit Richard en se redressant à côté d'elle.

Il resta un moment silencieux, comme s'il choisissait soigneusement les mots qu'il allait prononcer ensuite :

— Parlons plutôt de l'homme qui vous suit sans cesse, suggéra-t-il.

Adrienna réprima un soupir contrarié. Ce que venait de lui dire Langsford prouvait à l'évidence qu'elle ne se trompait pas : au début, elle s'était rassurée en prétendant qu'il s'agissait simplement d'une impression, et que son imagination lui jouait des tours, mais rien à faire. Ce n'était pas un fantôme qui la suivait partout, non, mais un homme de chair et de sang. A chaque fois qu'elle se retournait, elle le surprenait à l'observer. Chaque matin, quand elle quittait sa chambre, elle trouvait un bouquet devant sa porte.

Un bouquet…

Il aurait pu choisir n'importe quoi d'autre, mais non. Obstinément, il lui apportait des fleurs, les mêmes, précisément, qu'elle se souvenait avoir tressées dans ses cheveux le jour de leurs noces.

Et pourtant, pas une fois depuis cette fameuse nuit dans le jardin, il n'avait essayé de l'approcher. D'un geste rêveur, elle tira de sa chevelure un des œillets qui ornaient celle-ci et en roula la tige entre ses doigts. Un parfum doux et entêtant s'exhala dans l'air frais et, en même temps qu'elle en savourait la délicieuse fragrance, elle se demanda si un homme capable de jeter des fleurs à ses pieds chaque jour pouvait être le même qui avait tué son agresseur avec autant de sang-froid l'autre soir dans le jardin.

Elle se força à reporter son attention sur des questions moins fâcheuses et moins déconcertantes.

— Non, Richard, répondit-elle d'une voix suppliante. Parlons d'autre chose, voulez-vous ?

— Avez-vous entendu parler du corps que les gardes ont trouvé dans le labyrinthe ?

Ce nouveau sujet de conversation ne lui plaisait guère plus. Elle n'avait vraiment pas envie de parler de cela.

D'un geste résolu, elle enserra ses jambes entre ses bras, luttant intérieurement pour repousser les souvenirs qui l'assaillaient.

— Oui, bien sûr. Il faudrait être sourd pour ne pas être informé de la chose. Par pitié, Richard, essayez donc de choisir quelque chose d'un peu plus gai, sans quoi la journée risque d'être sinistre.

Une petite ride de perplexité se creusa sur le front de Langsford l'espace d'un instant fugace, puis :

— Epousez-moi, Adrienna, souffla-t-il. Laissez-moi vous emmener loin de cette cour. Permettez-moi de faire de vous ma femme et de vous rendre heureuse.

Elle n'aurait pas été plus surprise en voyant une tempête de neige s'élever en un instant et recouvrir la campagne d'un manteau blanc.

— D'où vous vient cette idée, Richard ? Qu'est-ce qui tout à coup vous a incité à me parler de mariage ? s'enquit-elle, abasourdie.

— Cela n'a rien de soudain, objecta Langsford. Cela fait un moment que j'y pense.

Elle le dévisagea un instant, émue de tant de candeur. Il avait un regard totalement différent de celui de Hugh. Dans le sien, on lisait une sincérité touchante, tandis que les yeux du second n'offraient aucun indice — vraiment aucun — qui permette de deviner ses pensées.

— Je vous en prie, Adrienna, accordez-moi votre main, plaida Richard en emprisonnant les doigts de la jeune femme entre les siens.

Ce contact la laissait totalement froide. Pour elle, Richard Langsford était un ami, rien de plus. Elle ne pouvait même pas s'imaginer avec lui dans un lit.

Elle dégagea lentement sa main en secouant la tête d'un air navré.

— Non, Richard, je ne puis vous épouser. Nous ne sommes pas faits l'un pour l'autre.

— Vous vous trompez, insista-t-il en se redressant sur les genoux, le visage empreint d'une résolution étonnante, la voix ferme. Nous nous entendons fort bien tous les deux et je ne connais personne qui me soit aussi bien assorti que vous.

— Pourquoi dites-vous cela ? Parce que nous discutons de poésie et de philosophie ? Parce que nos voix se marient bien quand nous chantons ? Parce que vous savez raconter de belles histoires et me faire rire ?

— Personne d'autre que vous ne les trouve amusantes. Personne d'autre ne peut passer des heures à veiller avec moi en discutant des mérites comparés de l'honneur et de la loyauté.

Adrienna considéra son ami un instant, touchée malgré elle par ses paroles. Mais rien de tout cela ne menait nulle part.

— Richard, ce ne sont pas des raisons suffisantes pour décider de se marier, objecta-t-elle.

— Cela prouve en tout cas que nous avons beaucoup en commun.

— Et alors ? Dites-moi je vous prie en quoi cela pourrait être un gage de succès suffisant pour nous inciter à nous promettre de passer ensemble le restant de notre vie ?

— Nous ne sommes pas des étrangers l'un pour l'autre, nous nous connaissons bien. C'est déjà un bon début.

De ce point de vue, il disait vrai. Depuis leur première rencontre, ils avaient fait amplement connaissance et elle pouvait prétendre connaître Richard assez bien finalement. Que savait-elle de Hugh en revanche ? Rien, rien du tout, sinon qu'il avait le pouvoir de lui faire ressentir des choses que son corps et son âme réclamaient depuis longtemps, des choses dont elle rêvait. Des émotions, des frissons qui la faisaient frémir jusqu'au plus profond d'elle-même et la laissaient pantoise chaque fois, les jambes molles, le cœur chaviré. Des émotions et des sentiments dont elle était privée depuis si longtemps.

Trop longtemps.

Elle dévisagea Richard d'un air perplexe. Quelque chose clochait, quand bien même il n'y avait plus la moindre ironie dans ses yeux, la moindre taquinerie dans le ton de sa voix.

— Vous languissez-vous de moi la nuit, Richard ? Rêvez-vous de moi, et de moi seule ? Est-ce moi, rien que moi que vous voulez dans votre lit ? Pour votre vie entière ?

Langsford détourna les yeux, perdant son regard dans le vide un instant.

— Vous avez écouté trop de contes de fées, Adrienna. On vous a raconté trop de jolies histoires de passion et d'amour éternel. Le mariage, ce n'est pas simplement cela.

Il y eut un silence, puis il reprit en se tournant vers elle cette fois-ci :

— Vous savez que j'ai été marié déjà. Et moi, je ne

mens pas si je vous dis que la passion s'étiole un jour ou l'autre, si forte qu'elle soit au début. Entre deux êtres, il faut qu'il y ait plus que des baisers et du désir.

Pour lui peut-être, mais pas pour elle. Elle venait déjà de passer douze ans sans passion. Avant de mourir, elle voulait entendre un homme lui jurer son amour éternel. Gentiment, elle caressa la joue de Richard avant de lui demander d'une voix douce :

— Dites-moi la vérité. Pourquoi faites-vous cela ? Qu'est-ce qui vous a poussé à prononcer ces paroles subitement ?

— Je ne souhaite que votre bonheur, Adrienna. Est-ce trop espérer ?

Du bout des lèvres, il embrassa la paume de la main de la jeune femme, mais à ce contact, celle-ci ne put s'empêcher de penser à Hugh.

— Je suis heureuse, mon ami, répliqua-t-elle, persuadée qu'il lui pardonnerait ce mensonge. Ne vous inquiétez pas pour moi.

— Je ne vous crois pas, et je n'abandonnerai pas. Au bout du compte, vous finirez par comprendre que je suis le meilleur choix qui s'offre à vous.

Il parlait désormais d'un ton qui ne laissa pas de surprendre Adrienna.

— Richard, je vous en prie, ne gâchez pas cette amitié que nous partageons.

Il relâcha la main qu'il serrait entre ses doigts puis, en se penchant vers la jeune femme, lui donna un baiser très chaste sur la joue.

— Vous verrez.

Comment pouvait-elle ne rien éprouver en recevant ce baiser ? Etait-elle anormale ? Que Dieu lui pardonne, mais elle exigeait de la passion, du désir, elle voulait se pâmer sous les caresses d'un homme et vibrer à chacun de ses baisers. Elle brûlait de sentir une peau mâle contre la sienne, un corps viril sur le sien. Elle voulait l'amour aussi, en plus de la passion. Elle voulait s'entendre promettre un amour sans faille sous le ciel étoilé.

Avec un soulagement muet, elle regarda Richard se lever puis s'éloigner en silence. Avant de disparaître, il se retourna encore une fois vers elle, mais elle se refusa absolument à le rappeler et, quand il fut parti pour de bon, elle contempla longuement l'étang sans le voir.

— Vous a-t-il proposé de vous épouser, Adrienna ?

Elle sentit ses joues s'enflammer tout à coup. C'était étonnant cette façon que Hugh avait toujours de choisir le bon moment pour apparaître.

Elle se retourna brusquement vers lui et répondit en hochant la tête.

— Oui.

— Et alors ?

Les yeux de Wynnedom luisaient d'un éclat étonnant, en même temps qu'un sourire plein d'ironie se dessinait sur ses lèvres, aussi, peu désireuse de lui révéler sa soudaine nervosité, Adrienna répondit-elle à cette question sur un ton un peu bravache. :

— Nous nous sommes mis d'accord pour que la cérémonie soit brève.

Hugh vint s'asseoir à côté d'elle, visiblement peu convaincu par cette réponse, au grand dam de la jeune femme.

— Devrai-je attendre, demanda-t-il avec un large sourire, que votre nuit de noces soit passée pour proclamer votre perfidie publiquement ? Ou bien préférez-vous que je vous épargne une nuit entre les bras de Langsford ?

Elle se rebiffa, désireuse de couper court immédiatement à une conversation dont elle ne voulait à aucun prix.

— Que voulez-vous de moi, milord ?

— Je ne saurais vous répondre là-dessus, Adrienna. Je peux seulement vous dire quelles sont mes intentions : je vais vous faire la cour et vous séduire. Comme un vin capiteux courant dans vos veines, je propagerai en vous un incendie que seul je serai capable d'éteindre. Ensuite, nous rentrerons chez nous.

C'était bien l'homme le plus arrogant qu'elle eût jamais rencontré, sans conteste. Tant de candeur avait de quoi vous laisser stupéfaite. Et folle de rage.

Intriguée, également.

Incapable de trouver une réponse satisfaisante, elle battit des paupières avant de lancer :

— Je vous demande pardon ?

Sans se démonter, il prit une fleur parmi celles qui ornaient la chevelure d'Adrienna et la tendit à celle-ci d'un geste parfaitement naturel.

— Je vais continuer à vous poursuivre de mes attentions et à vous offrir des fleurs constamment. Où que vous alliez, je serai derrière vous, tout près, du soir au matin et je ferai en sorte que vos moindres désirs soient satisfaits à l'instant.

Il ne perdait pas de temps pour mettre sa menace à exécution. Voilà déjà qu'il lui faisait la cour. Quant à être toujours derrière elle, cela durait déjà depuis un moment, sans compter qu'à chaque fois qu'elle le voyait, elle sentait des frissons de peur et d'excitation la secouer impitoyablement. Chaque matin, quand elle ouvrait la porte de sa chambre et qu'elle voyait les fleurs posées devant sa porte, elle sentait une onde de plaisir la faire trembler des pieds à la tête.

Mais que désirait-elle, au juste ? Elle n'aurait pu en jurer, car au-delà du frisson de la chair, elle éprouvait une sorte d'étrange nostalgie. Etait-ce d'un foyer, des plaisirs simples de la vie conjugale, de l'amour tout simplement qu'elle rêvait en secret ? Et dans ce cas, Hugh serait-il capable de répondre à ses attentes ?

Délicatement, il posa la fleur sur les genoux de la jeune femme avant de poursuivre :

— Ensuite, quand vous aurez appris à me faire confiance, à vous reposer sur moi, à faire appel à moi, je vous mettrai dans mon lit.

Une bouffée de chaleur intense assaillit Adrienna à ces mots.

— Je caresserai votre chair palpitante et mes lèvres exploreront votre corps pouce par pouce.

Adrienna l'écoutait, subjuguée. Le timbre sombre et ferme de sa voix résonnait de bien plus de promesses qu'elle n'osait en rêver. Il ne la caressait encore qu'en parole et déjà son sang se mettait à bouillir et son cœur s'affolait.

— J'atteindrai jusqu'à votre âme et vous emmènerai sur des sommets de plaisir dont vous n'avez même pas idée.

Du bout du doigt, il repoussa une mèche derrière l'oreille d'Adrienna, laissant à dessein sa main s'attarder sur sa peau frémissante.

Adrienna serra les poings dans une tentative vaine de faire cesser les tremblements qui agitaient ses bras et son corps tout entier. Il jouait un jeu cruel avec elle, évitant soigneusement de prononcer le mot amour, ou de lui jurer d'honorer les promesses de leur mariage d'antan. Exactement comme tous les hommes de cette cour, il ne cherchait finalement qu'à la mettre dans son lit. S'il s'était agi d'un autre, elle l'aurait planté là sans autre forme de procès.

Mais Hugh n'était pas n'importe qui, justement. Le souvenir terriblement vivace de ce qu'il avait fait à cet homme dans le jardin de la reine empêchait la jeune femme de fondre totalement. La caresse de sa voix l'enflammait de désir, certes, mais en même temps une petite partie d'elle-même savait quand même qu'il était terriblement dangereux et que les mains mêmes qui la faisaient frissonner jusqu'au tréfonds pouvaient tuer un homme d'un seul coup bien appliqué.

Hugh lui passa la main dans les cheveux et l'attira contre lui.

— Je sens que vous avez peur, Adrienna. Calmez-vous, ne craignez rien.

Avant même qu'elle ait le temps de penser à autre chose qu'à sa voix rauque et envoûtante, il lui caressa les lèvres avec sa bouche, chassant par ce baiser si doux et si brûlant l'angoisse qui l'étreignait. Le parfum exotique qui émanait de lui l'enivrait plus vite et plus sûrement que le plus capiteux des hydromels.

Doucement, il la renversa en arrière tout en l'incitant à ouvrir ses lèvres tandis que sa bouche se faisait insistante. Et quand elle sentit sa langue pénétrer en elle, elle sursauta, surprise, l'espace d'un instant, avant de s'abandonner et de lui rendre son baiser.

Elle sentait le sol se dérober sous elle et dut s'agripper à lui pour ne pas tomber, en priant le ciel que son cœur n'éclate pas tant il battait fort. Bientôt, cependant, le monde aurait bien pu exploser qu'elle s'en serait moquée tant ce baiser lui ôtait toute volonté. Rien ne comptait désormais que le goût de cette bouche sur la sienne, la caresse de ces doigts dans ses cheveux, la force de ces épaules sous ses doigts agrippés et la boule de feu qui grandissait au bas de son ventre.

Elle se laissa aller contre lui, laissant glisser l'une de ses mains sur la nuque puissante de Hugh et se perdre dans ses cheveux qui coulaient entre ses doigts comme une soie liquide.

Hugh mit un terme à leur baiser, trop tôt au goût de la jeune femme. Privée de sa caresse, elle essaya de l'attirer contre elle de nouveau, mais au lieu de se laisser faire, il appuya le front contre le sien en la fixant d'un regard intense.

— Jamais je ne ferais de mal à une femme capable de me rendre mes baisers avec une telle fougue, affirma-t-il.

Cette remarque qui équivalait à la traiter de dévergondée fit monter le rouge aux joues d'Adrienna.

— Je vous prie de m'excuser, milord. Puisque je n'ai aucunement l'intention de participer à votre jeu, je n'aurais pas dû permettre au désir de m'aveugler et de faire taire mon bon sens.

Il resserra son étreinte quand elle essaya de se dégager, la serrant de si près que son souffle chaud lui caressait le visage.

— La question n'est pas de savoir si vous y participerez ou non. Je vais vous poursuivre et vous finirez par vous soumettre, vous pouvez y compter.

Elle ouvrit la bouche pour répondre, mais il la fit taire en l'embrassant de nouveau. Et encore une fois elle se sentit fondre sous ce baiser. Plus rien ne comptait.

Il s'arracha à elle pour poursuivre :

— En outre, je n'ai que faire de vos excuses.

— Je…

Elle n'eut même pas le temps d'en dire plus qu'il l'embrassait encore, avec plus de fougue et d'insistance cette fois-ci — si la chose était possible. Et quand elle sentit son sang se transformer en plomb fondu, elle poussa un gémissement.

Elle remarqua bientôt, quand ils se séparèrent, que la respiration de Hugh semblait désormais aussi rapide et oppressée de la sienne.

— Il n'y a aucune honte à désirer son mari, affirma-t-il.

Pour se donner une contenance et retrouver son souffle, elle se lissa les cheveux et les remit en place en tirant sur sa robe pour l'ajuster. Rien de tout cela n'était nécessaire, mais elle en avait besoin pour retrouver un semblant de calme.

Persuadée qu'elle pouvait se contrôler de nouveau, elle réfuta ce qu'il venait de dire :

— Ce désir-là est un péché dans tous les cas, répliqua-t-elle. C'est blasphémer que de le laisser gouverner nos vies, toujours.

Hugh la regarda, une lueur amusée dans les yeux.

— Si Dieu ne voulait pas que le désir nous habite, pourquoi alors nous a-t-il formés de sorte que nos corps se complètent parfaitement ? L'homme et la femme ont été créés pour former une union parfaite. Alors, pourquoi s'en priveraient-ils ?

Il s'appuya sur ses coudes, attendant silencieusement qu'elle réponde. La distance qui les séparait offrait heureusement à Adrienna l'occasion de retrouver son souffle et de calmer quelque peu les battements de son cœur.

— Que ferez-vous, remarqua-t-elle — éludant délibérément sa question —, si je choisis de ne pas répondre à votre requête ?

— Que vous y répondiez ou non n'a strictement aucune

importance. Au bout du compte, vous vous soumettrez tout simplement parce que vous serez incapable de me résister.

Adrienna resta bouche bée, sidérée par cette capacité qu'il avait de l'étonner toujours.

— Tout ceci n'est donc qu'un jeu pour vous, conclut-elle.

— Si c'est comme ça que vous voulez le voir, fort bien.

— Comment pourrais-je interpréter autrement le plan que vous semblez avoir conçu ?

— La vie n'est-elle pas un jeu, Adrienna ? N'êtes-vous pas ici à la cour pour vous trouver un mari et vous faire voir de ceux qui pourraient prétendre à vous épouser ? N'êtes-vous pas disposée à flirter, à sourire et à minauder devant celui qui vous plaît tandis qu'il lisse ses plumes en se pavanant devant vous ? Tout cela n'est-il pas un jeu ?

— Il y a une grande différence entre ce que vous suggérez et des... minauderies, comme vous dites.

— Vraiment ? Et comment cela ? Parce que je parle franchement ? Un autre que moi choisirait sans doute de dissimuler ses intentions derrière des phrases recherchées, mais au bout du compte le résultat n'est-il pas le même ? Je me contente de parler simplement et vais droit au but. C'est mon choix.

— Droit au but dites-vous ? Vous m'annoncez votre intention de me séduire et vous appeler ça aller droit au but ? Eh bien moi, je pense que c'est se comporter comme un mufle. C'est méprisable, voilà tout.

— Osez me dire que vous n'avez pas envie de goûter aux feux de la passion. Si vous le faites, je vous traiterai de menteuse, et j'aurai raison.

Adrienna ouvrit la bouche pour répondre, mais la referma aussitôt. Ne venait-elle pas à l'instant de souhaiter trouver un jour un homme avec qui partager amour et désir à la fois ?

— Pourquoi n'avez-vous pas accepté la proposition de votre amant ?

— Richard n'est pas mon amant.

— Peu importe, répondit Hugh en balayant l'objection d'un revers. Quoi qu'il représente pour vous, pourquoi ne vous êtes-vous pas jetée dans ses bras pour vous y réfugier ?

Elle le regarda, sidérée encore une fois. Décidément, il avait une capacité étonnante à deviner ses pensées. Pouvait-elle seulement lui mentir ? Il suffisait de le regarder pour comprendre qu'il devinerait immédiatement qu'elle mentait si elle se risquait à le faire, aussi baissa-t-elle les yeux pour admettre finalement :

— Nous ne sommes que des amis.

— Epouser un ami ne serait pas une mauvaise chose en soi.

— Je ne suis pas libre d'épouser qui que ce soit.

— Aimeriez-vous l'être ?

Elle lui lança un regard perplexe, visiblement surprise.

— Quoi donc ? Etre libre de me marier ?

Etait-ce un piège ? Cherchait-il à susciter l'espoir en elle pour mieux le briser, impitoyablement, à la première occasion ?

Hugh se redressa et tendit le bras vers elle pour lui caresser la joue.

— Aimeriez-vous êtes libre d'épouser l'homme de votre choix ?

Sans réfléchir, elle lui offrit sa joue puis, presque aussitôt, s'écarta.

— Qu'êtes-vous en train de me demander, milord ?

Avant de répondre, il lui passa un doigt sur les lèvres en un geste tendre qui la fit tressaillir.

— Je suis disposé à vous offrir un marché.

— Un marché ?

— Oui, Adrienna. Un mois.

A la place de son doigt, c'était désormais sa langue qui courait sur les lèvres de la jeune femme.

Cette caresse étrange l'éblouissait si fort qu'elle se sentait totalement incapable de résister ou de répondre. Elle se contenta de le regarder fixement.

— Un mois pour vous faire venir dans mon lit.

Elle sentait son souffle chaud sur ses lèvres et luttait contre elle-même pour s'éclaircir l'esprit malgré la brume qui l'envahissait.

— Un mois… ? Votre lit ? Que voulez-vous dire ?

Il se laissa aller en arrière comme pour la laisser revenir à elle.

— Eh bien, répondit-il, si dans un mois je ne suis pas parvenu à vous séduire, je consentirai à une annulation.

Une annulation ?

Adrienna sentit une bouffée de bonheur monter en elle, et, presque aussitôt, la brûlure perçante du chagrin et du désespoir lui fouailler la poitrine. Elle ne s'expliquait pas ces émotions contradictoires, pas plus qu'elle n'aurait pu cxpliquer pourquoi le ciel était bleu.

Refuser son offre équivalait à l'accepter pour époux ici et maintenant. Etait-ce de cela qu'elle avait envie ? Etait-elle prête à abandonner tout ce qui depuis douze ans constituait sa vie et à se comporter comme une épouse fidèle auprès d'un homme qui à l'évidence ne l'aimait pas ?

L'image du corps sans vie de son agresseur lui vint à l'esprit aussitôt. Elle ne connaissait pas ce Hugh-là. Elle ignorait ce qu'il était devenu, ne savait rien de ces douze années passées loin d'elle. Il disait des choses qui n'avaient pas de sens, et proférait contre son père des accusations horribles, et contre elle aussi.

Mais une simple caresse de lui mettait son corps en feu et lui donnait plus de plaisir qu'elle n'en avait jamais connu. Ses baisers lui promettaient plus de passion qu'elle n'en pouvait imaginer.

Pour autant, elle attendait bien plus que cela de l'homme qu'elle accepterait un jour d'appeler son époux.

Un mois. Ce serait sûrement assez pour décider en toute connaissance de cause si elle voulait vraiment devenir la femme de Hugh de Wynnedom ou si elle préférait trouver quelqu'un d'autre.

— Mais... et la reine, qu'en faites-vous ? objecta-t-elle, se rappelant soudain ses devoirs.

Cette question sembla surprendre Hugh.

— Que voulez-vous dire ?

— Si elle découvre notre marché...

— Evidemment, il faudra le lui cacher, faute de quoi notre petit arrangement ne tiendra plus et je le dénoncerai.

— Aliénor peut être extrêmement vindicative, et terriblement féroce.

— Je n'en doute pas un instant, d'autant que je sers le roi. C'est précisément pourquoi il ne faudra parler de notre marché à personne.

Comme elle n'avait pas d'autre plan à proposer,

Adrienna jugea qu'il valait mieux se contenter de garder le silence.

— Si j'accepte votre marché, vous promettez de ne faire allusion à notre mariage devant personne ?

— Ce serait vraiment gâcher le plaisir, répondit Hugh avec un sourire énigmatique.

Pourquoi, chaque fois qu'il lui faisait une réponse ambiguë de la sorte, sentait-elle son pouls s'accélérer follement ?

— Et vous promettez que jamais durant ce mois vous ne m'imposerez de consommer notre union ?

— Que mijotez-vous, Adrienna ? Y a-t-il d'autres hommes qu'il vous plairait de voir vous faire la cour en même temps que moi ?

Il marqua une pause puis, en secouant la tête :

— Ne vous inquiétez pas. Je ne me servirai pas du fait que nous sommes mariés pour éconduire vos prétendants, s'il s'en présente, promit-il.

— En ce cas, j'accepte votre proposition, répondit-elle en tendant la main pour sceller leur marché.

Hugh accepta et, la saisissant au poignet, l'attira contre lui fermement.

— Croyez-moi, mon amour, murmura-t-il en se penchant sur elle, vous finirez par accepter bien plus que cela.

4

Lord Hugh de Wynnedom, comte de la cour du roi Henry, fameux pour ses exploits guerriers les armes à la main, voire même à mains nues, contemplait l'une des nombreuses vallées fertiles qui entourent Poitiers.

Et luttait de toutes ses forces contre la terreur qui commençait à s'insinuer dans ses veines…

On avait essayé de le briser à coups de fouet et de chaînes pesantes, mais sans succès. Il avait appris à se mesurer aux armes les plus tranchantes, aux lances les plus pointues et à les vaincre par la seule force de son esprit et son astuce. Il se souvenait fort bien de n'avoir que très peu souvent songé à la mort avec effroi, et pourtant la vue des grandes tentes d'un blanc éclatant posées sur le fond opulent de l'herbe de la vallée faisait se figer le sang dans ses veines.

Quelque chose le tarabustait, qui ne présageait rien de bon. Non pas le souvenir d'événements déjà survenus, mais plutôt une vision prémonitoire. Il ne pouvait se défaire de l'impression pénible qu'un danger planait, terrifiant, et une voix tout au fond de son âme lui criait d'être prudent.

Il ne pouvait tourner bride et quitter cette vallée, lié qu'il était par sa fidélité au roi, aussi, pour se montrer fidèle à lui-même, lança-t-il son cheval sur le chemin tortueux qui le menait vers son destin.

Un destin qui, pour l'heure, ressemblait très fort à son passé.

Quand il entendit derrière lui le crissement du cuir d'une selle en même temps qu'un bruit de sabots, il comprit qu'il n'affronterait pas l'épreuve qui s'annonçait tout seul. Un cavalier approchait, dont la silhouette colossale lui cacha le soleil quand il s'arrêta à sa hauteur.

— Tu es en retard, grommela Hugh.

William de Bronwyn haussa les épaules.

— Je n'y suis pour rien, répondit son ancien compagnon de captivité. Votre dame a pris son temps pour retourner au palais. Je suis parti dès qu'elle y est entrée.

Son ami lui rendait un fier service en surveillant Adrienna quand il ne pouvait le faire lui-même. Elle ne le savait peut-être pas, mais elle courait un grand danger. D'ailleurs, il ne croyait pas un instant que l'agression qu'elle avait subie dans le jardin de la reine ait été un accident, ni qu'elle ait joué de malchance en se trouvant au mauvais endroit au mauvais moment. Il savait depuis longtemps que les choses n'arrivaient jamais par hasard. Tôt ou tard, il découvrirait le fin mot de l'histoire.

Personne mieux que ce géant formidable n'était taillé pour surveiller la jeune femme. Massif comme un chêne et bâti comme un ours, William n'avait pas besoin d'armes pour se défaire de ses ennemis. Et pourtant, malgré sa corpulence, il se mouvait avec la grâce d'un danseur et, quand il le fallait, plus silencieusement qu'un renard.

— Je te remercie, William…

— Non, milord. C'est moi qui vous dois bien plus qu'un service répondit l'autre en balayant d'un regard sombre le campement qui se déployait sous leurs yeux.

Sans vous, je serais encore à croupir dans cette geôle, là-bas. Je vous dois la vie, dans ce monde et dans celui d'après.

— Ce n'est pas vrai, et tu le sais très bien, répondit Hugh en tirant légèrement sur ses rênes pour arrêter sa monture et en dévisageant son compagnon d'un air perplexe.

La voix de William lui semblait un peu tendue, et il ne pouvait s'empêcher de remarquer ses lèvres pincées. Certes, il n'avait guère envie d'affronter seul l'épreuve qui l'attendait, mais il ne voulait pas non plus soumettre William à l'assaut de souvenirs qui risquaient fort de lui déchirer l'âme.

Durant leur captivité, il pouvait remercier le ciel d'avoir eu de la chance par comparaison, et il ne semblait pas juste d'exiger une telle chose de ce malheureux. Il s'en voulait terriblement de lui avoir demandé de l'accompagner. Il y avait là, de sa part, une manifestation de couardise qui lui faisait horreur à présent.

— Ecoute, William, il n'y a aucune raison que tu viennes avec moi, déclara-t-il en désignant du menton la lisière du campement. Le roi et ses hommes sont là. Henry ne permettra pas que les choses se passent mal aujourd'hui.

William inspira profondément avant de se redresser sur sa selle en dardant des yeux furibonds vers Hugh.

— J'ai des démons à affronter moi aussi, asséna-t-il. Je ne pourrai pas le faire si je cours me mettre en sécurité comme un enfant apeuré.

Wynnedom eut beau chercher, il ne trouva aucun argument pour battre en brèche cette logique imparable. D'un petit coup du talon, il lança son cheval en avant.

Les deux hommes pénétrèrent dans le camp avant

que les souvenirs et les fantômes du passé parviennent à s'insinuer dans leurs cœurs pour leur faire perdre courage. Une fois descendus de leurs montures, et après avoir confié celles-ci à l'un des écuyers du roi, Hugh chercha le souverain des yeux dans la foule des hommes présents.

Henry le fixa quelques instants d'un air sévère avant qu'un sourire vienne détendre son visage. Aussitôt, Hugh s'avança vers lui les bras tendus en avant, acceptant le salut chaleureux de son souverain avec un soulagement auquel il ne s'était guère attendu.

L'accueil jovial de Henry lui donna du courage, et la présence de la vingtaine d'hommes qui l'accompagnaient lui rendit un peu de ses forces.

— Eh bien, Wynnedom, que diriez-vous de conclure ces négociations une bonne fois pour toutes et d'aller ensuite taquiner un peu ma femme ?

Hugh ne put s'empêcher de sourire devant cette saillie. Le roi semblait tout aussi impatient que lui de quitter cette vallée et ils savaient tous les deux parfaitement qu'aller asticoter la reine Aliénor pouvait se révéler diablement plus risqué que de mener des négociations avec l'homme qui se trouvait sous la tente.

Il aurait de loin préféré discuter avec la reine, malgré tout, mais des vies étaient en jeu, celles de prisonniers captifs depuis si longtemps qu'on avait presque oublié jusqu'à leur existence. Des hommes — ou plutôt des esclaves — à qui il avait juré, lui, Hugh de Wynnedom, de ne pas les abandonner et de tout faire pour les libérer.

Pour parvenir à ses fins et tenir sa promesse, il n'y avait qu'une seule solution : traiter avec le diable. Et comme il ne lui restait rien de ses terres ni de sa maigre fortune à cause des manœuvres de son beau-père, il n'avait d'autre choix que de demander son aide au roi.

A présent que le moment de la négociation finale était venu, il sentait son courage vaciller un peu devant l'obstacle, aussi prit-il une longue inspiration pour se donner de la force avant d'emboîter le pas à son roi.

— Puissions-nous quitter bientôt cet endroit. Le plus tôt sera le mieux, souffla William.

En entendant ces mots, Hugh se retourna vers son compagnon et faillit trébucher de surprise. Le visage du colosse, d'une pâleur effrayante, semblait un linceul abandonné en plein soleil, et on aurait dit qu'il allait s'évanouir d'une seconde à l'autre. Terriblement inquiet — il en tremblait presque — il suivit la direction du regard de William et le souffle faillit lui manquer.

Perspicace comme à son habitude, le roi Henry marqua le pas.

— Ce n'est pas la personne que vous pensiez rencontrer ? s'enquit-il, alerté par la réaction des deux hommes.

Luttant pour dégager sa gorge de la boule d'angoisse qui l'étouffait, Hugh secoua la tête avant de répondre dans un souffle :

— Non, pas du tout.

Où diable était Zirtha ? Et pourquoi Aryseeth se tenait-il devant la tente comme si elle lui appartenait ? Il fallut à Hugh mobiliser toute sa volonté pour ne pas laisser le garçon terrifié blotti au fond de lui se liquéfier de peur devant le regard ironique du maître des esclaves.

Son esprit lui jouait des tours et les images défilaient dans sa tête. L'homme important qui marchait à la droite du roi pour prendre part à d'âpres négociations s'effaçait rapidement devant le fantôme du jeune homme effrayé par les coups de fouet qui lacéraient sa chair.

— Hugh ? Lord Wynnedom ?

Une main le saisit par le bras d'un geste ferme et impérieux qui lui rendit un petit peu de sa clarté d'esprit. Il s'ébroua pour chasser les images terrifiantes qui dansaient devant ses yeux avant de revenir au roi.

— Un instant, milord. Je vous demande juste un instant.

Il n'avait besoin que d'un instant en effet pour reprendre le contrôle de lui-même et faire taire ses souvenirs. Quelques secondes pour s'armer de courage et affronter bravement le passé hideux qui le hantait.

Quand il fut calmé et qu'il eut retrouvé son souffle, il se tourna vers William :

— Reste ici, souffla-t-il. Je n'ai pas besoin de toi là-dedans.

L'intéressé garda le silence, soit qu'il eût trop de bon sens pour objecter, soit qu'il fût trop effrayé par ses propres souvenirs pour comprendre ce que son ami lui disait.

Hugh se retourna vers le roi et, de la main, l'invita à pénétrer dans la tente sous laquelle devaient se dérouler les discussions.

— Après vous, milord.

Du coin de l'œil, il surveilla William et fut soulagé de voir que celui-ci restait dehors avec le reste des hommes.

Aryseeth avait failli plusieurs fois tuer le colosse, et avec une cruauté que Hugh avait encore du mal à imaginer. Jamais bien sûr il n'aurait demandé à son compagnon de se joindre à lui s'il avait su que ce démon sans cœur et sans âme serait le négociateur.

A peine eurent-ils passé l'entrée de la tente, où Aryseeth les avaient précédés, que les scribes firent les présentations comme il était d'usage avant le début de toute négociation. Hugh dévisagea l'homme qu'il considérait comme son pire ennemi depuis bien longtemps.

Depuis le premier jour, il lui semblait plus grand que nature, comme une incarnation de la force et du pouvoir; un homme que nul n'osait contrarier de peur de le payer de sa vie, ou pire encore.

Bien que le corps de cet ignoble bourreau ait été dissimulé sous ses longs vêtements blancs, Hugh se représentait très bien les muscles puissants de ses bras. De ce point de vue-là Aryseeth n'avait pas changé et se tenait toujours comme un homme imbu de lui-même, la tête haute, le dos bien droit. Il soutenait fièrement le regard de roi Henry, comme s'il était son égal.

Et pourtant, il y avait une différence : à cet instant précis, à cet endroit précis, cette brute n'était plus qu'un homme comme tous les autres. Il n'avait aucun pouvoir hormis celui d'un plénipotentiaire en terre ennemie. Il ne pouvait pas user de ses instruments de torture pour faire du mal à quiconque. Hugh eut une pensée pour les hommes qui se mouraient encore sous sa coupe. Une pensée sombre.

Et pleine de pitié.

Une écharde de glace lui vrilla le cerveau tout à coup. Quelqu'un l'observait, il en était sûr. Regardant autour de lui pour trouver d'où venait cette impression de froid glacial, il aperçut le serviteur d'Aryseeth — son âme damnée — qui le regardait fixement de ses petits yeux de fouine malfaisante. Ce démon-là passait sa vie à espionner pour son maître.

Il quitta l'ombre d'Aryseeth et s'approcha de Hugh.

— Baisse les yeux, immondice ! persifla-t-il. Pour qui

te prends-tu ? Et ne t'avise plus de regarder tes supérieurs dans les yeux.

Hugh s'exécuta — non par crainte, mais uniquement pour ne pas faire rater les négociations avant même qu'elles aient commencé — et aussitôt, vit briller l'arme que l'homme avait tirée de sous son vêtement flottant. Il n'eut même pas le temps de réagir : Aryseeth fit sauter le couteau des mains de son serviteur puis, agrippant celui-ci par le col, lui asséna en plein visage trois coups de poing d'une violence et d'une précision sidérante.

Une fraction de seconde plus tard, il laissa le corps sans vie de son espion glisser sur le sol sans manifester la moindre émotion et, en secouant les épaules, avec le flegme d'un homme qui vient d'écraser un insecte, essuya le sang qui tachait sa main sans cesser de fixer Hugh d'un regard noir et menaçant, comme s'il voulait lui rappeler avec quelle facilité un homme pouvait mourir entre ses mains.

— Je vous prie d'excuser cette interruption intempestive, déclara-t-il à l'adresse du roi en inclinant légèrement la tête. Je vous en prie, reprenons où nous en étions.

Le roi Henry contemplait la scène d'un air horrifié. Il connaissait la guerre et la bataille, ayant pris part à nombre d'entre elles, aussi le fait de tuer un homme n'avait-il rien de nouveau pour lui, mais ce meurtre de sang-froid semblait l'avoir grandement troublé.

Hugh ne put s'empêcher de revenir sur sa première impression. Certes, Aryseeth ne pouvait pas grand-chose contre Henry et sa cour, mais il n'en exerçait pas moins un contrôle total sur les hommes qui vivaient sous sa coupe.

Il garda les yeux fixés sur le cadavre en remerciant d'avoir lui-même recouvré sa liberté.

— Lord Wynnedom, lança le roi après s'être éclairci la gorge, connaissez-vous notre hôte ?

— En quelque sorte, oui, répondit l'intéressé en hochant la tête.

Oh oui, il le connaissait très bien. Et même mieux que cela.

— Fort bien, acquiesça le roi. En ce cas nous pouvons nous dispenser de la suite des présentations.

En disant cela, Henry n'aspirait qu'à faire diversion, pour permettre que le malaise et l'horreur suscités par cet assassinat hideux se dissipent. Il savait parfaitement à quoi s'en tenir sur la captivité de Hugh, celui-ci la lui ayant contée en détail, non pas par choix d'ailleurs mais par nécessité. C'était le prix à payer pour convaincre le roi de tout faire pour obtenir la liberté des malheureux qui demeuraient prisonniers. Henry voulait arracher la liberté de ses hommes, bien sûr, mais il comptait également acheter des épices. Les négociations s'annonçaient rudes.

— Ah, Hugh… enfin, je veux dire Lord Wynnedom, c'est bien cela ? intervint Aryseeth de sa voix douce et plus mortelle qu'une morsure de serpent.

Puis, se tournant vers Henry, il poursuivit.

— Lord Wynnedom et moi-même nous connaissons très bien en effet, affirma-t-il d'un ton qui ne manquait jamais de faire courir un frisson sur l'échine de ceux qui l'entendaient.

Lord Wynnedom — ce titre sonnait comme un juron dans la bouche d'Aryseeth. Et Hugh se demandait où il voulait en venir lorsque le maître des esclaves reprit.

— Je vois que vous avez fait du chemin depuis que vous nous avez quittés, observa-t-il.

Hugh se mordit l'intérieur de la bouche pour s'éviter de

cracher au visage du monstre. Il y avait une telle audace et de tels sous-entendus dans ce commentaire que c'en était presque amusant.

— Eh bien milord, mettons-nous au travail, si vous le voulez bien, intervint Henry pour calmer le jeu.

On pouvait compter sur le roi pour ne pas perdre de vue le but de cette rencontre. Les affaires passaient avant tout le reste.

La décoration intérieure de la tente était sidérante de luxe et de confort. Aryseeth savait recevoir et mettre à l'aise ceux avec qui il négociait.

Au lieu des coussins posés à même les tapis dont on se contentait dans son pays, une grande table trônait au centre de la pièce ronde, non pas quelques planches jetées à la hâte sur des tréteaux, mais un meuble superbe de bois massif magnifiquement sculpté. En lieu et place des bancs ou des tabourets de campagne auxquels on pouvait s'attendre étant donné les circonstances, Hugh constata la présence autour de la table d'une douzaine de fauteuils confortables qui ressemblaient plus à des trônes qu'à autre chose. L'odeur du bois de santal, de la myrrhe et de l'encens qui imprégnait tout chez Sidatha et lui rappelait tant de douloureux souvenirs ne flottait pas dans l'air comme il l'avait craint, remplacée par le parfum délicat de la lavande et des roses. Cette note purement féminine lui rappela Adrienna. Surpris, il hésita, pris au dépourvu, ce qui n'échappa nullement à Aryseeth.

— Eh bien quoi donc, milord… Wynnedom ? Me pensiez-vous incapable de vous recevoir comme il se doit ? demanda ce dernier en donnant à Hugh une petite tape sur le dos pour l'inviter à s'asseoir. Vous me sous-estimez, mon jeune ami.

L'Anglais frémit à l'idée de s'entendre appeler ainsi par ce monstre. Quant à sous-estimer Aryseeth, il ne l'avait jamais fait et ne risquait pas de commencer à présent.

Après s'être installé dans le fauteuil qui trônait au bout de la table, le plénipotentiaire se pencha vers le roi pour lui glisser, en plissant les yeux :

— Vous voulez des épices, des huiles précieuses et de la soie. Qu'avez-vous à offrir hormis des armes et de l'or ?

Hugh s'attendait à voir le roi se rebiffer devant la brutalité du propos, mais, au lieu de cela, Henry haussa les épaules comme si les paroles de son vis-à-vis ne l'offensaient en aucune façon.

— Des chevaux. De l'étain. Des herbes et des épices de nos contrées.

— Nous n'avons nul besoin de vos chevaux ou de votre étain, répondit Aryseeth en haussant les épaules pour faire comprendre à Henry qu'il pouvait rompre leurs pourparlers sans difficulté. Quant à vos herbes et à vos épices, vous n'en offrez pas que nous n'achetions déjà à d'autres.

Le roi se pencha par-dessus la table, puis :

— A votre ton, je devine que vous savez exactement ce que désire votre prince, affirma-t-il.

Le regard qu'Aryseeth lança alors à Hugh avant de se retourner vers Henry était bien difficile à interpréter. On y lisait un peu d'ironie, pas mal d'impatience, et beaucoup de haine. Une haine indescriptible. Wynnedom lui rendit son regard en serrant les dents et en luttant contre le brouillard qui embrumait son esprit.

— Nous voulons des hommes et des femmes, répondit le plénipotentiaire en se laissant aller contre le dossier de son fauteuil.

— Plaît-il ? s'étrangla le roi.

— Il faudra d'abord me passer sur le corps, affirma Hugh en se levant d'un bond.

— Cela peut s'arranger, commenta Aryseeth d'un ton sarcastique.

Sa voix résonna quelques instants dans le silence de mort qui régnait sous la tente.

Henry lança la main à travers la table pour saisir Hugh au poignet.

— Assieds-toi ou sors d'ici, lui ordonna-t-il d'une voix mortellement ferme.

Il n'était pas question de sortir, aussi l'intéressé reprit-il place sur le bord de sa chaise, prêt à se battre si la situation l'exigeait.

Quand il eut relâché son étreinte sur le poignet de son vassal, le roi Henry se retourna vers Aryseeth.

— A présent que vous avez fait votre petit effet, pouvons-nous reprendre ces discussions sérieusement ?

Son vis-à-vis éclata de rire en renversant la tête en arrière.

Surpris, le roi se tourna vers Hugh pour lui lancer un regard interrogateur, comme s'il ne parvenait plus à déchiffrer la situation et réclamait son aide. Ce dernier était encore sous le choc, abasourdi d'avoir vu pour la première fois Aryseeth s'essayer à l'humour. En tout cas, si sa requête concernant le trafic d'êtres humains n'était pas sérieuse, il venait de commettre une grave erreur.

— Pardonnez-moi, s'excusa Aryseeth en essuyant les larmes qui humectaient ses yeux. Je n'ai pas pu m'empêcher de vous faire une proposition dont je sais que votre peuple ne veut pas. En tout cas, l'expression du visage de lord Wynnedom valait bien que je me livre à ce petit jeu.

Hugh agrippa le bord de son fauteuil pour calmer la fureur qui bouillait en lui. D'avoir été l'objet d'une plaisanterie d'un goût aussi douteux le mettait en rage et il répondit avec un sourire pincé :

— Je suis heureux d'avoir pu contribuer à vous divertir.

Il sentit plus qu'il ne vit le regard furieux que lui lança Henry. Le roi n'appréciait guère cette remarque sarcastique, si subtile qu'elle soit.

En bon tacticien, Henry ramena la conversation sur le sujet qui l'intéressait.

— Votre offre de faire commerce d'êtres humains ne me gêne pas autant que vous pouvez le penser, déclara-t-il.

Aryseeth se contenta de hausser les sourcils d'un air à moitié étonné avant de claquer dans ses mains pour demander qu'on leur serve à boire.

Une fois l'échanson parti, il leva son gobelet en direction du roi.

— Voici un produit dont vous pouvez faire commerce, affirma-t-il avant de boire une longue gorgée de vin. Et je reste persuadé que vous avez encore bien d'autres choses de valeur à offrir. Reprenons, voulez-vous ?

Hugh passa les doigts dans ses cheveux encore mouillés. De retour à la cour d'Aliénor, il avait demandé qu'on lui prépare un bain chaud et qu'on lui serve un peu de vin. Le bain semblait avoir chassé de son corps le froid qui le pétrifiait, mais il n'avait pas bu assez de vin, servi dans une carafe et non un tonnelet comme il s'y attendait, pour se calmer les nerfs. Il se réjouissait malgré tout de ce que cette journée interminable touche à sa fin.

Aryseeth et le roi Henry devaient prendre la route de l'Angleterre pour poursuivre leurs pourparlers concernant le commerce et la libération des prisonniers. Comme le voyage devait durer plusieurs jours — les deux hommes désirant d'un commun accord prendre leur temps en chemin — il aurait le loisir de régler ses affaires à Poitiers avant de se mettre en route à son tour.

Epuisé, William avait sombré dans un sommeil profond d'où il semblait impossible de le tirer. Hugh avait longuement bataillé pour parvenir à l'installer sur le lit dans la chambre qu'ils partageaient tous les deux. Une fois la chose faite, en regardant le colosse ronfler comme un bienheureux, il songea que l'un d'eux allait devoir dormir par terre cette nuit-là. Bah ! D'ici quelques heures, avec un peu de chance, il n'aurait pas trop de mal à déloger William de sa couche.

Quand il eut fermé soigneusement la porte derrière lui, il se rendit à la grande salle. Bien qu'il ait manqué le repas du soir, il aurait peut-être l'occasion de retrouver Adrienna avant qu'elle ne se retire pour la nuit. Après lui avoir promis le matin même de lui faire la cour, il ne voulait pas qu'elle croie qu'il ne tenait pas ses promesses.

— Que… qu'est-ce donc qu'être amoureux ? Comment peut-on être cer… certain ?

Hugh marqua le pas en entrant dans la grande salle. La question, posée par une voix à l'évidence avinée, restait suspendue en l'air, attendant une réponse, et aucun des convives assis autour de la table ne semblait impatient d'y répondre.

Incapable de résister à l'occasion qui s'offrait de se

divertir un peu et de s'instruire par la même occasion, il s'avança, puis, s'appuyant contre la table, lança :

— C'est simple. Cela tient à la façon dont votre cœur bat quand elle passe près de vous, ou à celle dont il s'étreint lorsque vous l'entendez prononcer votre nom.

Il n'avait pas vu Adrienna en entrant, mais la quinte de toux étranglée qui saisit soudain la jeune femme lui indiqua instantanément l'endroit où elle se trouvait.

Il s'approcha du bout de la table avant de poursuivre :

— On le sait aussi lorsqu'on passe ses nuits à ne penser qu'à elle, les yeux au plafond, ou quand on sent son cœur s'affoler à la simple mention de son nom.

Adrienna baissa la tête, dissimulant son visage derrière ses cheveux. Il aurait donné cher pour savoir ce qu'elle pensait à cet instant précis.

— Certes, milord Wynnedom, mais ces choses-là arrivent également quand le désir nous saisit.

Hugh se tourna vers celui qui venait de lui lancer cette objection : un très jeune homme qui semblait n'avoir que depuis peu quitté les jupes de sa mère. Décidément, songea-t-il en haussant les sourcils, c'était trop beau pour être vrai. Ces gens-là n'avaient pour plaider leur cause que leur code de chevalerie. Lui de son côté s'interrogeait sur l'amour et le désir depuis des lustres, et en tirait des conclusions bien différentes.

Sans compter qu'il possédait une expérience inestimable pour mener une telle discussion.

Posément, il se remit à marcher autour de la table.

— Cela est vrai, convint-il, mais il existe plusieurs degrés dans le désir, et certains, comme celui dont vous parlez, ne satisfont en fait que nos besoins physiques.

Adrienna leva les yeux tout à coup, et quand il s'en

aperçut, il accrocha son regard. Elle le fixait d'un air étonné et curieux à la fois.

— Mais il existe un degré auquel seule l'âme peut atteindre, poursuivit-il. Lorsque deux êtres accèdent à ce niveau de passion et de désir partagés, n'est-on pas en droit de parler d'amour ?

Il s'arrêta à côté d'Adrienna comme il assénait le dernier point de sa démonstration, puis s'appuya sur la table en se penchant en avant. Comme si elle venait soudain de s'apercevoir que tous les convives regardaient de son côté, la jeune femme fit mine de s'écarter un peu.

— Ainsi, milord, vous tenez que l'amour des corps et celui des âmes sont choses semblables ? demanda-t-elle, retrouvant sa voix tout à coup.

Hugh la fixa longuement avant de répondre :

— Non, aucunement. Les animaux dans les champs copulent, et il n'est nul besoin d'amour pour cela.

Les lèvres d'Adrienna tressaillirent et elle s'agita quelque peu sur son siège, au point que Hugh se demanda si c'était pour retenir un cri ou un juron. Quoi qu'il en soit, le rouge de ses joues lui allait si bien qu'il se sentait prêt à affronter l'une ou l'autre réaction.

— En ce cas, qu'êtes-vous exactement en train de nous dire, milord ? insista-t-elle en prenant son gobelet de vin d'une main tremblante. Qu'est-ce qui constitue la différence ?

Hugh s'écarta et reprit sa marche lente autour de la table en étudiant le visage de la jeune femme. Il se demandait si elle allait finir par se casser les dents à force de les serrer de la sorte. Sans compter qu'il ne devait pas être facile de parler en gardant la mâchoire aussi crispée.

— La différence ? Eh bien, si vous m'autorisez à parler franc…

— Je vous en prie, faites, répondit Adrienna en levant sa coupe dans sa direction.

A nouveau, elle le regarda comme si elle le défiait d'aller au bout de son raisonnement. De son côté, il la fixait en retour, fasciné, incapable de détacher ses yeux de son visage empourpré. Il ne voulait pas manquer le moment où il verrait l'intérêt y céder la place à la colère. Cela risquait d'être un spectacle intéressant.

Il s'approcha pour répondre :

— Il arrive parfois qu'un homme, ou une femme, évidemment, ressente une certaine tension, une fébrilité qu'une promenade au grand air ne saurait calmer, ni même une conversation, si passionnée soit-elle. En revanche, quelques ébats expéditifs avec un partenaire consentant peuvent y mettre un terme…

Une rumeur parcourut toute la table à ces mots. Adrienna de son côté ne semblait pas goûter cette réponse. Elle se raidit sur son siège puis, en fusillant du regard, lança en relevant le menton :

— C'est peut-être vrai pour un homme, milord.

Honnêtement, il devait admettre qu'elle avait raison sur ce point, mais à quoi lui servirait-il de l'admettre ?

— C'est exact, en effet, dans une certaine mesure, concéda-t-il. Mais certaines femmes satisfont ainsi leurs besoins elles aussi.

— Des femmes mariées, peut-être. Mais ce serait une folie pour une vierge de courtiser la ruine de cette façon. A moins que vous n'approuviez une telle démarche ?

Pris de court par cette question inattendue, Hugh se demanda l'espace d'un instant si elle voulait le menacer, aussi rétorqua-t-il en la fixant d'un regard insistant :

— N'est-ce pas justement pour cette raison que l'on

marie les filles très jeunes ? Afin, précisément, de leur éviter de commettre cette folie.

— Ainsi, un homme aurait le droit, répliqua Adrienna indignée en se levant d'un bond, de répandre sa semence à tous vents et quand cela lui chante, mais ce serait une folie pour une femme de risquer de perdre sa virginité en satisfaisant le même besoin ?

Ses yeux d'émeraude lançaient des éclairs.

Hugh réalisa très vite qu'il aurait dû mettre un terme à ce débat quand il avait encore l'avantage. A présent, elle était furieuse contre lui. Heureusement, il lui restait un mois pour lui faire la cour et la séduire.

On n'en était après tout qu'au premier jour.

Devant le silence de son adversaire, Adrienna garda la tête haute, puis, en redressant les épaules autant qu'elle pouvait, se dirigea droit vers l'escalier qui menait à l'étage.

Les autres convives voulurent excuser ce départ précipité. Sarah, quant à elle, adressa à Hugh un sourire entendu.

— Nous avons cette conversation presque tous les soirs, affirma-t-elle.

— C'est vrai, ajouta un autre.

— Et tous les soirs, quelqu'un quitte la salle en colère, précisa un jeune homme en hochant la tête.

Hugh n'avait cure de ce qu'ils pensaient et prit congé en s'excusant rapidement.

5

Adrienna n'eut pas besoin de se retourner pour savoir qui venait de la saisir au poignet. La chaleur qui envahissait subitement son corps déjà passablement énervé prouvait à l'évidence qu'il s'agissait de Hugh. Et que, pire encore, il l'avait rattrapée avant qu'elle puisse atteindre le havre de sa chambre.

— Adrienna, je vous en prie, attendez !

Elle fit volte-face juste sous la torche qui éclairait le couloir sombre, et la proximité de leurs corps la prit au dépourvu. Rien au monde n'aurait pu la prévenir que les étincelles qui luisaient dans les yeux de cet homme la feraient se sentir toute faible d'un seul coup. Comment aurait-elle pu savoir que le moindre sourire sur ses lèvres lui donnerait l'impression que son cœur allait s'arrêter quelques instants avant de s'affoler de nouveau ?

Qui aurait pu la prévenir que sentir son haleine suave lui couperait le souffle ?

Elle posa ses mains sur la poitrine de Hugh en une vaine tentative de le repousser.

— Allez-vous-en, supplia-t-elle. Laissez-moi en paix. Vous avez assez joué avec moi ce soir.

— Que vous arrive-t-il, ma chérie ?

Adrienna ravala le cri qui lui montait aux lèvres.

Que m'arrive-t-il ? Mais rien, absolument rien. J'ai le corps en feu, voilà tout. Il m'arrive simplement que je ne peux plus contrôler ni mon corps ni mon âme. Que vous m'avez envoûtée avec votre voix caressante, vos paroles pleines de passion et vos yeux emplis de promesses. Et pourtant, vous ne m'avez aucunement donné à penser que vous éprouviez le moindre amour pour moi.

Au lieu de cela, elle secoua la tête.

— Rien du tout. Je suis seulement fatiguée et n'ai pas envie de poursuivre cette joute oratoire avec vous.

Il lui caressa les bras, les épaules, ne s'arrêtant qu'au bord de son cou de cygne.

— Regardez-moi, Adrienna.

A la fois surprise et bouleversée par les sensations que cette caresse suscitait en elle, elle n'hésita pas s'exécuter, mais quand il perdit ses doigts dans ses cheveux, elle fut incapable de faire cesser les tremblements qui la secouaient des pieds à la tête.

Elle fixa ses yeux d'or fondu dans lesquels elle aurait voulu se perdre comment on se laisse aller dans les eaux chaudes d'un lac en été.

— Ainsi, tout va bien, vraiment ?

— Oui Hugh, tout va bien, répondit-elle en hochant la tête, ce qui eut pour effet de le faire sourire de plus belle.

Il avait l'air si peu dupe de ce mensonge qu'elle en eut le rouge aux joues.

— Vraiment ? insista-t-il en caressant la peau blanche du cou de la jeune femme du bout du pouce.

Doucement, il étendit sa caresse, frôlant l'oreille menue et nacrée d'un geste si sensuel qu'il la sentit tressaillir.

— Tout va bien ?

Elle regardait sa bouche à présent, hypnotisée par le son de sa voix.

D'un doigt, il suivit le dessin de sa mâchoire, feignant de s'étonner, lorsqu'il entendit son souffle s'arrêter brusquement.

— Si tout va si bien, pourquoi donc tremblez-vous quand je vous touche ? Pourquoi suffoquez-vous ainsi ?

Sans prévenir, sans même attendre qu'elle lui réponde, il prit sa bouche avec fougue, et quand elle sentit sa langue s'insinuer en elle, elle s'agrippa follement à lui.

Il laissa glisser un bras au creux de ses reins pour la serrer plus fort encore. Si fort qu'elle se demanda si c'était son propre cœur qu'elle sentait cogner contre sa poitrine ou le sien.

Sans cesser de l'embrasser un instant ni relâcher son étreinte, il la plaqua contre la paroi et posa les mains à plat de part et d'autre du visage de la jeune femme. Puis, d'un mouvement souple du bassin, il se pressa contre ses hanches pour lui faire sentir la force de son érection.

— Je ne joue pas avec vous, Adrienna, murmura-t-il, le front appuyé contre le sien. Ne voyez-vous pas que j'ai autant envie de vous que vous de moi ?

A en juger par les tressaillements furieux qu'elle sentait contre son ventre, il n'y avait pas à en douter. De se sentir désirée par un homme, et surtout celui-ci, la rendait pantelante et lui faisait tourner la tête.

Elle le prit par la nuque pour l'attirer de nouveau contre sa bouche, mais il se contenta de frôler ses lèvres.

— Non, ma chérie, ce n'est pas ainsi que nous pourrons savoir si nous avons envie de rester mari et femme.

La honte d'avoir manifesté son désir avec tant d'impudeur étouffa presque instantanément le désir qui la faisait trembler. Très vite, elle laissa retomber ses bras le long de son corps en se redressant devant lui.

— Je suis désolée, milord. Pardonnez-moi.

Hugh la saisit au menton pour la forcer à le regarder dans les yeux.

— Vous pardonner ? Et de quoi ? D'avoir accepté que votre mari vous embrasse ? Pensez-vous vraiment qu'un tel acte ait besoin d'être pardonné ?

Adrienna jeta un coup d'œil de chaque côté du couloir avant de répondre :

— C'est manquer de pudeur que de se laisser voler des baisers en public, répondit-elle.

— Vous parlez de pudeur ? Après notre conversation de tout à l'heure, ne pensez-vous pas que ce mot sonne étrangement faux ?

Elle ne pouvait pas ne pas en convenir, d'autant que, coincée comme elle l'était entre le mur d'une part et le corps massif de Hugh de l'autre, il semblait ridicule de parler de pudeur.

— Vous m'avez très bien comprise.

— Adrienna, souffla-t-il au creux de son oreille, lui causant un frisson qu'elle fut incapable de retenir, oubliez cela, oubliez les conventions et les bonnes manières. Oubliez tout ce que vous croyez avoir appris à propos du désir et de l'amour.

— Qu'est-ce donc qu'il ne faut pas oublier, alors ? répondit-elle après avoir dégluti péniblement pour se donner le temps de trouver une réponse.

Il lui prit les mains subitement, croisant les doigts avec les siens pour les plaquer au mur. Adrienna plissa le front, consciente que clouée de la sorte contre la pierre, elle se trouvait entièrement à sa merci.

Un frisson délicieux la traversa.

Elle essaya de lui faire lâcher prise, mais sans succès. De se retrouver ainsi piégée la terrorisait. Qu'allait-il lui faire ?

Elle s'apprêtait à le lui demander quand il changea de position.

Un cri de surprise lui échappa quand elle sentit la cuisse de Hugh s'insinuer entre les siennes. D'un seul coup, elle sentit ses seins gonfler, une bouffée de chaleur intense envahir son visage. Elle avait les jambes en coton tout à coup, et son ventre pressé contre lui palpitait follement.

— Regardez-moi.

On aurait dit que sa voix lui parvenait à travers un nuage épais, venant de quelque part au-dessus d'elle comme dans un rêve. Elle leva des yeux embrumés dans sa direction, à la manière d'un aveugle cherchant une main secourable dans les ténèbres.

Quand il prit sa bouche cette fois-ci, ce ne fut plus ni doux ni tendre. Au contraire, il l'écrasait contre le mur impitoyablement. Elle ne chercha pas à étouffer le gémissement qui montait dans sa gorge du plus profond d'elle-même, mais le laissa au contraire prendre son essor.

Hugh y mêla le sien un instant avant de reculer d'un pas. Quand il lui lâcha les mains, elles retombèrent le long de son corps comme celles d'une poupée de chiffons. L'air de la nuit se glissa entre eux, glacial, séparant leurs corps brûlants comme l'aurait fait un jet d'eau froide.

— Voilà ce que je ne veux pas que vous oubliiez.

Adrienna lutta pour reprendre son souffle en essayant de comprendre ce qu'il venait de dire. Elle dut se reprendre un peu avant de demander d'une voix tremblante :

— Quoi donc ? Que vous pouvez aisément m'inciter

à la luxure ? Que je suis faible au point de perdre toute notion du bien et du mal ?

Il se pencha vers elle et lui donna un chaste baiser sur la joue.

— Vous n'avez rien fait de mal. Je n'ai cure que vous oubliiez ou vous rappeliez vos pensées luxurieuses. Je vous demande simplement de ne pas rejoindre ma couche si vous n'avez rien d'autre en tête.

Elle secoua la tête, cherchant désespérément à reprendre le contrôle d'elle-même puis, en redressant les épaules et le menton.

— Quelle différence cela ferait-il puisque, au bout du compte, le résultat serait le même ?

Il ne répondit pas, mais son éclat de rire surprit quelque peu la jeune femme. Elle haussa les sourcils, intriguée.

— Si je me décide un jour à vous rejoindre dans votre lit, qu'est-ce donc que vous voudriez que j'aie à l'esprit ?

Hugh s'approcha un peu en plissant les yeux, puis, d'une voix rauque, murmura :

— Le désir, Adrienna. Un désir irrépressible de voir votre âme s'enflammer.

Son âme ?

Adrienna, une nouvelle fois, eut le souffle coupé. Elle sentait ses narines palpiter follement et son souffle s'accélérer à l'idée de rejoindre Hugh dans son lit, le feu au ventre, au point qu'elle dut s'appuyer sur lui pour se soutenir. Comment aurait-elle pu brûler de désir plus fort qu'à cet instant même ? La chose était-elle même seulement possible ?

Avait-il raison, finalement ? Se pouvait-il que l'amour et le désir ne soient pas par nature différents, ni séparés ?

Elle secoua la tête, comme pour repousser ces questions. Si elle lui accordait librement la passion qu'il semblait attendre d'elle si fort, trouveraient-ils l'amour ? Les battements de son cœur, qu'elle sentait nettement sous sa main pressée contre lui, l'enivraient comme un vin capiteux et lui donnaient le tournis.

Il exhalait de lui une senteur d'homme. Une odeur virile, épicée de désir, montait de son corps, l'enveloppant tout entière, dansant autour d'elle, caressant ses joues, sa chair, soufflant sur les braises, propageant l'incendie qui ne demandait qu'à s'étendre.

Ses yeux, plus noirs que l'eau d'un lac la nuit, la fixaient intensément. Deux étoiles jumelles luisaient dans leurs profondeurs. Sur son visage, nul sourire. Il ne plaisantait pas.

Mais il ne la jugeait pas non plus.

Elle ne comprenait pas comment il pouvait avoir obtenu un tel résultat en si peu de temps. Ah oui ! Elle avait envie de lui, oui elle le désirait. A cet instant précis, elle se serait donnée à lui sans réserve, pour assouvir sa chair, sans se préoccuper de rien d'autre que d'obtenir du plaisir, du plaisir, et encore du plaisir.

Ici et maintenant.

De sentir ses mains caresser sa peau brûlante aurait sans doute calmé la tension qui faisait trembler ses muscles et se tordre son ventre.

Elle n'attendait pas de lui qu'il la prenne avec douceur, certaine toutefois que ses mains seraient sûres et fortes. Il voudrait qu'elle lui réponde, sans doute, et elle le ferait, de son plein gré, sans appréhension.

— Adrienna, souffla-t-il d'une voix rauque, le front plissé. Si vous ne partez pas maintenant, vous perdrez toute chance d'obtenir jamais l'annulation.

— Tant pis, je n'en ai cure, répondit-elle le souffle court, d'un ton si décidé qu'elle en fut surprise elle-même.

— Demain matin, vous ne direz pas la même chose.

Elle le fixa au fond de ses yeux brûlants puis, se penchant sur lui, laissa glisser ses mains sur son torse, savourant la largeur de ses épaules avant d'aller perdre ses doigts dans la masse de ses cheveux.

— Nous nous inquiéterons du matin quand l'aube poindra, souffla-t-elle.

Hugh poussa un gémissement qui fit écho à la frustration qu'elle ressentait. Le visage enfoui dans sa chevelure, il lui couvrait le cou de baisers enflammés.

Oui. Comme cela ! Cela faisait si longtemps qu'elle attendait cela. Elle fondait entre ses bras, faisant taire la petite voix qui au fond d'elle lui criait une dernière fois de prendre garde. Le sang bouillonnant qui se ruait dans ses veines emportait tout sur son passage.

Elle avait envie de bien plus que de simplement sentir ses lèvres sur sa chair.

— Hugh, je vous en supplie…

Il noya cette supplique dans un baiser fougueux et pendant un instant, hors du temps, elle se perdit dans la caresse inouïe de ses lèvres, emportée par la violence de cette étreinte enflammée.

Il se détacha d'elle d'un seul coup comme si des mains invisibles venaient soudainement les arracher l'un à l'autre.

— Allez-vous-en, Adrienna, souffla-t-il en s'essuyant le front d'une main tremblante. Allez-vous-en avant qu'il soit trop tard.

Sa voix rauque presque brisée effraya la jeune femme.

Il y avait plus que du désir dans ces paroles, quelque chose de plus profond, de plus froid, de presque menaçant. Cela scintillait sous l'urgence du désir et lui rappelait qu'elle ne savait rien de cet homme, ou presque. La flamme qui brûlait au fond de ses yeux vacilla comme celle d'une chandelle dans la tempête, puis s'éteignit, cédant la place à une froideur terrifiante, comme un diamant glacé lové au fond de son âme.

Pour chasser le froid soudain qui s'insinuait en elle, Adrienna serra ses bras tremblants sur sa poitrine.

— Hugh ?

— Allez-vous-en, ordonna-t-il en tournant les yeux vers elle.

Il entendit nettement le souffle de la jeune femme se figer dans sa gorge puis écouta le bruit de ses pas s'éloigner lentement. La soudaine bouffée de colère qui venait d'étouffer son désir d'un seul coup transformait sa soif de plaisir en une soif de vengeance inextinguible.

Pour se protéger de la douleur qui lui vrillait le cerveau, il se pinça le haut du nez entre le pouce et l'index, en fermant les yeux. N'était-il pas ici précisément pour enseigner la passion à Adrienna ? Pour lui montrer la vraie nature de l'amour ? Pour toucher à la fois son cœur et son âme ?

Et ainsi pouvoir mieux les déchirer l'un et l'autre sans pitié et les jeter aux quatre vents…

Il s'appuya du bras contre le mur pour reposer sa tête sur son poignet, luttant pour reprendre le contrôle de lui-même, sa poitrine se soulevant au rythme de sa respiration saccadée.

Que lui arrivait-il ? Il était passé bien près de ruiner totalement la vengeance qu'il ruminait depuis si longtemps.

Il pouvait comprendre qu'il ait eu envie d'Adrienna, mais depuis quand la passion et le désir faisaient-ils partie de son jeu ? Et pourquoi souffrait-il à l'idée de se venger d'elle ? Pourquoi se prenait-il à se détester, tout à coup ?

Soudain, il fut pris d'un haut-le-cœur qui le rassura un peu. Peut-être ce changement d'humeur lui venait-il de ce pichet de vin qu'il avait bu avant de quitter la grande salle ?

En tout cas, il fallait espérer que rien d'autre que l'alcool n'explique la confusion qui s'installait en lui.

— Milord ! Lord Wynnedom !

Hugh roula sur lui-même en grommelant, et écarta de la main le rideau qui entourait son lit. La lumière du soleil pénétrant brusquement dans son abri le fit grimacer. Il avait la nausée et un violent mal de tête. Chaque muscle de son corps gardait un souvenir cuisant du pichet de vin aromatisé d'herbes fraîches ingurgité la veille au soir.

Un autre grognement fit écho au sien, montant du pied du lit. Doucement, avec précaution, William s'assit en se tenant la tête.

— Au nom du ciel, tuez-moi avec ma propre épée.

Hugh aurait éclaté de rire en entendant son compagnon gémir, s'il n'avait eu lui aussi envie de mourir sur place. Au lieu de cela, il laissa retomber les rideaux pour se protéger encore un peu de la lumière vive du jour.

Une fois à l'abri dans le havre de son lit, il maudit sa stupidité. En rentrant dans sa chambre, il avait délogé William hors de son lit et bu le reste du vin seul, persuadé par quelque mauvais génie tapi au creux de son âme qu'il pourrait trouver un peu de réconfort au fond d'une cruche.

C'était un mensonge éhonté, et il se promit de ne plus jamais y prêter l'oreille.

— Milord Wynnedom !

Les deux hommes accueillirent les coups sourds frappés à la porte avec des grognements douloureux. Le bruit, atroce, ne donnait malheureusement aucun signe de vouloir s'arrêter.

— Entrez, cria Hugh avec une grimace.

Quand il ouvrit les rideaux une seconde fois, il battit des paupières fébrilement pour chasser le brouillard qui embrumait son regard, en essayant de distinguer les traits du jeune page au visage rougeaud qui lui faisait face.

— Qu'y a-t-il ? Que me veux-tu ?

Le garçon redressa ses épaules maigres, croyant ainsi compenser sa taille chétive, puis avança en regardant les deux hommes d'un œil réprobateur et hautain.

— La reine requiert votre présence auprès d'elle, milord, annonça-t-il.

Hugh se répéta cette phrase en songeant qu'une requête valait mieux qu'un ordre et que si la reine n'exigeait pas sa présence, rien ne l'obligeait à s'exécuter. De toute façon, il n'avait vraiment aucune envie de parler à quiconque à cette heure.

— Dis-lui que je viendrai la voir quand je serai levé, déclara-t-il avec assurance.

— Milord, Sa Majesté m'a demandé de vous dire qu'elle voulait vous voir immédiatement.

Hugh ouvrit grand les rideaux d'un geste si violent qu'il manqua de les arracher. Le sol de pierre était froid de même que l'air de la pièce, mais, vu son état, il ne trouva pas la chose désagréable, bien au contraire.

— Comment cela ? tonna-t-il en s'approchant du jeune garçon effrayé et tremblant. Tout de suite ?

— Milord, balbutia le page en reculant vers la porte, il serait plus séant que vous vous vêtiez avant de vous rendre auprès de Sa Majesté.

Hugh n'eut pas le temps de répondre quoi que ce soit. L'adolescent fila vers la porte, s'arrêtant sur le seuil pour lui lancer :

— Je vais lui dire que vous serez bientôt là.

Pourquoi diable fallait-il que la reine le convoque précisément ce jour-là ? songea-t-il en levant les yeux au ciel, jugeant la question ridicule. La réponse coulait de source : justement parce qu'il ne s'était jamais senti aussi mal depuis bien longtemps.

Tout en marchant d'un pas résolu vers les appartements de la reine, il songea que son air maussade suffirait à éloigner les importuns si d'aventure il s'en présentait sur son chemin.

— Milord Wynnedom.

Hugh soupira, déçu être pris en défaut aussi vite. Lui qui croyait qu'en affichant une humeur de chien il pourrait éviter d'être abordé, voilà qu'il se retrouvait en face d'une femme blonde et avenante, cherchant désespérément dans sa mémoire comment elle pouvait bien s'appeler.

— Bonjour, lady… Sarah, je crois ? Quelle joie de vous voir ce matin…

— Milord, répondit celle-ci en baissant les yeux et en rougissant, nous ne sommes plus le matin depuis longtemps. Mais je suis ravie néanmoins de voir que vous vous rappelez mon nom.

Il évita soigneusement de préciser que c'était bien tout

ce dont il se souvenait à son propos et lui baisa la main rapidement, en fixant ses yeux d'un bleu glacial.

— Comment pourrais-je oublier un si charmant minois ?

La jeune femme minauda devant lui, battant des cils d'un air faussement timide en le repoussant de sa main posée bien à plat sur son torse en un geste d'une espièglerie consommée.

— Vous me flattez, milord.

Comme si elle n'avait pas conscience de sa beauté, songea Hugh en haussant les épaules.

— Aucunement, milady, car c'est la pure vérité. Je ne fais qu'exprimer une opinion que tous ici partagent.

Lady Sarah détourna les yeux l'espace d'une seconde avant de revenir à lui pour lui lancer un sourire plein d'effronterie et d'assurance.

— Vous allez voir la reine, il me semble ? s'enquit-elle.

Hugh acquiesça du chef.

— Et ensuite ? demanda-t-elle en penchant la tête légèrement sur le côté.

Il trouva ce manège amusant, aussi s'autorisa-t-il à répondre :

— Je n'ai encore rien prévu pour aujourd'hui.

Lady Sarah laissa glisser sa main sur la poitrine de Hugh, ne s'arrêtant que lorsque ses doigts atteignirent sa ceinture de cuir. Doucement, elle se passa le bout de la langue sur les lèvres puis lui souffla d'une voix rauque :

— Peut-être puis-je trouver un moyen de vous divertir.

Il y avait plus que de l'audace et de l'effronterie chez cette femme. Elle s'offrait à lui sans vergogne. Depuis son arrivée, il se souvenait de l'avoir vue poursuivre les hommes de son assiduité comme un faucon décrivant des cercles dans le ciel au-dessus de sa proie. A l'évidence, elle n'était pas là pour se divertir, mais pour se chercher un mari. Et il semblait qu'elle venait de l'ajouter à la liste de ses prétendants éventuels.

Il sourit devant cette proposition sans ambages, mais poussa un soupir navré, comme s'il regrettait de ne pouvoir accepter.

— Je vais voir la reine et on verra ensuite, affirma-t-il.

Comme par un fait exprès, la porte de l'antichambre royale s'ouvrit au moment où il terminait sa phrase et un garde l'annonça :

— Lord Wynnedom !

— Allez-y, souffla Sarah. Voulez-vous que je vous attende ici ?

— Non, répondit-il en secouant la tête. Je vous retrouverai quand j'en aurai terminé.

Il regarda la jeune femme s'éloigner en se demandant pourquoi diable la proposition qu'elle venait de lui faire l'intéressait aussi peu. Pour l'heure, il n'avait pas le temps d'y réfléchir, aussi chassa-t-il ces pensées avant d'entrer dans les appartements de la reine.

— Ah ! Lord Wynnedom, c'est très aimable à vous de vous joindre à nous.

Il s'inclina profondément devant la souveraine et lui présenta ses respects.

— Pardonnez mon retard, Majesté.

La reine lui lança un regard rapide, l'observant des pieds à la tête avant de revenir à son visage.

— Voulez-vous une coupe de vin ? offrit-elle.

Décidément, il devait avoir l'air aussi piteux qu'il le pensait.

— Non, je vous remercie, Majesté. Je n'ai besoin de rien.

Quand la reine lui désigna d'un geste un fauteuil vide, il remarqua sur ses lèvres un sourire furtif, et se réjouit intérieurement à l'idée que sa mauvaise mine amusait la souveraine. Il aurait été bien en peine de la froisser. Après s'être installé lourdement dans son siège, il balaya la grande pièce richement décorée du regard.

Et faillit s'étrangler en apercevant le visage pâle d'Adrienna.

— Milord Wynnedom, il semble que vous ayez fait sensation en ce palais.

— Je vous demande pardon, Majesté ? s'étonna-t-il en regardant la reine d'un air surpris.

— Etiez-vous à ce point ivre hier soir, répondit Aliénor en fronçant le sourcil, que vous ne vous souveniez plus de la conversation que vous avez eue dans la grande salle ?

Hugh réprima un gémissement embarrassé.

— Non, je... Je veux dire, si...

Cela commençait mal. Il s'éclaircit la gorge avant de reprendre :

— Non, Majesté, j'étais lucide. Je me souviens parfaitement de m'être joint à la conversation.

— Dites-moi, lord Wynnedom, d'où vous viennent les étranges idées que vous professez ?

Il dut se gendarmer pour ne pas quitter la pièce séance tenante. Il n'avait vraiment aucune envie de parler de ces choses-là avec la reine.

— A quelles idées faites-vous allusion, Majesté ?

— A celles concernant la nature de l'amour, répondit

la souveraine en tapotant nerveusement le bord du fauteuil du bout de ses ongles, les lèvres pincées. Qu'est-ce que l'amour, lord Wynnedom ?

— La rencontre de deux cœurs, répondit-il en omettant soigneusement d'évoquer la fusion de deux âmes ou la rencontre de deux chemins jusque-là séparés.

— Et qu'elle part le désir y prend-il ? insista Aliénor en se penchant vers lui.

— Il en est l'expression physique, Majesté.

— Mais cette... expression physique, comme vous dites, ne devrait intervenir qu'entre deux être mariés l'un à l'autre, n'est-ce pas ?

Comme il ne répondait pas, la reine insista :

— N'en êtes-vous point d'accord ?

Hugh luttait pour contrôler ses pensées, incapable de comprendre où la reine voulait en venir. Plutôt que de continuer le débat, il se contenta d'acquiescer sans se compromettre.

— Oui, j'en conviens.

— Pourtant, l'amour et le mariage ne font pas forcément bon ménage. Où donc, en ce cas, le désir charnel prend-il sa place ?

Il ferma les yeux, assommé par le sang qui battait à ses tempes.

— Il arrive que l'amour naisse de la familiarité qu'apporte le quotidien. Et que de partager des désirs permette qu'il s'épanouisse.

— En ce qui vous concerne, lord Wynnedom, pensez-vous que votre mariage et la familiarité qu'il engendre puissent y mener ? Ou bien sera-ce le désir qui fera croître l'amour ?

Hugh ouvrit les yeux brusquement, profitant de ce qu'il était aveuglé par la lumière pour ne pas tourner son regard vers Adrienna. Elle savait ! Il ignorait comment, mais la reine avait percé son secret.

Aliénor se laissa aller contre le dossier de son fauteuil avant de faire un geste en direction de la porte.

— Laissez-nous. Sortez, tous, lança-t-elle, ajoutant, lorsqu'elle vit Hugh se lever pour se joindre aux autres : non, pas vous, Wynnedom.

En se rasseyant à contrecœur, ce dernier regarda Adrienna quitter la pièce les épaules bien droites, le menton levé. Pourtant, la pâleur de son visage démentait à l'envi l'attitude confiante qu'elle affectait. Se pouvait-il que la reine ait déjà eu avec elle une conversation privée ?

Et dans ce cas, que lui avait-elle dit ?

Quand la porte se referma, Aliénor se leva et plaça d'autorité un gobelet de vin dans la main de Hugh.

— Buvez, ordonna-t-elle. Vous allez en avoir besoin.

6

Un silence assourdissant régnait dans les appartements de la reine. Hugh sentait son cœur cogner sourdement dans sa poitrine, et le sang battre à ses tempes comme un écho lointain, un écho qui se rapprochait et devenait de plus en plus fort à chaque battement.

Il avait envie de parler sans ambages, de demander à Aliénor ce qu'elle savait exactement, mais un reste de sagesse l'incita à garder les lèvres closes. Sans doute valait-il mieux se taire dans ces circonstances, quoique, si la reine ne cessait pas bientôt d'arpenter ainsi la pièce sans lui dire franchement ce qu'elle avait sur le cœur, il craignait que sa sagesse ne l'abandonne.

Finalement, à son grand soulagement, elle finit par s'asseoir et le fixa d'un œil qui n'annonçait rien de bon.

— Milord Wynnedom, des étrangers se sont aventurés sur mes terres aujourd'hui, déclara-t-elle.

Ce n'était pas une question, aussi Hugh garda-t-il le silence.

— Et mon mari se trouvait parmi eux.

Wynnedom se souvenait d'avoir prévenu le roi qu'il s'exposait à être vu par les hommes d'Aliénor, mais ce dernier avait balayé l'objection comme si elle n'avait aucune importance.

— Vous y étiez vous aussi.

Il resta muet obstinément, se demandant combien de temps il allait falloir à la reine pour en arriver au fait.

— D'après ce que je comprends, vous connaissiez ces étrangers.

Hugh gémit intérieurement. D'où diable sortait-elle ces informations ? Henry avait juré de garder le silence et il ne pensait pas que le roi soit homme à ne pas tenir sa parole. Qui d'autre connaissait son passé ?

Trois hommes, pas plus, qui tous lui devaient leur liberté. William ? Sûrement pas. Il aurait préféré se faire tuer sur place plutôt que de trahir un ami. Guy ? Non plus. Il n'avait aucune raison de rapporter de telles histoires à la reine, sans compter qu'il devait s'occuper de ses propres responsabilités et n'avait certainement pas eu l'occasion de le faire.

Restait Stefan.

Ayant prouvé à plusieurs reprises qu'il n'était pas digne de confiance, ce dernier faisait un suspect idéal. D'ailleurs, s'il avait eu le choix, Hugh l'aurait laissé croupir dans sa geôle. Mais pour délivrer le reste des prisonniers anglais, il fallait d'abord que les négociations commerciales entre le roi Henry et les héritiers de Sidatha soient couronnées de succès. Laisser Stefan entre leurs mains aurait été courir le risque de voir celui-ci contrecarrer leurs plans. Il devait à l'intervention de Guy et William de s'être convaincu qu'il serait sage de surveiller Stefan d'Arnyll de près. Cet homme était clairement son ennemi, quand bien même on attendait de lui qu'il aide Guy à assumer sa charge.

Aliénor prit un gobelet à pied qu'elle fit tourner entre ses doigts fins en en étudiant les reflets.

— N'avez-vous rien à dire ?

Au lieu d'exploser comme il l'aurait fait avec n'importe qui d'autre, Hugh se rappela à qui il s'adressait et s'efforça de parler d'une voix calme.

— Que voulez-vous que je vous dise, milady ? Que vos espions se sont trompés ? Que vous ne savez pas ce qui se passe sur vos terres ?

Elle se pencha vers lui pour répondre.

— Vous pouvez me dire ce qui s'est passé dans la tente de ces étrangers.

Hugh secoua la tête devant cet ordre à peine voilé.

— Veuillez me pardonner, Majesté, mais il vous faudra vous adresser au roi Henry à ce propos. Je ne suis pas autorisé à discuter de ses affaires avec vous, ni avec quiconque, d'ailleurs.

A sa grande surprise, Aliénor ne s'offusqua pas de sa mauvaise volonté. Elle se cala dans son siège sans le quitter des yeux.

— En ce cas, expliquez-moi ce que vous faites ici. Il n'existait pas de lord Wynnedom voici un an. D'où sortez-vous ?

— Du royaume, Majesté.

— Mais encore ?

— D'un peu partout.

La reine tapotait d'un doigt impatient le bras de son fauteuil. Ce claquement incessant commençait à agacer Hugh prodigieusement.

— Avez-vous une épouse, milord ?

Hugh résista à son envie de soupirer pour manifester son exaspération. Stefan ne savait rien d'Adrienna, ce qui donnait à penser qu'il pouvait bien ne pas être l'espion d'Aliénor. En tout cas, si elle voulait lui tirer les vers du nez, elle allait en être pour ses frais.

— Une épouse, Majesté ? répéta-t-il en jouant l'étonné.

— Allons, Wynnedom, cessez de vous gausser. Vous êtes certainement marié. Forcément.

— Qui sait, milady ? Je suis si absorbé par le service du roi que j'ai oublié si je le suis ou non.

— Il est facile de s'en assurer.

Ce qui voulait dire qu'elle ne l'avait pas encore fait.

Il restait du temps pour séduire Adrienna…

— En ce cas, Majesté, ne vous gênez pas pour faire votre enquête.

Aliénor reposa bruyamment son gobelet sur la table dressée à côté d'elle, si fort qu'elle aspergea celle-ci de vin.

— Vous commencez à m'ennuyer, lord Wynnedom.

— En ce cas, pourquoi ne pas me demander tout de go ce que vous cherchez, milady ?

— Je cherche à me débarrasser de vous.

Il devait reconnaître qu'elle savait aller droit au but.

— Et pourquoi cela ?

— Parce que, Hugh de Wynnedom, votre air sombre et votre langue bien pendue plaisent aux femmes de cette cour et qu'elles en sont toutes bouleversées.

— Je vous demande pardon, Majesté ? s'exclama-t-il, incapable de contenir sa surprise.

— Vous m'avez entendue. Je n'ai pas envie de vous faire d'autre compliment. Vous risqueriez de ne plus vous sentir de joie.

— Qu'est-ce qui vous préoccupe, milady ?

— Il est difficile pour une femme de faire un bon parti, milord, et de séduire un futur époux quand elle est grosse des œuvres d'un autre.

Hugh accusa le coup. Décidément, la reine savait se montrer honnête et directe. Il commençait à éprouver du respect pour elle.

— Je n'ai pas pour habitude d'engendrer des bâtards ni non plus de séduire des vierges.

— Ce n'est pas pour celles-ci que je m'inquiète, car vous les effarouchez par trop, Wynnedom. Ce sont les femmes qui savent ce que vous pouvez leur offrir qui me préoccupent.

— Je ne leur offre rien, milady.

La reine éclata de rire, renversant la tête en arrière pour s'esclaffer d'une voix qui, il ne savait trop pourquoi, lui mettait les nerfs à vif.

— Balivernes ! Wynnedom.

Elle inventait des histoires à dormir debout, sans la moindre preuve. Il ne cherchait à séduire personne hormis son épouse légitime et n'avait pas souvenir d'avoir jamais, depuis qu'il se trouvait à la cour, entrepris quelque femme que ce soit.

— Milady, je…

La reine le coupa d'un geste de la main.

— Je serai claire, milord, cela vous évitera de nous méprendre l'un et l'autre. Laissez Adrienna de Hallison en paix. J'ai d'autres plans pour elle.

Hugh serra violemment les bras de son fauteuil en ravalant sa rage. Ainsi, elle avait d'autres plans pour Adrienna ? Des plans dont bien évidemment il ne faisait pas partie. Nerveusement, il changea de position sur son siège pour s'aider à garder son calme.

— La personne en question est-elle au courant de vos desseins, Majesté ?

— Pas encore, mais les choses allaient bon train, et dans la bonne direction, jusqu'à votre arrivée. Il n'a pas été facile à milord Langsford de poursuivre sa cour, depuis, puisque vous accaparez cette petite du matin au soir.

Langsford ?

Ce nom-là lui semblait familier, mais il lui fallut un moment avant de pouvoir mettre un visage sur ce nom. Bien sûr ! Il s'agissait de ce Richard, celui qu'il entendait encore demander à Adrienna de l'épouser, au bord de l'étang l'autre jour.

— Ce Langsford et lady Hallison vous semblent-ils bien assortis, Majesté ?

— Absolument. Leurs terres sont mitoyennes et le père de la demoiselle est convaincu que Langsford fera un gendre acceptable.

Hugh manqua s'étouffer de rire. Hallison aurait trouvé n'importe quel benêt acceptable pourvu qu'il possède de la fortune et des terres.

— Ainsi la chose serait presque faite, si je comprends bien ?

— Presque, tempéra la reine. Il reste à obtenir l'accord de cette jeune femme avant d'annoncer les fiançailles.

Incapable de contenir sa curiosité, Hugh demanda abruptement :

— Quel intérêt avez-vous à voir cette union aboutir, milady ?

La reine plissa les yeux en reprenant son tapotement agaçant.

— Hallison et Langsford feront un fief de bonne taille une fois réunis.

Il comprenait à présent l'intérêt d'Aliénor dans cette affaire. Il ne fallait pas être grand clerc pour comprendre qu'entre le roi et la reine, Langsford choisirait d'être loyal à la seconde.

— Il est inutile que vous vous préoccupiez de ces

choses, Wynnedom, déclara Aliénor en renvoyant son visiteur d'un geste de la main.

Hugh avait assez de problèmes à résoudre avec Adrienna. Il ne voulait pas en cette affaire prendre part à la lutte d'influence qui opposait d'un côté le roi Henry et de l'autre la reine Aliénor. Par ailleurs, il ne voulait rien avoir à faire avec ce roquet de Langsford.

Il se leva, puis en s'inclinant devant la souveraine :

— Milady, lança-t-il. Je vous souhaite du succès dans vos entreprises.

— Ne l'approchez plus, Wynnedom, sans quoi je vous ferai chasser de ma cour.

Prudemment, Hugh garda ses réflexions pour lui et se dirigea vers la porte sans un mot.

Aliénor lui fit une dernière suggestion :

— Rentrez chez vous, milord, quel que soit le lieu que vous nommez ainsi. Cela vous évitera du chagrin.

Pour ça, il avait bien l'intention de rentrer chez lui en effet.

Avec sa femme.

A présent, il n'avait d'autre choix que de précipiter les choses et de séduire Adrienna au plus vite. Plus tôt elle serait dans son lit, mieux cela vaudrait.

Le fracas des voix des invités rassemblés pour la soirée résonnait d'un bout à l'autre de la grande salle. Pour Hugh, la rumeur des conversations innombrables mêlée à la musique stridente des flageolets et des chalumeaux n'équivalait à rien moins que du bruit. Depuis son entrée dans la salle, il ne pensait qu'à repérer Adrienna, qu'il n'avait pas vue depuis leur entrevue dans la chambre de la reine. Il se sentait de moins en moins bienvenu à

Poitiers et songeait sombrement qu'il devenait de plus en plus nécessaire de précipiter les choses avec la jeune femme avant que la reine Aliénor ne décide de le priver de ses bonnes grâces, si l'on pouvait nommer ainsi la tolérance glaciale qu'elle manifestait à son égard.

Il ne fallait pas être un génie pour comprendre qu'elle n'aurait pas besoin d'enquêter bien longtemps à son sujet pour apprendre la vérité sur son identité.

Il préférait être loin d'ici quand elle découvrirait le pot aux roses.

Soudain, il eut l'œil attiré par un éclair vert, non loin de là. Au milieu de tous ces paons accoutrés à l'excès, qu'une femme ait décidé de porter cette robe verte sans bijoux ni broderies paraissait rafraîchissant. Dès qu'il leva les yeux, il s'aperçut qu'il s'agissait de sa propre femme. Qui d'autre qu'elle aurait utilisé des fleurs des champs pour orner sa chevelure quand on pouvait en trouver d'innombrables et bien plus flamboyantes dans les jardins du palais ?

D'un coup d'œil rapide, Hugh essaya de repérer la reine dans cette assemblée, et fut soulagé de constater que celle-ci manquait à l'appel, de même que sa fille, la comtesse Marie. Dorénavant, il allait lui falloir se montrer très prudent et très discret en présence de l'une ou l'autre des deux femmes.

En se frayant un chemin à travers la foule compacte, il s'approcha d'Adrienna, et quand il s'arrêta derrière celle-ci, la femme qui conversait avec elle prit congé sitôt qu'elle l'aperçut.

Sans se retourner, Adrienna lui lança :

— Que vous a dit la reine ?

D'avoir été reconnu de la sorte le flattait, mais sa curiosité fut la plus forte :

— Comment savez-vous à qui vous parlez ?

— Mon ami Elise m'a prévenue de votre arrivée, répondit Adrienna en lançant un regard par-dessus son épaule.

Hugh posa la main sur sa poitrine à hauteur du cœur d'un geste théâtral, s'exclamant en fermant les yeux :

— Je suis mortellement blessé, milady. Je m'étais pris à penser que peut-être vous aviez deviné ma présence.

La jeune femme se retourna pour lui faire face.

— Je vous en prie, milord, répliqua-t-elle d'un ton railleur, ne laissez pas votre orgueil fleurir sur les dalles du palais royal.

— Cela pourrait arriver, riposta-t-il en haussant les sourcils, un sourire moqueur sur les lèvres. A moins que vous ne vouliez me « cueillir » dans un endroit un peu plus intime...

— Je crains de n'apprécier aucune des fleurs que vous offrez, milord.

— Ah, Adrienna, c'est que vous n'en avez pas encore senti le doux parfum. Un jour vous regretterez de n'avoir pas saisi votre chance.

Adrienna leva les yeux au ciel.

— Avez-vous déjà souffert de cette affliction, milord ?

— Laquelle, milady ?

— Celle qui vous enfle les chevilles si fort qu'à la fin elles explosent. Ceux qui en sont affectés le doivent à une soudaine et massive bouffée d'orgueil. Ce sont là des symptômes que vous connaissez bien, j'imagine ?

— Que peut-on faire contre cela, milady ? Existe-t-il un remède ?

Adrienna le dévisagea un moment puis, en secouant la tête :

— Hélas, je crains fort qu'en ce qui vous concerne les choses soient déjà trop avancées. Selon toute vraisemblance, la maladie va vous emporter.

Hugh se mordit la lèvre pour ne pas sourire.

— Je constate que nous avons la langue bien pendue quand nous ne sommes pas seule, milady, remarqua-t-il.

— Milord, répliqua Adrienna en haussant les épaules, si cela vous chantait, vous me traîneriez hors d'ici sans vous soucier de savoir combien de personnes se trouvent ici.

— En ce cas, d'où vous vient l'audace dont vous faites preuve en me défiant de la sorte ?

Elle le regarda droit dans les yeux sans fléchir avant de répondre :

— C'est simple, milord. Je ne vous vois pas ce regard particulier, ce soir.

— Ce… regard ? répéta Hugh, perplexe. De quoi parlez-vous ?

Une ombre écarlate monta aux joues de la jeune femme.

— Ah, je vois…, laissa-t-il tomber avec un sourire.

Adrienna se mordit la lèvre et baissa les yeux.

— Je…

Il la fit taire en lui posant un doigt sur la bouche.

— Non, ne dites rien. Si vous vous excusez, Adrienna, je vous jure que je vous embrasserai devant tout le monde jusqu'à vous faire perdre la raison.

Il sentit les lèvres de la jeune femme tressaillir sous son index.

— Encore une fois, votre orgueil vous aveugle, milord. Je n'avais pas l'intention de m'excuser.

Chaque mot ressemblait à un baiser. Cela vibrait sur sa peau et se répercutait dans toute sa main.

— En ce cas qu'alliez-vous dire ? demanda-t-il en laissant son doigt errer sur la bouche de la jeune femme et en savourant les tremblements qu'elle ne pouvait réprimer et qui se transmettaient malgré elle à ce point de contact.

Il aurait donné cher pour être seul avec elle à présent, et frôler de sa langue sa bouche soyeuse et se régaler de son émoi.

— J'allais vous dire que j'appréciais beaucoup de ne pas voir le désir brûler au fond de vos yeux.

— Trop tard.

— Je vois…, souffla-t-elle en relevant la tête.

Hugh fut abasourdi du regard qu'elle lui lança.

— J'ai grand peur, milady, qu'il me faille attendre très longtemps de ne plus éprouver de désir pour vous.

— Pas tant que ça, milord.

— Vous connaissez un remède pour cette maladie-là aussi ?

— En effet.

Il y eut un silence, mais, comme elle ne poursuivait pas, il crut bon insister.

— Et de quoi s'agit-il ?

Adrienna détourna les yeux, puis :

— Votre désir s'évanouira dès que vous quitterez ce palais, souffla-t-elle. Seul, bien entendu.

Hugh sourit, d'un air un peu surpris toutefois.

— Ainsi vous pensez toujours gagner ? s'étonna-t-il.

— Je ne le pense pas, j'en suis certaine.

Et dire que quelques instants plus tôt, elle lui reprochait son orgueil et son assurance ! A présent, c'était elle qui arborait un sourire hautain sur ses lèvres et proclamait déjà sa victoire future avec une audace touchante.

— Vous n'êtes certaine de rien du tout.

— Je m'étonne que votre orgueil et la haute estime dans laquelle vous vous tenez ne vous aient pas encore étouffé, répliqua-t-elle en le défiant du regard.

Son orgueil ?

Il n'y avait pas si longtemps, sa vie ne valait pas un liard. Moins que le prix d'un grain de sable dans le désert. Et il n'était pas certain qu'elle vaille beaucoup plus aujourd'hui.

Hugh ravala le goût âcre qui lui montait dans la gorge.

— Je ne peux pas m'étouffer avec une chose que l'on m'a déjà arrachée.

Adrienna le regarda d'un air étonné en penchant la tête sur le côté, le front plissé.

— Hugh ?

Ce nom lancé comme une question résonna dans l'air, mais Hugh ne lui fit aucune réponse.

— Que vous a dit la reine ? s'enquit Adrienna, changeant abruptement de sujet.

Heureux de pouvoir remiser des pensées dangereuses dans les profondeurs d'où elles n'auraient jamais dû sortir, il répondit de bonne grâce :

— Elle pense que je devrais rentrer chez moi et veut savoir si je suis marié.

Adrienna resta bouche bée.

— Ne craignez rien, la rassura-t-il. Je n'ai rien dit qui puisse lui servir. Elle ignore absolument si je le suis ou pas.

— Il ne lui faudra pas longtemps pour le découvrir.

— Je sais.

— Nous ne pouvons pas parler ici, souffla-t-elle en jetant des regards autour d'eux. Peut-être une promenade dans le jardin… ?

— Non, objecta Wynnedom en secouant la tête. On m'a conseillé de passer moins de temps en votre compagnie.

— Pourquoi cela ?

— Pour éviter que je ne gâche vos chances de trouver un mari convenable.

Adrienna croisa les mains devant elle, si fort qu'elle en avait les jointures toutes blanches.

— Elle sait, j'en suis sûre.

— Non, insista-t-il en lui prenant les doigts doucement pour essayer de la calmer. Mais si vous vous comportez de la sorte chaque fois que nous sommes ensemble, elle va inévitablement commencer à s'interroger.

— Que voulez-vous dire ? Je suis parfaitement détendue.

— En ce cas, cessez de vous tordre les mains de cette façon, rétorqua-t-il d'un ton taquin.

Instantanément, elle laissa retomber ses bras le long de son corps.

— Comment pouvez-vous prendre ainsi les choses à la légère ?

— Ce n'est pas le cas. Néanmoins, la reine va nous faire épier du soir au matin. Tous nos faits et gestes seront observés.

Il y eut un silence puis, en la fixant d'un air plus sérieux que jamais :

— Nous n'avons pas un mois devant nous, Adrienna, souffla-t-il.

— Mais vous avez dit que…, s'insurgea-t-elle en ouvrant de grands yeux.

— Si elle découvre la vérité avant que notre marché atteigne son terme, c'en sera terminé, vous le savez.

Toute sa belle assurance sembla abandonner Adrienna d'un seul coup. Ses épaules s'affaissèrent et la lueur dans ses yeux pâlit brusquement. Une ride se creusait sur son front.

— Je réalise à présent qu'elle sera si ulcérée de ce qui lui semblera sans doute une trahison qu'elle refusera absolument de nous accorder l'annulation.

Il ne pouvait rien objecter là-dessus. La reine Aliénor, en effet, serait furieuse de découvrir le marché qu'ils avaient conclu entre eux à son insu.

Elle le serait bien plus encore de voir ses propres plans mis en péril.

— Il est bien possible que vous ayez raison, admit-il.

— En ce cas, pourquoi ne pas mettre un terme à toute l'affaire ?

Hugh s'étonna du violent pincement au cœur que lui causèrent ces paroles.

— Y mettre un terme, dites-vous ? Vous parlez de cela comme s'il s'agissait de se faire arracher une dent ou amputer un membre malade.

Pas d'émotion, pas de sentiments ? Il lui semblait totalement inenvisageable de simplement commettre l'acte comme s'il s'agissait de n'importe quelle autre activité physique. Il n'avait pas seulement envie d'elle charnellement. Il voulait son cœur et son âme, et il savait parfaitement qu'elle n'était pas prête encore à les lui donner.

— Oui, finissons-en avec cette comédie. Montons

dans votre chambre et consommons ce mariage une bonne fois pour toutes.

Elle disait cela d'un ton si calme, comme si elle parlait de la couleur d'une robe, que sa première impulsion fut de l'étrangler. La suivante fut de quitter la pièce et de s'en aller sans se retourner. Il ignora l'une et l'autre, cependant.

Il voulait tout, ou rien.

— Oh Adrienna ! Vos paroles suaves me donnent envie de bien plus que cela. Il n'est rien qui puisse m'attirer plus promptement dans votre lit.

Elle l'enveloppa d'un regard menaçant.

— Vous savez très bien ce que je veux dire.

— Certes, et j'en suis offensé.

— Offensé ? Comment cela ? s'exclama-t-elle.

— Parlez plus bas. Je ne veux pas que tout le monde ici se joigne à notre conversation.

— Très bien, murmura-t-elle aussi doucement que possible. Comment osez-vous être offensé ? Ce n'est pas vous qui avez été forcé de vivre dans le mensonge pendant la moitié de votre vie. Ce n'est pas vous qui avez été contraint de venir ici à la cour pour trouver un bon parti cette fois-ci. Ne me parlez pas de…

Elle s'arrêta brusquement quand il lui saisit le bras.

— Je m'offense de ce que vous suggériez que nous redonnions vie à ce mariage en nous mettant simplement au lit tous les deux.

Il la relâcha en grinçant des dents, une colère noire bouillant en lui.

— Ne vous avisez plus jamais de me parler de vos années perdues, ajouta-t-il d'un ton plein de menace.

Elle le fusilla du regard, mais quand elle ouvrit la

bouche, ce fut pour jurer à voix basse. L'imprécation de Hugh se mêla à la sienne.

Rapidement, redoutant que quelqu'un de leur connaissance les rejoigne, il la mit en garde :

— Notre marché tient toujours. Je vous promets que vous viendrez dans mon lit toute brûlante de désir.

— Espèce de…

— Lady Adrienna ! Comment vous portez-vous ce soir ?

La jeune femme se retourna, excédée, vers le gêneur, qui n'était autre que Langsford.

Hugh observa celui-ci du coin de l'œil. Ainsi, c'était là le prétendant dont la reine pensait qu'il ferait un parti convenable pour Adrienna ?

Du reste, il n'était pas loin de partager cet avis. Ce serait bien fait pour Adrienna d'être encombrée d'un tel imbécile pour le restant de ses jours.

Il s'efforça à sourire puis les salua tous les deux avant de s'éloigner.

7

Adrienna regarda la silhouette de Hugh s'évanouir dans la foule. A cet instant précis, elle aurait donné cher pour posséder un petit arc dissimulé au creux de sa main. Elle aurait pu lui tirer une flèche dans le dos sans que personne ne s'en aperçoive, sauf lui.

Comment osait-il la planter là de la sorte ?

— Lady Adrienna, voulez-vous faire quelques pas avec moi dans le jardin ?

Surprise en plein rêve coupable, elle sursauta mais se reprit assez vite et reporta son attention sur Richard, l'air de rien.

— Non, milord, je vous remercie. Ç'a été une dure journée.

Elle ne mentait pas en disant cela, car elle s'était épuisée à marcher en long et en large dans sa chambre en attendant que Hugh prenne contact avec elle. Devant l'absence de message, elle avait passé le reste de l'après-midi et le début de la soirée à espérer anxieusement le voir entrer dans la grande salle. Sans cesser de se demander où il pouvait avoir passé la journée.

— Peut-être voulez-vous vous asseoir près du feu ? suggéra Langsford.

Comment Hugh comptait-il qu'ils fassent pour poursuivre leur jeu étrange ? Bien sûr, il n'y avait pas grand risque qu'il gagne leur marché, mais, à bien y réfléchir, il y avait quelque chose d'excitant dans cette chasse. En tout cas, elle n'avait pas souvenir de s'être jamais sentie aussi vivante, aussi impatiente.

Ni aussi désirée.

Ni aussi perplexe non plus, néanmoins.

D'un côté, elle ne voulait rien tant que de se retrouver dans le lit de Hugh et de mettre un terme à cette incertitude.

De l'autre, il y avait quelque chose chez lui qui la mettait mal à l'aise. Il changeait d'humeur trop vite et, par moments, il la regardait avec des yeux pleins de haine. Mais avant même qu'elle puisse confirmer la réalité de cette impression, elle se dissipait comme par enchantement.

Adrienna fronça les sourcils. Elle détestait ne pas savoir sur quel pied danser, mais comment choisir ?

— Peut-être préféreriez-vous que je vous laisse seule, Adrienna ? demanda Richard d'une voix forte et vibrante d'impatience.

Elle essaya d'oublier Hugh pour regarder Langsford. Il n'avait pas l'air content, pas du tout même.

Il était terriblement pâle par comparaison avec Wynnedom, terriblement emprunté, terriblement transparent, terriblement… gentil. Hugh, lui, se montrait toujours brutal, sombre et agaçant. Et comme de juste, elle préférait le second. Quoi qu'elle fasse, elle avait toujours son image à l'esprit.

Assez !

— Milady ?

Adrienna s'ébroua mentalement en se morigénant pour s'être laissé aller et s'avança vers le feu.

— Oui, Richard, asseyons-nous près du feu, c'est une bonne idée.

Elle prit place le dos aux flammes, ce qui lui permettait d'embrasser toute la pièce dans son champ de vision.

Et accessoirement de surveiller son mari.

Contre toute attente, il était toujours là, en grande conversation avec lady Sarah. Ils semblaient même bien s'amuser tous les deux, ce qui ne laissait pas d'irriter Adrienna. Elle avait un goût amer dans la bouche en les regardant.

— Où êtes-vous, milady ?

Elle se retourna vers Richard, abandonnant Hugh et Sarah à leurs rires.

— Je suis ici, affirma-t-elle.

— Non, objecta Langsford. Vous êtes là-bas, de l'autre côté de la salle. Vous ne pensez qu'à ce Wynnedom.

Adrienna sentit ses joues s'enflammer à ces mots. Se pouvait-il qu'elle ait été aussi peu discrète ?

— Je ne sais pas de quoi vous parlez.

Elle sentait la chaleur du bras de Richard sous le sien, et celle de son souffle sur sa joue.

— Ne dites rien, Adrienna. Contentez-vous de m'adresser les regards que vous lui réservez.

Pourquoi diable n'éprouvait-elle strictement rien quand Richard la touchait ? Pourquoi ne ressentait-elle pas le désir de se pencher vers lui, et de savourer la caresse de son souffle sur son visage ? Il était gentil, amusant, drôle même, et sûrement pas homme à la menacer de son désir. Avec lui elle ne risquait pas d'avoir des pensées luxurieuses ni d'avoir envie de lui jusqu'à perdre le contrôle d'elle-même.

Dieu qu'il était différent de Hugh ! Le sourire de celui-ci lui donnait envie de goûter à l'élixir capiteux du désir. La moindre caresse de sa main faisait fuser dans ses veines des millions d'étincelles brûlantes et ses paroles pleines de défi semblaient comme une invite à suivre un chemin semé d'embûches et de danger.

Richard ferait un bon mari. Elle serait en sécurité avec lui. Hugh de son côté était dangereux, et, avec lui, elle ne connaîtrait jamais que le chagrin.

A cette heure, Richard se trouvait à côté d'elle tandis que Hugh, lui, flirtait outrageusement avec une autre. Jusqu'à présent, jamais encore elle n'avait cherché ses mots devant Langsford. Elle baissa les yeux sur la table en se demandant si elle allait lui mentir.

Il lui caressa la joue avec le dos de sa main, puis :

— Adrienna, murmura-t-il, il compte se servir de vous et vous quitter ensuite, n'êtes-vous pas capable de vous en rendre compte ? Votre beau guerrier plein d'audace ne cherche pas une épouse. Il ne veut que prendre un peu de bon temps avec vous avant de repartir vers de nouvelles aventures.

Il se trompait, car Hugh était effectivement à la recherche d'une femme, la sienne. Mais bien sûr elle ne pouvait pas le lui dire, aussi demanda-t-elle en soutenant son regard :

— Et comment êtes-vous arrivé à cette conclusion ?

— C'est simple : quand il vous regarde, c'est sans la moindre étincelle d'amour dans les yeux, affirma Richard en lui passant doucement un doigt sur les lèvres. Seulement du désir. Je peux vous offrir mieux que cela.

Cette caresse surprit Adrienna, qui s'obligea néanmoins à ne pas se mordiller la bouche pour calmer la démangeaison qu'elle venait d'y faire naître.

Cela ne lui causait véritablement aucune émotion.

— Oui, beaucoup plus, insista Richard. Je veux prendre soin de vous, et faire en sorte que tous vos désirs soient satisfaits. Je veux aussi vous protéger contre les gens de l'acabit de Wynnedom.

Au début, Adrienna crut qu'il se moquait. Ce qu'il lui proposait ressemblait plus aux promesses d'un père qu'à celles d'un amant ou même d'un mari. Mais il les proférait avec un tel sérieux et un regard si clair qu'elle ne put que constater qu'il était parfaitement sérieux.

— Je n'ai pas besoin de protection, répondit-elle.

— Si, répliqua-t-il. Vous avez besoin de quelqu'un qui vous adule, quelqu'un qui vous respecte.

Il la suppliait des yeux de la croire. Des yeux si purs qu'elle pouvait voir jusqu'au fond de son âme, ce qui ne risquait pas d'arriver avec Hugh. Dans le regard de celui-ci, elle ne voyait jamais que mystère et ténèbres.

— Adrienna, je suis cet homme. Je vous traiterai comme un ange.

Elle se sentit le souffle court, tout à coup. Avait-elle vraiment envie d'être traitée comme un ange ? D'être adulée ? Etait-il préférable d'avoir auprès d'elle quelqu'un qui s'occuperait de combler ses besoins, quelqu'un sur qui s'appuyer, à qui faire confiance ? Quelqu'un qui ne l'abandonnerait pas la nuit même de leurs noces ? N'était-il pas plus sage de suivre ce chemin-là, moins exaltant peut-être, mais plus sûr ?

Ou bien alors, voulait-elle un homme capable de l'inciter à s'oublier elle-même, à oublier les conventions, la respectabilité, le besoin de se contrôler ? Quelqu'un qui n'aurait pas peur de la plaquer contre un mur avec son corps brûlant, ni de l'embrasser jusqu'à ce qu'elle sente ses genoux la trahir et ses sens fondre sous les assauts du plaisir. Quelqu'un dont la plus infime caresse lui causerait des picotements à la pointe des seins et allumerait un incendie au creux de son ventre. Un homme capable de lui donner envie de bien plus que des baisers…

Elle en avait la bouche toute sèche et la gorge nouée de penser à ces choses. Seigneur Dieu, que lui arrivait-il ? Les joues en feu, elle s'avoua qu'elle pensait comme une fille des rues, une prostituée sans vergogne.

— Adrienna, épousez-moi, insista Richard en lui prenant le menton. Laissez-moi vous montrer quelle merveilleuse union peut être la nôtre.

Il s'approcha plus près. Sa bouche effleurait presque celle de la jeune femme.

— Je peux vous le faire oublier…

Oublier Hugh ? Jamais ! Pas même après son départ, pas même après l'annulation de leur mariage. Jamais elle n'oublierait son air sombre et songeur, son sourire de côté, ses yeux pleins de passion, ses lèvres pleines, ses caresses, sa voix profonde et douce à la fois… Tout cela faisait partie d'elle à présent.

Elle se mordit l'intérieur de la joue pour chasser les larmes qui montaient à ses yeux.

Richard pressa ses lèvres sur les siennes avant d'appuyer son front contre le sien.

— Chère Adrienna, je vous le ferai oublier, répéta-t-il.

Hugh les regardait depuis l'autre côté de la pièce, et luttait contre lui-même pour tenir en respect le cri sourd qui montait dans sa poitrine en même temps qu'une envie folle de tailler Richard Langsford en pièces. Si ce misérable laquais n'ôtait pas immédiatement ses sales pattes des bras d'Adrienna, il signait son arrêt de mort. C'était aussi simple que ça.

— Milord Wynnedom, ne trouvez-vous pas qu'il fait un peu chaud ici ?

Et il ne fallait pas qu'il espère mourir rapidement et sans souffrir, oh non ! Hugh ferait en sorte qu'il endure une douleur telle que les flammes de l'enfer lui sembleraient douces par comparaison.

— Milord Wynnedom ?

Il l'attacherait à un poteau en plein désert et percerait sa peau palpitante juste assez pour que le sang y perle. Le soleil le rôtirait vivant et l'odeur du sang séché attirerait les vautours.

— Lord Wynnedom !

La voix aiguë de lady Sarah fit sursauter Hugh, chassant d'un seul coup la rage qui montait en lui.

— Je vous demande pardon ?

— Ne trouvez-vous pas qu'il fait chaud ? répéta lady Sarah en posant la main sur son bras.

Pourquoi fallait-il donc toujours que cette femme le touche ? Il n'avait vraiment aucune envie d'elle et trouvait sa familiarité déplacée.

— Chaud ? Non, je ne trouve pas, répondit-il, ajoutant presque aussitôt pour essayer de distraire l'attention de cette gêneuse, en hochant la tête en direction d'un groupe de jongleurs : allons nous asseoir un moment pour profiter du spectacle, voulez-vous ?

L'indignation sur le visage de lady Sarah en disait plus long que la plus véhémente des diatribes. Elle le fusilla d'un regard et, pinçant les lèvres en une moue boudeuse, retira sa main du bras de Hugh. Pas pour longtemps : l'instant d'après, toute irritation sembla se dissiper sur son visage et un demi-sourire suppliant apparut sur ses lèvres.

— Milord, minauda-t-elle en se passant la main sur le front, je crois que je vais m'évanouir si je ne respire pas un peu d'air frais.

Hugh sentit un frisson le parcourir en entendant le ton plaintif qu'elle prenait. Que diable lui arrivait-il ? Cette femme avait toutes les qualités que chantaient les troubadours : la taille fine, le pied menu, les cheveux blonds, des courbes à faire se damner un saint, et une voix douce, par moments, pour couronner le tout.

Et pourtant il n'avait que faire d'elle et soupirait comme un godelureau pour une autre qui ne voulait pas de lui. Où diable était passée cette capacité à maîtriser ses passions dont il était si fier ? Depuis quand n'avait-il plus aucune volonté ? Depuis des années et des années qu'il alimentait sa soif de vengeance, on aurait dit tout à coup qu'elle n'avait jamais existé !

Il ne quittait pas Adrienna des yeux. De l'autre côté de la pièce, elle et Langsford se faisaient face, front contre front, comme un couple de tourtereaux. De temps en temps, l'un d'eux lui lançait un regard rapide avant de reprendre sa conversation. De quoi parlaient-ils ? De qui ?

Tel un vautour perché sur sa branche déchirant de son bec acéré la chair pantelante de sa proie, leur manège intime, leur apparente complicité lui dévoraient le cœur. Etait-ce des privautés qu'elle consentait à Langsford que lui venait le rouge de ses joues ? Ou bien ce gueux stupide éveillait-il en elle un désir brûlant, aussi fort que celui qu'il voulait la voir éprouver pour lui et lui seul ? Le sang battait à ses tempes, insupportablement.

— Cela ne servira à rien, milord.

Il s'ébroua pour échapper à la torture qu'il s'infligeait à lui-même et regarda sa voisine.

— De quoi parlez-vous ?

Lady Sarah répondit en hochant la tête en direction d'Adrienna :

— Elle est déjà prise, milord. Vous n'obtiendrez pas sa main.

Il eut envie de se gifler pour s'être montré si peu discret.

— C'est ce qu'on m'a dit, en effet.

Lady Sarah pencha la tête sur le côté en lui adressant un petit sourire.

— Et puis, ce n'est pas le genre de femme qu'il vous faut.

Hugh haussa les sourcils.

— Ah ? Et quel… genre me faut-il, je vous prie ?

Lady Sarah fit un pas vers lui et posa doucement la main sur le bras, en s'arrangeant pour que sa robe lui frôle la cuisse.

— Il vous faut une femme qui sache ce que veulent les hommes, répondit-elle avec un aplomb incroyable.

A nouveau, le regard de Hugh glissa vers Adrienna. Quelles promesses était-elle en train de faire à Langsford ? Savait-elle ce que voulaient les hommes ? Etait-elle aussi effrontée que la femme qui s'accrochait à son bras ?

— Lord Wynnedom, insista celle-ci, j'aimerais vraiment aller faire un petit tour dans le jardin…

La douleur qui lui vrillait les tempes se fit plus sourde sous l'effet des paroles de lady Sarah. Peut-être avait-elle raison, après tout ? S'il pouvait éviter de voir Adrienna et Langsford roucouler, cela lui donnerait un peu de répit.

— On m'a dit qu'il faisait un clair de lune magnifique, milord. Il paraît qu'il y a des étoiles par millions.

Après un dernier coup d'œil en direction d'Adrienna, Hugh tendit son bras à sa cavalière, mais quand il quitta la grande salle avec elle, il sentit dans son dos comme un coup de poignard. Sans se retourner, il sut parfaitement que la première venait de le fusiller du regard, ce qui l'étonna vivement car il croyait jusque-là qu'elle ne s'intéressait qu'à Langsford.

L'air frais de la nuit contribua à calmer un peu la colère qui bouillait en lui. A présent qu'il ne voyait plus Adrienna, il avait l'esprit plus clair pour réfléchir. Et puisque le babil incessant de lady Sarah n'exigeait de lui qu'un hochement de tête poli de temps en temps, il se prit à se demander quelles erreurs il avait bien pu commettre, et pourquoi.

Il préparait cette manœuvre minutieusement et de longue date, certain qu'avec sa connaissance des règles de la séduction, à aucun moment il ne perdrait le but qu'il s'assignait. Il cherchait à se venger, non pas à se marier. Il voulait qu'Adrienna soit emportée par la passion et le désir, qu'elle en soit bouleversée au point de lui offrir son âme de son plein gré.

Son âme qu'il avait bien l'intention d'accepter avant de la tailler en pièces.

Dans tout cela, il n'était pas prévu que son propre désir vienne se mettre de la partie. Voilà pourquoi il se demandait ce qui pouvait bien avoir cloché.

Leur première rencontre ? Sûrement pas, la reine elle-même ayant fait les présentations, comme prévu.

Depuis lors, il n'avait cessé de se montrer attentif à son égard et de lui offrir des fleurs chaque jour. Des fleurs des champs, bien sûr, qu'il cueillait lui-même tous les matins et allait ensuite déposer devant la porte de sa chambre. Et comme il s'agissait de la même variété que celles qui ornaient la couronne de ses noces, elle ne pouvait ignorer qu'elles venaient de lui.

Sans compter qu'il avait ouvertement parlé de passion et d'amour, et devant tout le monde, de surcroît. Elle ne pouvait pas se méprendre sur ses intentions. Impossible.

Cela n'avait pas été sans peine au début, mais il la regardait, depuis, droit dans les yeux à chaque occasion et sans chercher à cacher son désir.

A l'évidence, s'il en jugeait par sa réaction, la nuit d'avant, il pouvait se vanter d'avoir suscité en elle un état d'excitation plein d'impatience et de fièvre.

Il la revoyait dans ses bras, toute tremblante des baisers passionnés qu'elle lui rendait avec une fougue touchante en plaquant contre lui les courbes généreuses de son corps voluptueux. Avait-elle seulement protesté en se sentant plaquée au mur ? Non.

Et pourtant, il y aurait eu de quoi, mais elle en avait redemandé, au contraire.

Au cours de sa longue captivité, il avait acquis une grande expérience de la séduction et de la passion, car, la plupart des autres prisonniers étant des païens venus d'Orient pour la plupart, il avait été confronté à des idées et des pratiques qu'il n'aurait jamais autrement eu l'occasion de connaître. Que pouvait-il bien ne pas avoir appris qui lui fasse à ce point défaut aujourd'hui ?

La passion était affaire de sens, et pour profiter pleinement des merveilles qu'elle avait à offrir, il fallait prendre soin d'offrir à chacun de quoi s'exalter. Pour l'odorat il y avait les fleurs. Pour la vue, les œillades, les regards. Pour l'ouïe, les paroles d'Adrienna, pour le toucher, une caresse sur le visage de celle-ci. Et pour le goût, leurs baisers.

Il se pouvait qu'en route il se soit autorisé à laisser ses sens profiter par trop de l'occasion, d'où son trouble d'aujourd'hui. Comment allait-il parvenir à rompre le charme, à présent ?

Peut-être après tout se posait-il trop de questions ? Avait-il vraiment besoin de se libérer de cet envoûtement ? Quand les choses commenceraient à s'accélérer, ne reprendrait-il pas naturellement le contrôle de la situation ? Et quand il aurait gagné leur marché, n'aurait-il pas tout le loisir d'apprendre à Adrienna à faire l'amour non seulement avec son corps, mais avec son âme ? Il lui enseignerait le plaisir que bien peu sur cette terre avaient le bonheur de connaître. Ne serait-il pas véritablement son maître, alors ? N'aurait-il pas totalement barre sur elle ?

Si, bien sûr. Et quand elle serait totalement à sa merci, il aurait enfin toutes les cartes en main.

Alors, et alors seulement, il se vengerait de la femme qui l'avait repoussé la nuit de leurs noces, de cette traîtresse à qui il devait d'avoir perdu son foyer, sa liberté et son âme ; il lui ferait payer ses mensonges, et le vol innommable perpétré par son père.

En laissant le désir s'infiltrer en lui, il courait le risque d'oublier tout ce qu'il devait de misère et de douleur à ces deux êtres, et la cause précise de sa présence à la cour d'Aliénor.

La sensation d'une main glacée sur sa joue, soudain, le tira de sa rêverie.

— Hugh…

D'entendre son nom murmuré ainsi le fit sursauter, mais pas autant que de sentir des doigts graciles fureter sur sa poitrine puis glisser vers sa ceinture. D'un geste vif, il saisit Sarah au poignet, juste à temps, puis, s'assurant qu'elle ne risquait plus d'insister, la guida vers un banc sur lequel ils prirent place.

Il ne pouvait rien faire pour mettre de la distance entre eux, hormis s'enfuir comme un puceau. En fait, la chaleur de la cuisse de la jeune femme qu'il sentait contre la sienne à travers le tissu de leurs vêtements ne lui faisait strictement aucun effet. Il n'avait aucune envie de la prendre par l'épaule et de l'attirer contre lui. Décidément, il fallait absolument qu'il parvienne à séduire Adrienna.

— N'avez-vous pas froid, Hugh ?

Il leva les yeux vers le ciel rempli d'étoiles. Lady Sarah n'était décidément pas farouche…

— En fait, je trouve l'air frais plutôt revigorant, mentit-il. A dire vrai, il avait terriblement froid.

Elle se blottit contre lui et glissa sa main dans la manche de sa tunique qu'il portait toujours très lâche.

— Je suis transie, gémit-elle.

En effet, elle avait les mains glacées. Il sentait le froid s'insinuer en lui travers le lin de sa chemise.

— Voulez-vous que nous rentrions au palais ?

Lady Sarah se tourna un peu vers lui, lui plaquant ses seins opulents sur le bras. Encore une fois, il se surprit à ne rien éprouver du tout, ni ruée de sang dans les veines, ni chaleur intense au creux du ventre. Il y avait là quelque chose de vraiment étonnant.

— Oh non milord, je vais me réchauffer sous peu.

Il ne fallait surtout pas qu'on les surprenne dans cette posture, car si la rumeur en parvenait aux oreilles d'Adrienna, les choses prendraient mauvaise tournure pour lui. Comment allait-il faire pour se débarrasser de cette femme sans commettre l'indignité de la repousser brutalement ? S'il tergiversait quelques secondes de trop, elle finirait par se retrouver sur ses genoux.

Il en était là de ses réflexions lorsque lady Sarah se pressa contre lui en un geste sans ambiguïté, le visage offert, les lèvres entrouvertes.

L'idée d'éconduire cette fille sans ménagement ne lui sembla pas si mauvaise, tout à coup, mais un reste de galanterie lui souffla de ne pas l'accabler. Après tout, elle ne l'avait pas forcé à venir dans le jardin.

Il refusa ce baiser intempestif en lui prenant le menton.

— Voyons, milady, ce n'est pas très sage…

— Mais milord, il ne s'agit que de quelques baisers volés au clair de lune, rien de plus, répondit-elle en reculant un peu et en dégageant ses mains de sous la tunique de Hugh pour lui prendre le visage entre les mains. Rien que quelques baisers…

Joignant le geste à la parole, elle l'embrassa fougueusement, mais lui, ravalant son désir de la repousser, s'étonna encore une fois de son absence totale de réaction.

Sarah s'arracha à lui pour lui caresser les lèvres du bout du doigt.

— Allons, milord, j'ai vu le désir dans vos yeux, j'ai entendu votre voix rauque et pleine de passion. Vous êtes un homme, un vrai. Un homme qui désire les femmes. Oubliez-la. Elle n'est pas à votre portée.

Hugh sentit une main se plaquer contre sa cuisse.

— Je peux l'effacer de votre mémoire, souffla-t-elle.

D'une main, elle suivait le dessin de ses lèvres, tandis que de l'autre elle lui massait la cuisse lascivement.

— Fermez les yeux, Hugh. Laissez-vous aller.

Il sentait la voix sans timbre de Sarah caresser doucement

sa joue. Sur sa cuisse, la main s'enhardissait, remontant plus haut avec une lenteur infinie, l'invitant à déposer les armes devant la promesse d'un instant de plaisir.

Cette femme au corps brûlant et lascif s'offrait librement à lui. Il aurait été facile de laisser le désir lui embrumer l'esprit. Il savait depuis longtemps se détacher de son corps. Souvent, dans le passé, il n'avait eu d'autre choix que de commettre ou de subir des actes auxquels tout son être se refusait.

Mais à présent, il était libre de choisir. Aussi repoussa-t-il la belle avec douceur.

— Lady Sarah, je ne peux pas…

A sa grande surprise, l'intéressée ne railla ni ne jura, se contentant de se relever en secouant la tête, les yeux fixés droits sur lui.

— Vous ne pouvez pas ou vous ne voulez pas ? Vous êtes un sot, Wynnedom.

Elle marqua une légère pause, comme pour se donner le temps de se reprendre puis, lui tendant la main :

— Venez, j'ai froid. J'ai envie de m'asseoir devant un bon feu.

Tandis qu'ils retournaient au palais, elle ajouta :

— Vos rêves insensés finiront par vous anéantir, milord.

— Des rêves ? Il n'y a que les enfants et les imbéciles pour croire qu'ils se réaliseront un jour.

— En ce cas, milord, vous êtes l'un et l'autre, pour sûr. Vous salivez pour un gâteau qui est totalement hors de votre portée.

— Comment pouvez-vous en être aussi certaine ?

Lady Sarah lui prit le bras pour le forcer à s'arrêter, et quand il l'interrogea du regard, il fut surpris de lire de l'inquiétude dans ses yeux. C'était d'autant plus évident qu'elle pinçait les lèvres d'un air songeur et que de petites rides barraient son front d'ordinaire si lisse.

— Hugh, lord Wynnedom, abandonnez cette quête insensée, pour votre propre bien. Jamais vous n'obtiendrez lady Adrienna. J'en suis aussi certaine que je m'appelle Sarah.

— D'où diable vous vient une telle certitude, milady ?

— Faites-moi confiance, répondit-elle en baissant les yeux. J'en suis sûre. Absolument sûre.

Elle cachait quelque chose, à l'évidence, et pour la seconde fois de la soirée, Hugh lui saisit le menton entre le pouce et l'index pour la forcer à le regarder en face.

— Que savez-vous donc, lady Sarah, que vous refusez de me dire ?

Elle chercha à se dégager, mais il la prit par l'épaule pour l'en empêcher.

— Je vous écoute, insista-t-il d'une voix sombre.

La peur faisait briller ses yeux et elle respirait de plus en plus vite à présent. En secouant la tête, elle murmura :

— Je vous en prie milord, ce n'est rien. Je voulais seulement vous éviter d'avoir le cœur brisé.

Elle mentait. Il suffisait de voir son regard fuyant et d'entendre sa voix tremblante. Hugh fronça le sourcil, intrigué. D'abord Aliénor, et à présent Sarah. Combien seraient-ils encore à tenter de le convaincre de renoncer à Adrienna ?

Il semblait évident que cette fille ne dirait rien, par peur, aussi desserra-t-il son étreinte.

— Votre feu vous attend, milady, laissa-t-il tomber en lui tendant la main. Venez.

Sarah poussa un long soupir, mais accepta de le suivre et lui emboîta le pas sagement.

Adrienna sut immédiatement que Hugh venait de rentrer du jardin : sans même lever la tête pour regarder vers la porte, elle venait de sentir son regard sur elle.

Il lui fallut mobiliser toute sa volonté pour garder obstinément les yeux fixés sur Richard. Elle était parfaitement consciente que les regarder, lui et la gourgandine qui l'accompagnait, constituerait une erreur fatale tant il lui aurait été difficile de garder son calme et de contenir sa colère en les apercevant tous les deux bras dessus bras dessous.

Il ne s'agissait pas de jalousie, bien évidemment. Mais comment osait-il l'abandonner à ce raseur de Richard pendant qu'il allait se promener dans les jardins avec la catin du palais ?

Une partie d'elle-même lui trouvait néanmoins des excuses. Comment aurait-il pu savoir en effet que Richard allait une fois encore lui demander sa main ? Et puis, ne lui avait-elle pas demandé de la laisser en paix la première ? Après tout, comme il n'avait aucune chance de gagner leur marché, quelle différence cela faisait-il qu'il soit avec cette femme plutôt qu'une autre ?

— Sir Richard ? fit une voix étonnamment grave derrière elle.

Surprise, Adrienna sursauta violemment sur son siège et, quand elle se retourna, se retrouva en face de Hugh et de lady Sarah, qui regardait ce dernier d'un air enamouré, pendue à ses lèvres.

Richard se leva et désigna du geste le banc opposé au sien.

— Milord Wynnedom, lady Sarah, joignez-vous à nous, je vous en prie.

Adrienna se mordit la lèvre en ravalant le cri de protestation qui montait dans sa gorge.

Il y eut un long silence, et l'atmosphère se tendit tout à coup. Finalement, ce fut Richard qui le premier prit la parole en se penchant par-dessus la table :

— Etes-vous allé vous promener dans le jardin, milord ? demanda-t-il.

— Oui, répondit Hugh en lançant un coup d'œil furtif à Adrienna.

Craignant qu'il ne prenne sa colère pour de la jalousie, celle-ci détourna les yeux.

Richard la prit par l'épaule d'un geste à la fois nonchalant et protecteur.

— Y faisait-il trop froid pour y vaquer longtemps ? insista Langsford, dont le geste familier faisait à Adrienna l'effet d'un joug sur ses épaules, au point qu'elle s'ébroua pour se dégager avant de lui lancer :

— Non merci, Richard. Si vous pensiez me proposer d'aller faire quelques pas dans le jardin à notre tour, je suis au regret de devoir refuser. Il est déjà très tard et je suis bien trop fatiguée.

Adrienna ne put s'empêcher de remarquer la façon dont les yeux de Hugh disparaissaient derrière la frange qui masquait son front. Une moue réprobatrice sur les lèvres, il donnait l'impression de la juger.

De quel droit, par le ciel ? Après tout, ne venait-il pas, quelques instants plus tôt à peine, de poser lui aussi la main au bas du dos de sa cavalière ?

— Ah ! bien sûr, ma tendre amie, répondit Richard. La soirée a été difficile pour vous, n'est-ce pas ?

Sarah se pencha vers eux, soudain intéressée.

— Voyez-vous ça ? Et que diable avez-vous fait, tous les deux ? demanda-t-elle d'un air faussement innocent, l'œil aux aguets.

— Rien.

La réponse sèche d'Adrienna suscita un soupir indulgent de la part de Richard et un regard courroucé de Hugh, qu'elle lui rendit en serrant les dents.

Richard la reprit par l'épaule et la serra brièvement contre lui.

— Quelle idiote, souffla-t-il à l'oreille de la jeune femme pour éviter que lady Sarah ne l'entende, puis il se tourna vers celle-ci, un large sourire aux lèvres.

— Lady Adrienna a finalement consenti à devenir ma femme, annonça-t-il.

— C'est merveilleux ! s'exclama Sarah en battant des mains.

La frange de Hugh tomba derechef sur ses yeux, mais cette fois-ci, elle ne parvint pas à dissimuler le feu qui rougeoyait au fond de ceux-ci.

— Ce n'est pas ce que j'ai dit, protesta Adrienna en se dégageant de nouveau.

— Certes, mais c'est ce que vous vouliez dire, corrigea-t-il.

Ce n'était ni l'un ni l'autre. Elle lui avait simplement promis de réfléchir, rien de plus.

— Je préférerais que vous ne parliez pas à ma place, Richard, asséna-t-elle en grinçant des dents.

Hugh héla un serviteur qui passait par là pour lui demander un pichet d'hydromel et quatre gobelets.

— Buvons à votre bonne fortune, sir Richard ! proposa-t-il.

Comment ?

Elle devait avoir mal entendu.

En d'autres circonstances, voir son mari suggérer qu'on boive à la santé d'un prétendant qui se croyait déjà son fiancé aurait pu être drôle, mais à cet instant précis elle ne trouvait vraiment pas de quoi rire dans la situation telle qu'elle se présentait.

Furieuse, Adrienna n'eut pas le temps de retenir le commentaire acerbe qui lui montait aux lèvres :

— C'est cela ! Buvons ! Ce mariage n'aura jamais lieu, mais quelle importance ?

Richard manqua de s'étrangler dans son verre et elle sentit ses doigts se crisper subitement sur son épaule, au point qu'elle tressaillit sous leur étreinte douloureuse.

— Je vous pardonne, ma chère, concéda-t-il d'un ton magnanime que démentait son regard plein de reproches. Peut-être avant la noce aurez-vous le temps d'apprendre de meilleures manières ?

Adrienna sentit le sang se figer dans ses veines, et son pouls s'affoler. Un frisson passa sur sa nuque, effrayant.

Quelque chose clochait. Jamais Richard, le charmant, le gentil Richard qu'elle connaissait jusqu'alors n'aurait cherché à lui faire mal. Jamais une remontrance ou même la moindre critique n'aurait franchi ses lèvres. Qui était cet homme ? Se pouvait-il qu'il ait une part d'ombre lui aussi et soit parvenu à la dissimuler jusque-là ?

A moins qu'elle ne se soit pas montrée assez vigilante ?

Ce qui n'avait rien d'impossible.

— Allons, allons, sir Richard, nous sommes entre amis ! intervint Hugh en tendant un gobelet à son rival. Jamais milady Adrienna n'aurait dit une telle chose devant des étrangers.

Richard accepta la coupe d'étain avec un sourire contrefait et, relâchant son étreinte :

— Vous avez raison, Wynnedom, répondit-il en inclinant légèrement la tête devant la jeune femme. Pardonnez-moi de m'être montré brutal, milady.

Cette contrition touchante aurait pu en berner une autre, mais Adrienna voyait désormais la lueur d'acier froid qui brillait au fond des yeux de Richard. Ces excuses n'avaient rien de sincère, elle le savait.

— Quand annoncerez-vous vos fiançailles ? s'enquit Sarah, visiblement impatiente de voir Adrienna mariée.

— Et où vos noces seront-elles célébrées ? renchérit Hugh avec gourmandise. Votre père doit fort se réjouir de cette union.

Adrienna avait envie de hurler, et dans son cœur le désir de crier qu'elle n'épouserait jamais Richard le disputait à celui de les envoyer tout bonnement se faire pendre.

— Nous n'avons pas encore informé lord Hallison de notre projet, affirma Richard. Mais je suis certain qu'il sera fort heureux de l'apprendre.

— Ne pensez-vous pas, corrigea Adrienna en serrant les mains sur ses genoux pour s'empêcher d'exploser de rage, qu'il serait sage de nous mettre d'accord sur ce mariage avant d'en informer mon père ?

Hugh s'étrangla en buvant son vin et, reposant son hanap sur la table, se leva brusquement. Adrienna se demanda si les deux autres avaient remarqué le tremblement discret de sa main.

— Je vous souhaite de voir vos projets de mariage couronnés de succès, déclara-t-il en hochant la tête en direction de Richard.

— Merci, milord. Vous nous quittez ? répondit celui-ci

avec un sourire qui montrait à l'évidence que ce départ le comblait d'aise.

— Oui. La journée a été longue, se justifia Hugh en portant la main de lady Sarah à ses lèvres. Je vous remercie pour cette soirée charmante, milady.

Adrienna essaya vainement de se débarrasser de la boule qui se formait dans sa gorge. Il allait l'abandonner là, toute seule. Et pire que ça encore : il avait l'air de s'en moquer éperdument !

Se pouvait-il que Richard ait raison ? Hugh ne tenait-il donc aucunement à elle ? Il regardait lady Sarah en souriant, une lueur étrange dans les yeux.

Quand il se retourna pour la saluer, elle, ce fut de la colère qu'elle vit dans ceux-ci, et aussi que son sourire venait de s'effacer sur ses lèvres.

— Lady Adrienna, souffla-t-il, j'espère que vous et sir Richard parviendrez à dissiper ce petit désaccord. Puissiez-vous voir vos désirs comblés.

Un « petit désaccord » ?

Il plaisantait, sans doute. Mais que pouvait-elle répondre sans se trahir ? Rien.

Rien en tout cas qui puisse l'empêcher de tourner les talons et de s'en aller. Rien qui puisse remettre un peu d'ordre dans son esprit et son cœur. Rien qui puisse non plus alléger un peu le poids étouffant qui pesait sur sa poitrine.

Elle pria le ciel de l'aider à parler d'une voix calme puis, en regardant Hugh droit dans les yeux :

— Je vous remercie, milord, répondit-elle. Je suis sûre qu'avec la grâce de Dieu, ils le seront.

8

Hugh entra dans la chambre qu'il partageait avec William avec tant de rage que la lourde porte de bois alla cogner contre le mur dans un fracas épouvantable.

Les charnières de cuivre couinèrent affreusement, le bois craqua, mais l'armature de métal qui le retenait tint bon.

William sauta hors de son fauteuil installé près de la cheminée, l'épée à la main. Voyant qu'il s'agissait de Hugh, il remisa son arme dans son fourreau.

— Ah, je vois qu'encore une fois la soirée a été délicieuse…

Wynnedom ignora ce sarcasme.

— Elle pense sérieusement à épouser cet imbécile de Langsford, expliqua-t-il.

— Ah ? Mais encore… ?

— Comment ça, mais encore ? répliqua Hugh avec tant de colère dans la voix que son ami en fut surpris. Cela ne te suffit pas ?

— Pardonnez-moi si je dis des bêtises, mais d'après ce que je sais, elle est déjà mariée.

Hugh balaya l'objection d'un revers, puis en montrant son pouce et son index presque collés l'un contre l'autre :

— Cela n'a pas l'air de lui importer beaucoup plus que ça, rugit-il.

William demeura silencieux un moment, les yeux fixés sur son ami, puis, hochant la tête :

— Ce qui n'est pas votre cas, à ce que je vois, laissa-t-il tomber. Et même pas du tout.

Hugh alla prendre un pichet et un gobelet sur la petite table installée à côté du fauteuil de William avant de répondre, en s'appuyant contre le mur.

— En effet, tu ne te trompes pas.

Que William ait raison à ce point le mettait en rage.

— Et pourtant, par tous les saints, cela ne devrait pas être !

— Je n'ai pas envie de discuter la chose avec vous, mais il me semble que le vin ne changera rien à l'affaire.

— Tu es mal placé pour parler, rétorqua Hugh en se remémorant la soirée de la veille, mais en reposant toutefois le gobelet et le pichet sur la table. Peut-être le temps est-il venu d'annoncer la fin de la partie et de rentrer chez nous.

— Cela non plus je n'en discuterai pas, répondit William en poussant un soupir soulagé qui donna à réfléchir à son ami.

Ayant, par quelque sens de l'honneur étrange, décidé de rester avec son compagnon pour lui apporter son aide, le colosse n'était en effet pas encore rendu à destination.

Il était grand temps que chacun rentre enfin chez soi. Et que lui, Hugh de Wynnedom, mette ses plans à exécution et savoure la vengeance qu'il méditait depuis si longtemps.

— Je te laisse le lit pour cette nuit, annonça-t-il en se dirigeant vers la porte. Nous partirons à l'aube.

— Où allez-vous maintenant ?

— Préparer les chevaux pour nous et pour Adrienna. Ensuite, j'irai faire d'elle ma femme pour de bon avant qu'elle se retrouve mariée à un autre.

— Richard, je vous en prie, retournez dans votre chambre, souffla Adrienna en esquivant une nouvelle fois le baiser que Langsford essayait de lui donner.

Décidément, soit il ne réalisait pas le dégoût qu'il lui inspirait, soit il était trop soûl pour s'en préoccuper.

— Nous nous verrons demain…, souffla-t-elle en se dégageant facilement de cette étreinte importune.

Après que lady Sarah eut pris congé à son tour, elle avait laissé Richard boire suffisamment pour que le vin lui engourdisse les sens.

Ce qui pouvait avoir semblé une bonne idée au départ se révélait finalement une erreur, toutefois, car la raison de Langsford plus encore que ses sens avait beaucoup pâti de l'absorption d'alcool, de sorte qu'elle se débattait à présent contre ses avances dans l'obscurité d'un couloir isolé.

Elle espérait bien voir apparaître l'un des gardes de la reine, mais pour l'instant aucun ne semblait rôder dans les parages.

D'ailleurs, ce corridor obscur lui semblait étrangement vide.

— Je ne peux pas retourner dans ma chambre. Pas tout seul en tout cas. La reine me l'a interdit, ma chère Adrienna, balbutia Richard d'une voix pâteuse.

Il était si fortement aviné qu'elle avait du mal à le comprendre, mais ce qu'il venait de dire résonnait encore à ses oreilles. Que diable la reine avait-elle à faire de ce qu'il rentre seul ou pas ?

Profitant du mouvement qu'il esquissait pour s'agripper à elle, Adrienna lui prit le poignet et le fit pivoter sur lui-même pour le placer dans la bonne direction puis, pour lui donner un peu d'allant, promit sur le ton de la confidence :

— Ce sera notre secret. Comme cela, la reine ne saura jamais rien.

Elle attendit un instant puis, pesant sur les épaules de l'importun, ajouta :

— Allez vous coucher, Richard.

— Non !

Comme un possédé, il repoussa la main de la jeune femme et la prit de nouveau dans ses bras.

— Je n'irai pas seul, vous dis-je, éructa-t-il en essayant d'entraîner Adrienna derrière lui. Le moment est venu. Fini les jeux, les belles paroles. Vous allez passer la nuit avec moi, et demain nous nous marierons.

Elle se défendit avec véhémence, parvint même à briser l'étreinte, mais Richard lui agrippa le poignet avant qu'elle puisse s'enfuir, la clouant sur place. Il lui faisait mal, affreusement. Et quand elle refusa de le suivre dans sa chambre, il répondit en haussant les épaules :

— Tant pis, je vous y traînerai de force. Peu m'importe.

— Richard, arrêtez ! Vous êtes devenu fou. Jamais je ne vous épouserai, protesta-t-elle d'une voix qu'elle essayait désespérément d'empêcher de trembler de peur qu'il s'aperçoive de la terreur qui l'envahissait un peu plus à chaque instant. Jamais, vous m'entendez ? Vous ne me ferez pas changer d'avis là-dessus.

— C'est ce que nous verrons, rétorqua-t-il, sa voix résonnant dans le corridor vide.

— Quel jeu jouez-vous, Richard ?

— Moi ? Aucun. Je ne fais que suivre les ordres de Sa Majesté, comme un bon et loyal sujet.

— Que dites-vous ? Vous perdez la raison !

Richard répondit sans même marquer le pas :

— A quoi bon vous le cacher plus avant ? De toute façon, vous ne pourrez rien changer à ce qui va se passer cette nuit.

Il jeta un regard par-dessus son épaule avant de poursuivre :

— Vous n'avez à vous en prendre qu'à vous-même, ma chère. Si vous aviez simplement accepté de devenir ma femme, ou si vous aviez pris ma proposition au sérieux, nous n'aurions pas eu besoin d'utiliser de telles méthodes.

Adrienna accusa le coup, et prit une longue inspiration pour se donner un peu d'air. Elle avait l'impression de perdre la tête.

— Vous ne comprenez pas, Richard. Je ne suis pas libre de vous épouser, ni vous ni personne.

— Et c'est vous qui m'accusez de déraisonner ? rétorqua Langsford avec un rire aigre. N'essayez pas de me faire perdre la tête avec vos boniments. Vous allez passer la nuit dans ma chambre, Adrienna. C'est là qu'on vous trouvera demain matin. Et pour protéger l'honneur de cette cour, nous nous marierons immédiatement, comme il se doit.

— Vous voulez me forcer à vous épouser ? s'insurgea la jeune femme, qui commençait à comprendre où il voulait en venir. Avec la bénédiction de la reine ?

— Sa bénédiction ? répéta-t-il en secouant la tête. Nenni. C'est sur son ordre que j'agis.

Quand ils arrivèrent devant la porte de la chambre,

Adrienna se débattit follement, essayant de le griffer pour lui faire lâcher prise.

— Non ! Je n'entrerai pas, s'écria-t-elle.

— Si, vous entrerez ! s'exclama Richard en la tirant derrière lui. De toute façon, vous n'avez pas le choix.

Adrienna prit une grande goulée d'air et se mit à hurler à perdre haleine. A voir combien le couloir était désert, elle avait peu d'espoir qu'on l'entende et qu'on vienne à sa rescousse, mais cela valait mieux que de ne rien faire.

— Tonnerre ! cria Richard à son tour pour essayer la faire taire et en lui plaquant une main sur la bouche. Voulez-vous bien cesser !

De l'épaule, il ouvrit la porte de sa chambre et poussa la jeune femme à l'intérieur. Celle-ci perdit l'équilibre et tomba à genoux, atterrissant malencontreusement sur une branche ligneuse de genévrier mélangée aux roseaux épandus sur le sol. Le bois dur lui causa une douleur fulgurante dans le genou.

Richard ignora son cri et se pencha au-dessus d'elle, un sourire mauvais sur les lèvres.

— Vous pouvez le faire de gré ou de force, mais je vous promets que vous allez devenir ma femme.

Adrienna s'assit sur le sol de pierre en se frottant douloureusement le genou.

— Allez au diable, Richard ! s'exclama-t-elle, hésitant un instant avant d'ajouter : je suis déjà mariée.

D'un seul coup, la perte du marché convenu avec Hugh lui semblait un prix à payer acceptable pour éviter de subir le sort que Langsford lui réservait. Tout valait mieux que de devoir se soumettre à lui.

— Me prenez-vous pour un imbécile ? répliqua Richard en éclatant de rire. Votre mari est mort.

Sur ce, il se pencha sur elle, empoigna le devant de sa robe et la remit sur ses pieds d'un geste brutal.

— Non, il ne l'est pas, objecta-t-elle en s'efforçant d'être convaincante. Laissez-moi parler à la reine.

— Comment faites-vous pour inventer de tels mensonges ?

— Je ne mens pas. Faites ce que je vous dis. Demandez audience à Sa Majesté. J'exige qu'elle m'entende.

— Non, pas question. Et ne me donnez pas d'ordres, s'il vous plaît. Dites-moi qui est votre mari, je prendrai soin de lui. Je vous promets que vous serez veuve avant le lever du soleil.

Elle savait pertinemment que si les deux hommes en venaient aux mains, ce ne serait pas Hugh qui mordrait la poussière. La capacité de ce dernier à tuer un homme à mains nues lui avait semblé non seulement étrange, mais terriblement effrayante, du moins jusqu'à maintenant. Elle commençait à y trouver des avantages, à présent.

De toute façon, Hugh n'avait plus les faveurs de la reine. S'il en venait à tuer l'un des proches de celle-ci en même temps qu'il révélerait la vérité sur son identité, Dieu seul savait comment réagirait Aliénor.

Quand elle était en colère, la reine était capable de tout, y compris bien sûr d'ordonner l'exécution du meurtrier. Il y avait là un risque qu'Adrienna préférait éviter de prendre. Peut-être, si elle avouait tout, la reine accepterait-elle de les chasser simplement l'un et l'autre de sa cour.

— Si vous ne voulez pas demander à la reine de venir ici, menez-moi à elle, je divulguerai tout.

Richard ne bougea pas, aussi la jeune femme serra-t-elle le poing pour le frapper aussi violemment qu'elle pouvait. Elle le toucha au ventre et profita de ce qu'il cherchait à retrouver son souffle pour se dégager, mais avant qu'elle puisse atteindre la porte, Richard agrippa ses cheveux et les enroula autour de son poing.

D'un coup violent en arrière, il la fit pivoter sur elle-même.

— Catin ! hurla-t-il de sa voix avinée, son souffle chargé d'alcool frappant Adrienna en plein visage.

Il avait les yeux brillants de colère, comme un chien affamé prêt à dévorer sa proie.

Adrienna poussa un hurlement atterré. Jusque-là, elle n'avait pas craint pour sa vie, mais la situation venait brusquement de prendre un cours nouveau. Elle le griffa au poignet pour essayer, sinon de se dégager, du moins de l'empêcher de lui arracher les cheveux.

— Taisez-vous, hurla-t-il en la secouant brutalement.

Une nouvelle fois, elle le frappa pour essayer de se libérer de son étreinte, mais il évita le coup et commença à la tirer derrière lui vers le lit. Elle le suivit, consciente que si elle tombait, il ne s'arrêterait pas pour autant. Une fois devant sa couche, il la poussa avec une force inattendue et sans lui laisser le temps de rouler hors de sa portée, se jeta sur elle.

— Laissez-vous faire, Adrienna. Je suis plus fort que vous et en vous débattant vous ne parviendrez qu'à me faire perdre mon temps.

— Lâchez-moi, lâchez-moi !

Elle se tordait comme un ver pour essayer de se glisser hors d'atteinte, mais il se redressa et la chevaucha, la clouant au lit, en appuyant son bras contre sa gorge pour tuer dans l'œuf toute nouvelle tentative.

— Préféreriez-vous mourir plutôt que de devenir ma femme ?

Elle ne pouvait plus respirer, mais hocha la tête néanmoins. En toute honnêteté, oui, elle aurait préféré mourir cent fois plutôt que d'être prise par ce monstre.

— J'aimerais vraiment vous faire ce plaisir, mais cela mettrait en rage la reine Aliénor quand, en entrant dans cette pièce demain matin, elle trouverait votre corps sans vie.

Tout en parlant, Richard saisit une tunique qui traînait sur le lit et, avec ses dents et sa main libre, en déchira le tissu en bandelettes.

— Je doute fort que vous restiez dans cette chambre de votre plein gré, ahana-t-il en se balançant au-dessus d'elle, par conséquent, je ne vais pas vous laisser le choix.

S'il parvenait à l'attacher au lit, il deviendrait alors parfaitement impossible de déjouer le plan de la reine. Elle risquait fort de se retrouver mariée à deux hommes à la fois quand l'aube poindrait.

— Richard, je vous en supplie. Vous avez raison, il n'est rien que je puisse faire. Je resterai ici, je vous le promets.

— J'aimerais pouvoir vous croire, ma chère, mais je ne suis pas un simplet, répondit-il en appuyant sur son bras pour écraser un peu plus la gorge de la jeune femme. J'ai bien peur que nous ne devions faire les choses comme je l'ai décidé.

Incapable de respirer, Adrienna fut prise de panique quand elle sentit un voile noir passer devant ses yeux. Il allait la tuer pour de bon. De toutes ses forces, elle agita ses jambes en se tortillant de droite et de gauche désespérément pour essayer de le désarçonner.

— Oui, c'est ça, débattez-vous, Adrienna.

La voix de Richard semblait lui parvenir de très loin comme à travers un nuage cotonneux. Elle avait la tête qui tournait d'un seul coup et, soudain, toute la force qui lui restait sembla s'échapper d'elle et elle retomba, immobile, sous le corps pesant de Langsford.

Celui-ci se dégagea. Trop faible pour faire quoi que ce soit d'autre, elle se contenta de chercher l'air désespérément en se maudissant de s'être montrée aussi stupide.

Cela donna le temps à son agresseur de lui lier les poignets et de les attacher à l'un des quatre poteaux qui encadraient le lit à l'aide d'une autre lanière de tissu. Rapidement, il fit de même avec les chevilles de la jeune femme.

Quelqu'un frappa à la porte tout à coup, et l'on entendit une voix appeler :

— Richard ?

Adrienna ouvrit la bouche pour hurler au secours, mais ce dernier y fourra les morceaux de tissu qui lui restaient avant qu'elle puisse proférer le moindre son.

Une nouvelle fois on frappa.

— Richard, êtes-vous ici ?

A travers le brouillard de rage et de peur qui lui obscurcissait l'esprit, Adrienna reconnut la voix de lady Sarah. Que diable faisait-elle ici à cette heure de la nuit ?

Une pensée lui vint, atterrante, au point qu'elle ferma les yeux en secouant la tête. Tant d'émotion l'empêchait à l'évidence de réfléchir sainement. Il ne fallait pas être grand clerc pour deviner ce qui pouvait pousser la catin du palais à venir frapper à la porte de la chambre d'un homme à l'heure où tout le palais était censé dormir à poings fermés.

Ce n'était vraiment pas le moment de perdre sa capacité à réfléchir. Il fallait qu'elle se calme si elle voulait trouver un moyen d'échapper au sort que la reine Aliénor prévoyait de lui faire subir.

Richard assura le bâillon avec une dernière lanière de tissu avant d'aller à la porte et d'ouvrir à Sarah.

Adrienna songea que, peut-être, elle pourrait trouver un moyen d'obtenir le secours de celle-ci. Malgré les liens qui l'entravaient et le bâillon qui l'étouffait, elle fixa intensément la jeune femme, essayant de communiquer avec elle par la pensée et le regard.

A son grand dam, Sarah ne semblait pas surprise du tout de la trouver attachée au lit de Richard. Elle s'approcha en secouant la tête avant de se tourner vers ce dernier :

— Je vous avais dit qu'elle n'accepterait pas cet arrangement.

Adrienna manqua de s'étouffer sur son bâillon. Est-ce que tout le monde connaissait ce plan sauf elle ?

— Vous avez raison, répondit Richard en se frottant les tempes. Elle s'est diablement défendue.

Sarah posa les mains à plat sur la poitrine de Langsford. Fascinée par l'audace de cette gourgandine, Adrienna la regarda débarrasser Richard de son surcot en laissant glisser lascivement ses mains sur les épaules et sur les bras de ce dernier.

Elle hocha la tête sur le côté et le regarda à travers ses cils interminables.

— L'important est que vous soyez sorti victorieux de ce combat vous-même…

Richard sembla se détendre en entendant ces mots, et un sourire vint remplacer sur son visage les rides que l'inquiétude y creusait. La colère qui brillait au fond de ses yeux cédait lentement la place au désir. En penchant la tête lui aussi, il s'offrit à la caresse de Sarah.

— En doutiez-vous ?

— Jamais de la vie, répondit la jeune femme en

posant un baiser sur le menton de Richard avant de lui mettre les bras autour du cou et de l'attirer vers elle pour l'embrasser goulûment.

— Et maintenant, souffla Richard en relevant la tête après un moment, qu'allons-nous faire ?

Sarah laissa derechef une main glisser sur son torse en une caresse suggestive qui eut pour effet de faire fermer les yeux à Richard et de lui arracher un long soupir.

— Nous pouvons faire beaucoup de choses, répondit-elle d'une voix rauque et plus grave que son registre habituel. Mais j'ai bien peur que votre lit ne soit déjà occupé.

Richard enlaça la jeune femme et, en la poussant vers le pied du lit :

— Il reste encore beaucoup de place, affirma-t-il. La moitié seulement est occupée.

Adrienna ferma les yeux, horrifiée, pour prier le ciel.

Seigneur, je vous en supplie, ne les laissez pas venir sur ce lit.

— Nous ne serions pas bien pour nous ébattre, avec votre promise à nos côtés, objecta Sarah, en ajoutant d'un ton lascif pour atténuer sa rebuffade : mais ne m'oubliez pas pour autant. Nous pouvons remettre ça à plus tard.

Ce refus inattendu redonna de l'espoir à Adrienna. Pour l'heure, la seule chose qui la préoccupait était qu'ils ne s'avisent pas de faire l'amour sur le lit auquel elle était attachée. Elle continua à les surveiller, morte d'inquiétude.

Richard essayait toujours frénétiquement d'embrasser Sarah et lui caressait les cheveux et le cou dans l'espoir sans doute de lui faire changer d'avis.

Sarah gardait les yeux au plafond et, pendant un instant, Adrienna eut l'impression qu'elle s'ennuyait à mourir et priait le ciel de lui donner de la patience, ou de lui permettre de s'échapper.

L'instant d'après, elle crut avoir tout simplement rêvé.

Que signifiait ce manège ? Sarah ne faisait-elle que se jouer de Richard, et le manipuler pour le conduire à faire ce qu'elle voulait ?

L'espoir renaissait dans son cœur, elle le sentait. Si elle ne se trompait pas, peut-être trouverait-elle le moyen d'obtenir l'aide de Sarah.

Mais comment ?

La visiteuse murmura quelque chose que la prisonnière ne put pas entendre, avant de souffler en tapotant l'épaule de Richard :

— Plus tard, mon ami, plus tard.

Richard ferma les yeux en gémissant puis, en appuyant la tête sur l'épaule la jeune femme :

— Vous me ferez mourir, ma belle !

Si seulement..., pensa Adrienna.

— Promettez-moi, ajouta Sarah en caressant la joue de Richard, que vous ne m'oublierez pas quand vous rencontrerez Stefan.

« Stefan » ?

Qui diable était-ce ? Il devait être nouveau à la cour, forcément.

Richard se redressa et s'écarta un peu de la jeune femme, s'ébrouant de la tête et des épaules avant de fourrager sur le devant de son vêtement comme pour se rajuster. Finalement, il posa un baiser rapide sur le front de la jeune femme.

— Jamais je ne vous oublierai, ma belle, affirma-t-il avant de la mettre en garde en se dirigeant vers la porte. Ne défaites ni ses liens ni son bâillon.

Sarah jeta un coup d'œil vers la prisonnière puis demanda :

— Etait-il vraiment indispensable de la bâillonner ?

— Oui. Entre ses hurlements, ses ordres et ses inventions à propos d'un mari qui n'existe pas, je n'ai eu d'autre choix que de la faire taire.

— N'y avait-il pas un autre moyen ? N'aurait-il pas été plus simple de l'étouffer de baisers et de caresses plutôt que de l'attacher et de l'étouffer ainsi ?

Sarah haussa les épaules comme si, après tout, rien de tout cela ne lui importait, puis ajouta :

— Votre nuit de noces se serait présentée sous de bien meilleurs auspices, demain, si vous n'aviez pas bêtement perdu votre sang-froid avec elle ce soir.

— Tenez votre langue, femme, cracha Richard, le visage de nouveau déformé par la colère. Je n'ai pas besoin de vos conseils pour savoir comment me comporter avec ma future épouse.

La jeune femme sembla accuser le coup, et garda la tête baissée pendant un moment.

— Pardonnez-moi, milord, s'excusa-t-elle en levant les yeux vers Langsford, un sourire sur les lèvres, en lui adressant un petit signe de la main. Et n'oubliez pas : plus tôt vous serez parti, plus tôt nous nous retrouverons…

Richard revint sur ses pas pour la prendre dans ses bras et l'embrasser à pleine bouche. Après un baiser qu'Adrienna trouva interminable, il relâcha son étreinte et se dirigea droit vers la porte. Avant de sortir, il fit une promesse pathétique :

— Je serai de retour avant que le goût de mes lèvres se soit estompé sur les vôtres.

Quand la porte se referma derrière lui, Sarah attendit quelques secondes avant de s'essuyer la bouche avec le dos de la main.

— Maudit pourceau ! souffla-t-elle.

9

Adrienna dévisagea lady Sarah, abasourdie par ce qu'elle venait d'entendre. Sa réaction au baiser de Richard lui semblait de nature à susciter l'espoir.

Après être allée inspecter le couloir, la jeune femme traversa la chambre, s'agenouilla près d'un coffre de bois et commença à en fouiller l'intérieur.

— Il doit y avoir quelque chose là-dedans.

Par-dessus son épaule elle rassura Adrienna :

— Je suis sûre que Richard a serré ces lanières trop fort pour que je puisse vous les ôter à mains nues. Il faut que je trouve quel… Ah ! Dieu soit loué.

Elle se leva, une dague à la main, puis vint s'asseoir sur le bord du lit et essaya d'abord de glisser un doigt sous le bâillon, mais celui-ci était si serré qu'il y avait bien peu de place pour une lame.

— Si jamais je vous coupe un peu, croyez bien que je ne l'aurai pas fait exprès, prévint-elle.

Adrienna sentit le métal lui entailler légèrement la joue, mais cela ne dura qu'un bref instant et de toute façon elle n'en avait cure, car elle aurait volontiers souffert bien plus que cela pour être délivrée.

— Merci ! souffla-t-elle quand le bâillon céda, en crachant le tissu qui lui encombrait la bouche.

Déjà, Sarah s'attaquait aux lanières qui attachaient la prisonnière à la tête du lit.

— Ne me dites pas merci tout de suite. Cette lame est si émoussée que vous délivrer risque de prendre du temps. Attendez plutôt d'être sûre de pouvoir vous échapper.

Elle n'avait pas tort. Si Richard revenait et les surprenait, Dieu seul savait ce qu'il leur ferait à toutes les deux.

— Avez-vous dit la vérité, à propos de votre mari ? s'enquit Sarah tout en s'activant tant qu'elle pouvait sur les liens qui retenaient encore Adrienna.

Celle-ci hésita quelques instants, craignant que sa réponse n'incite la jeune femme à changer d'avis. Après tout, il se pouvait que toute cette histoire ne soit qu'un complot compliqué ourdi par la reine et que Sarah y joue un rôle, elle aussi.

Peut-être la reine avait-elle deviné la vérité, et jugé bon d'user de ce stratagème pour la lui faire avouer ? Et dans ce cas, que se passerait-il ensuite ? A n'en pas douter, Aliénor serait folle de rage de voir ses plans mis en échec. Jusqu'à quelles extrémités sa colère pourrait-elle la mener ?

La reine tenait entre ses mains non seulement son avenir, mais peut-être bien aussi sa vie. Et pire encore : celle de Hugh. Taire la vérité à Sarah ne servirait à rien, il valait mieux l'avouer une bonne fois pour toutes. Autant jouer son va-tout. Cela lui épargnerait des inquiétudes inutiles.

Adrienna poussa un long soupir de soulagement quand le lien qui lui retenait les bras au-dessus de la tête céda enfin. Heureusement, elle n'était pas dans cette position depuis assez longtemps pour que ceux-ci se soient ankylosés.

Elle fut contente cependant de pouvoir les reposer sur ses jambes, mais quand Sarah entreprit de couper les lanières qui lui enserraient les poignets, elle l'arrêta d'un geste.

— Non, souffla-t-elle. Cela peut attendre. Détachez-moi d'abord les pieds.

— Vous n'avez pas répondu à ma question, insista Sarah en s'exécutant.

Si par malheur ou les surprenait, Adrienna savait qu'elle aurait besoin de l'aide de Hugh. Mais si personne ne savait qu'il était son mari, personne bien sûr ne songerait à l'informer de ce qui se passait. Il y avait là un risque à prendre qu'il aurait sans doute violemment critiqué, mais il fallait absolument qu'elle fasse confiance à quelqu'un.

— Oui, c'est exact, je suis mariée.

— N'en dites pas plus, l'arrêta Sarah en secouant la tête. Laissez-moi deviner.

Il y eut un silence, seulement troublé par le bruit du couteau sur le tissu, puis Sarah marqua une pause et regarda Adrienna longuement.

— Vous êtes l'épouse du comte de Wynnedom, déclara-t-elle finalement.

Adrienna dut avoir l'air surpris, car l'autre jeune femme poursuivit :

— Ça n'a pas été difficile à deviner. La jalousie dont il a fait preuve à l'égard de Langsford est de celles que seuls un amant ou un mari peuvent éprouver. Au début, je me suis dit qu'il devait être un de vos amoureux d'autrefois, mais quand j'ai vu l'expression de votre visage quand il vous a plantée là dans la grande salle, vous abandonnant à Richard, cela m'a mis la puce à l'oreille.

Adrienna se souvint en effet d'avoir été folle de rage

et diablement blessée par l'indifférence manifestée par Hugh en entendant Langsford lui annoncer leur mariage prochain. Elle avait pourtant l'impression d'être parvenue à cacher assez bien ses émotions, mais apparemment elle se trompait.

— Pourquoi venez-vous à mon secours ? demanda-t-elle à brûle-pourpoint, perplexe.

Sarah attendit de lui avoir libéré les pieds pour répondre :

— Quand j'ai eu vent de ce plan, j'ai pensé que vous méritiez tout ce que la reine et Langsford voulaient vous faire subir.

Adrienna s'assit sur le lit en repliant ses jambes sous elle.

— Qu'est-ce qui vous a fait changer d'avis ?

— Richard s'est comporté de manière étrange ce soir, et je me suis demandé s'il ne cachait pas une part d'ombre sous ses dehors avenants, expliqua Sarah, une petite ride se formant sur son front. Il m'a fait l'impression d'un homme qui n'hésiterait pas à faire du mal à une femme et n'en éprouverait ni regrets ni remords.

Adrienna la regarda sans comprendre. Les ombres qui jouaient sur le visage de la jeune femme rendaient plus évidente qu'à l'ordinaire la lueur inquiétante de son regard hanté. La connaissance qu'elle semblait avoir de la personnalité de Richard n'était pas le genre de choses que l'on pouvait simplement deviner.

A l'évidence, elle cachait un secret ; un secret noir, indicible, qui laissait à penser qu'elle avait une claire conscience, et peut-être même l'expérience, de certaines choses qu'aucune femme n'aurait jamais dû endurer.

— Sarah..., souffla Adrienna en tendant vers celle-ci ses mains encore entravées pour lui prendre doucement les doigts. Je vous remercie infiniment, mais ne craignez-vous pas que la reine…

— Ce sera mon prix pour vous avoir aidée, répondit la jeune femme en tirant sur sa main pour aider Adrienna à se lever. Prenez-moi avec vous quand vous partirez.

Adrienna répondit en hochant la tête, sans réfléchir :

— Entendu.

— Parfait. A présent, il faut que nous trouvions votre mari.

Les deux femmes se dirigèrent vers la porte, mais le genou d'Adrienna céda sous la douleur et elle tomba lourdement sur le sol.

Sarah se jeta à genoux à son côté, atterrée.

— Oh, Seigneur ! Je n'ai même pas pensé à vous demander si vous étiez blessée, s'excusa-t-elle.

Adrienna se frotta le genou en secouant la tête.

— Non, ce n'est pas ce que vous pensez. Quand il m'a poussée dans la chambre, j'ai trébuché et suis tombée sur une branche affreusement dure.

— Pouvez-vous marcher ?

— Je n'ai pas le choix. Aidez-moi à me relever.

Sarah s'exécuta, puis :

— Passez vos bras autour de mon cou, suggéra-t-elle.

— Mais… vous ne pouvez pas me porter…

— Peut-être pas, mais vous pourrez au moins vous accrocher à moi.

Elles essayèrent cette manœuvre et, à leur grand soulagement, constatèrent que la chose fonctionnait. Tant bien que mal, et plutôt mal que bien, Adrienna parvint à claudiquer jusqu'à la porte.

Sarah ouvrit celle-ci et inspecta le couloir.

— Etes-vous prête ? souffla-t-elle.

— Oui. Savez-vous où se trouve la chambre de Hugh ?

— Sérieusement, vous voulez savoir si la catin du palais sait où dort le comte de Wynnedom ?

— Vous avez raison, admit Adrienna en levant les yeux au ciel. Suis-je sotte ! Passez devant.

En même temps qu'il claquait la porte de sa chambre avec violence, Hugh grommela une bordée d'injures.

William se leva brusquement, abandonnant la chaleur du coin du feu.

— Elle refuse de partir ? s'enquit-il.

— Je n'en sais rien, répondit son compagnon d'un ton bourru.

Le colosse garda le silence, préférant attendre que l'autre s'explique.

Hugh s'éloigna de la porte en se passant la main dans les cheveux et alla se poster près de la fenêtre.

— Je n'ai pas pu la trouver, expliqua-t-il, en regardant au-dehors.

— Avez-vous vérifié sa chambre ?

— Oui, bien sûr, après avoir fouillé la grande salle.

Il avait inspecté le palais tout entier au moins deux fois, y compris le jardin. Adrienna n'était nulle part.

— Où peut-elle bien être ? demanda William en ouvrant de grands yeux. Vous ne pensez tout de même pas que… elle et Langsford…

— Non. Pas de son plein gré en tout cas, coupa Hugh.

Cela n'aurait vraiment pas ressemblé à Adrienna de disparaître ainsi avec Richard. Pas volontairement.

— Il se passe des choses, j'en suis sûr, affirma-t-il.

Il le savait. Il sentait l'angoisse monter dans tout son être. Quelque chose clochait sérieusement, et son sentiment d'un malheur imminent ne faisait que s'aggraver du fait de l'intérêt qu'il portait à la jeune femme.

Pourtant, il n'aurait pas dû éprouver ce genre de sentiment vis-à-vis d'elle, mais plutôt l'aiguillon de la vengeance.

Il avait conscience d'avoir éprouvé toute une série d'émotions incongrues, ces derniers temps — colère, désir, inquiétude, tendresse et même…

Il rejeta ces pensées avant que le mot ne se forme dans son esprit. Non, pas ça !

Il ne pouvait pas être stupide à ce point.

William s'assit à côté de la desserte pour remplir deux grands gobelets de vin puis en tendit un à Hugh en demandant :

— Qu'est-ce qui vous fait penser cela ?

Hugh dut réfléchir un instant pour comprendre que le colosse ne faisait pas allusion aux tourments qui agitaient son cœur, mais à la disparition d'Adrienna.

— Je trouve qu'il n'y a pas assez de gardes dans les couloirs cette nuit, affirma-t-il en prenant le vin qu'il vida d'un trait avant de reposer son gobelet sur la table. J'en ai vu bien moins que d'habitude en tout cas. Cela laisse beaucoup d'endroits sans protection, beaucoup de coins sombres où le malheur pourrait frapper.

Dans aucun château, aucune forteresse, on ne tolérait autant de couloirs déserts. Aucun seigneur, et à plus forte raison aucun monarque, n'aurait laissé ses invités et sa famille sans protection, à la merci du premier assassin venu.

— Peut-être ont-ils déserté leur poste ?

— Non, objecta Hugh. Ils semblent satisfaits de leur sort et je n'ai entendu aucune rumeur de trahison, aucune agitation. Il est plus vraisemblable qu'on leur ait ordonné de ne pas rejoindre leur poste ce soir.

— Pourquoi... ?

La question de William resta suspendue en l'air, interrompue par des coups frappés à la porte. Le colosse se leva, tira deux épées des fourreaux accrochés au mur et en lança une à son compagnon sans faire de bruit.

L'arme à la main, Hugh ouvrit la porte d'un geste sec, et demeura interdit devant le spectacle des deux femmes blotties l'une contre l'autre sur le seuil. Il resta un long moment bouche bée avant de baisser son épée.

Visiblement aussi surprise que lui, Sarah garda les yeux fixés sur l'arme.

— Je vous promets, milord, souffla-t-elle, que nous venons les mains vides et n'avons aucune mauvaise intention, souffla-t-elle en se dégageant de l'étreinte d'Adrienna.

Surpris à la vue des liens qui entravaient les poignets de celle-ci, Hugh la prit dans ses bras et l'alla porter sur le lit, s'agenouillant à côté d'elle.

— Que signifie ceci Adrienna ? Que se passe-t-il dans ce palais ? demanda-t-il en tirant sa dague de sa ceinture pour couper les lanières de tissu, qui cédèrent rapidement sous la morsure du métal acéré.

De son côté, William fit entrer Sarah dans la pièce et referma la porte derrière elle.

— La reine a décidé que Langsford prenait trop de temps pour forcer Adrienna à l'épouser, expliqua la jeune femme en s'asseyant auprès de la petite table et en désignant du doigt le gobelet rempli de vin pour demander la permission d'y boire.

William hocha la tête, et elle prit aussitôt une gorgée pour se remettre de ses émotions avant de poursuivre.

— Elle a donc renvoyé les gardes et ordonné à Richard de séquestrer sa promise dans sa chambre cette nuit.

— Dans quel but ? demanda William en s'asseyant à son tour sur un fauteuil devant le feu.

Ce fut Adrienna qui répondit :

— Elle comptait que, au matin, on me trouverait dans une situation compromettante, et que je me verrais forcée d'épouser Langsford.

— Malheureusement, elle est déjà mariée, laissa tomber Sarah en buvant une nouvelle gorgée de vin.

Visiblement surpris, Hugh regarda Adrienna, qui haussa les épaules.

— Il m'avait attachée à son lit, se justifia-t-elle. Milady Sarah m'a délivrée. Quand elle m'a demandé si j'étais effectivement mariée, je n'ai pas pu lui mentir. Je savais que j'aurais besoin de votre aide.

Hugh discerna un léger tremblement dans la voix de la jeune femme et, après s'être relevé pour s'asseoir à côté d'elle, la prit dans ses bras.

— Il vous a attachée ? Que s'est-il passé après que je vous ai quittée ?

— Je suis restée attablée avec Richard, avoua Adrienna. Je pensais qu'à force de boire, il tomberait de sommeil et me laisserait en paix. Je n'avais aucunement idée qu'il était en service commandé pour la reine.

— Vous avez fait exprès de rester avec lui ? Avez-vous perdu la raison ?

— Comment cela ? répliqua-t-elle en se raidissant, piquée au vif. Croyez-vous que c'est moi qui lui ai demandé de me traiter ainsi ?

— Peut-être pas, mais vous l'y avez certainement encouragé en vous comportant de la sorte.

Adrienna recula sur le lit, stupéfaite.

— Voyez, insista Hugh. Vous ne le niez pas.

Elle essaya de se dégager, mais il la retint entre ses bras.

— Moi ? Je l'ai encouragé ? protesta-t-elle, indignée. Parlez pour vous. Si vous ne m'aviez pas laissée seule en sa compagnie toute la soirée, peut-être aurait-il renoncé à son plan !

Se pouvait-il qu'elle soit jalouse de lady Sarah ? Hugh manqua de s'esclaffer en y songeant, mais ravala son rire, convaincu que ç'aurait été très peu élégant de se moquer d'elle, d'autant que lui-même avait éprouvé le même sentiment vis-à-vis de Langsford. Il n'avait aucune envie qu'elle le sache.

— Est-ce de la jalousie que j'entends dans vos paroles, Adrienna ? demanda-t-il néanmoins.

— Moi, jalouse ? rétorqua-t-elle en serrant les dents. J'ai bien peur que votre orgueil démesuré ne vous fasse perdre la raison.

Ils ne gagneraient rien à se disputer. Cela ne menait nulle part.

— Vous a-t-il dit quoi que ce soit à propos des plans de la reine ?

— Oui. Mais lady Sarah vous en a déjà parlé. Ils se sont lassés de cette cour qui prenait trop de temps à leur goût et ont décidé de me forcer à me marier en me retenant dans la chambre de Richard cette nuit. Il aurait été facile ensuite de m'imposer un mariage au prétexte qu'il y allait de la réputation de la cour.

Hugh eut l'impression qu'on venait de lui donner un violent coup de poing dans le ventre.

— La reine approuve-t-elle ce complot ?

— Si elle l'approuve ? s'étrangla Adrienna. D'après Richard c'était son idée. Il prétend n'avoir fait qu'obéir à ses ordres.

Hugh jura entre ses dents.

— Vous savez ce que cela signifie ?

La jeune femme lui rendit son regard en hochant la tête, un demi-sourire sur les lèvres.

— Oui. Cela veut dire que vous avez gagné votre pari.

Il refusait la victoire dans ces conditions.

— Non, Adrienna, ce n'est pas de cela que je parle. Je voulais dire qu'il nous faut quitter ce château immédiatement, avant qu'ils vous forcent la main.

— De toute façon, vous avez gagné, Hugh. J'ai dit à Richard que j'étais mariée. Il ne m'a pas crue, mais nous pouvons compter sur lui pour aller en parler à Aliénor.

— Peu importe. Notre marché ne prévoyait pas ce genre de circonstances. Vous étiez supposée venir dans mon lit dans un délai de trente jours. Or vous n'êtes pas entrée dans cette chambre dans l'intention de remplir votre devoir d'épouse. Vous avez encore le choix, et le temps de le faire ou pas.

Il marqua une pause un instant puis, en appuyant son front contre celui la jeune femme, il enchaîna :

— Décidez-vous, Adrienna. Soit nous rentrons chez nous ensemble comme mari et femme, soit nous allons chez le roi pour lui demander d'annuler notre mariage. Que choisissez-vous ?

Elle agrippa le devant de la tunique de Hugh d'un geste hésitant, puis murmura :

— Je ne sais pas. Je ne sais pas…

Ce qui n'était pas exactement ce qu'il souhaitait entendre.

A l'instant précis où il prit sa bouche, elle réalisa qu'elle connaissait la réponse, et quand il glissa sa main autour de son cou pour la caresser doucement derrière l'oreille, sur ce point sensible qui lui faisait tant d'effet, elle entendit une petite voix protester dans sa tête en même temps que son cœur rendait les armes.

Sans rompre leur baiser, Hugh la fit tourner légèrement dans ses bras pour l'installer mieux sur ses genoux. Du bout des doigts, il lui effleura la clavicule, et quand sa main glissa doucement sur ses seins, elle crut défaillir en sentant le sang se ruer au creux de son ventre, brûlant.

Elle avait à la fois l'impression de flotter et de se noyer, et s'agrippait à lui sans s'inquiéter de ce que la seconde prenne le pas sur la première. De toute façon, elle n'y pouvait rien.

Il y eut un toussotement gêné de l'autre côté de la pièce, qui lui rappela brusquement qu'ils n'étaient pas seuls, aussi se dégagea-t-elle vivement, bien qu'à contrecœur.

— Hugh, je vous en prie…

— Nous pourrons reprendre cela plus tard, déclara-t-il en la laissant se remettre debout. Peut-être en Angleterre ?

— Aussi loin d'ici que possible, répondit-elle.

— D'ici là, peut-être aurez-vous décidé d'aller ou non voir le roi.

Elle n'arrivait pas à croire qu'il continue de lui laisser le choix, mais lui en savait gré tout de même.

— Je vous le promets.

— Parfait. Considérez que notre marché tient toujours. Vous me signifierez votre décision en venant dans mon lit pour que nous puissions reprendre cette conversation.

Il se tut un instant, puis, avec un grand sourire :

— De toute façon, je gagnerai.

Dieu qu'il était arrogant ! Et Dieu qu'il était séduisant quand il voulait !

— Peut-être, peut-être pas, répliqua Adrienna.

— Je n'ai pas peur. Vous viendrez, asséna-t-il en se levant et en lui tendant la main. Allons, en route, il faut partir.

Elle accepta son aide mais, quand elle fit peser son poids sur son genou, la douleur lui arracha une grimace.

— Qu'arrive-t-il ?

— Rien de grave, répondit-elle, peu désireuse de retarder davantage leur fuite. Je suis tombée sur les genoux et cela me fait un peu mal.

— Un peu mal ? répéta Sarah. Pourquoi croyez-vous qu'elle s'accrochait à moi quand nous sommes arrivées ? Elle ne peut pas marcher seule.

Hugh fronça les sourcils, incrédule.

— Laissez-moi voir ça.

— Non, je vous en prie, tout va bien.

Sans prévenir, il la prit dans ses bras et l'assit de nouveau sur le lit puis examina son genou après avoir soulevé sa robe.

— C'est très enflé.

Elle repoussa la main brûlante et rajusta sa robe pour s'en recouvrir les jambes.

— Je sais, admit-elle, mais c'est surtout d'être restée immobile trop longtemps. Partons, dépêchons-nous.

Hugh ignora sa remarque et, glissant les mains sous la robe, fit jouer doucement la jambe valide d'Adrienna.

Celle-ci ferma les yeux. Il avait les mains chaudes, et c'était si apaisant de le sentir lui caresser la peau.

Elle se mordit la lèvre pour retenir le cri qui montait

dans sa gorge, effarée de l'effet que lui faisait ce simple contact.

— Cela vous fait-il mal ? s'inquiéta Wynnedom.

— Non, non, pas du tout, répondit-elle en ouvrant les yeux brusquement, ce qui lui permit de remarquer le sourire qui traînait sur les lèvres de celui-ci.

Il passa à l'autre jambe, la caressa, la massa doucement du mollet au genou, mais quand il pressa son pouce au bord de la rotule, Adrienna manqua de faire un bond dans le lit.

— Arrêtez !

Hugh termina son examen puis fit glisser la robe en place.

— Je ne pense pas que vous ayez une fracture. Mais je ne pense pas non plus que vous vous soyez blessée simplement en tombant par terre.

— J'aurais pu vous dire moi-même que je n'avais rien de cassé. A présent, pouvons-nous partir s'il vous plaît ?

Il lui prit la main et l'attira hors du lit.

— Pouvez-vous marcher si l'on vous aide ?

— Je ne vois pas pourquoi je ne pourrais pas, répondit-elle en faisant quelques pas en direction de la porte.

La douleur n'était plus aussi vive qu'auparavant, mais cela faisait toujours diablement mal.

— Voyez, tout va bien, affirma-t-elle en luttant pour ne pas grincer des dents.

— Je me ferai un plaisir de vous porter, affirma Hugh.

— Je n'en doute pas un instant, répondit-elle en s'écartant hors de portée.

Juste avant de sortir de la chambre, elle se retourna vers Sarah.

— Milady vient avec nous, annonça-t-elle d'un ton péremptoire.

Hugh s'approcha, intrigué.

— Pourquoi voulez-vous que la catin du roi se joigne à nous ? demanda-t-il en plissant les yeux.

— Je ne suis pas certaine qu'elle en soit une, justement, répondit cette dernière en baissant la voix pour ne pas être entendu des deux autres, ajoutant : m'est avis qu'elle cache quelque chose. Elle s'est jouée de Richard de façon experte et m'a délivrée sans condition. Il y a quelque chose qui cloche dans le personnage qu'elle joue.

— Ce pourrait justement être un piège.

Adrienna savait qu'il avait peut-être raison. Elle y avait déjà pensé, mais une promesse était une promesse.

— Je ne peux pas revenir sur ma parole, Hugh.

— Très bien, milady, répondit-il en hochant doucement la tête. Tenez-vous sur vos gardes et faites attention à ce que vous dites en sa présence.

— Je continue à penser que nous nous sommes trompés sur son compte, mais je suivrai vos conseils tant que je n'en serai pas totalement certaine.

— Erreur. Vous suivrez mes conseils jusqu'à ce que j'en sois certain.

Il venait de parler d'un ton qu'il espérait sans réplique, mais elle le fixa néanmoins d'un air interrogateur.

— Adrienna, vous n'êtes pas la mieux placée pour juger les gens, expliqua-t-il. Vous l'avez prouvé à propos de Richard. Il n'est pas question que je vous laisse risquer nos vies parce que vous croyez que quelqu'un est digne de votre confiance.

— Je ne veux pas discuter de cela avec vous maintenant. Laissez-moi vous dire que vous vous trompez.

Il tendit le bras vers elle comme pour lui faire signe d'avancer vers la porte.

— Nous verrons, conclut-il.

— Nous devrions partir, vite, lança lady Sarah en se levant.

Hugh la trouva trop pressée, tout d'un coup, trop impatiente.

Trop inquiète.

— Et pourquoi cela ?

— Ah Seigneur, je suis désolée, souffla la jeune femme en se rasseyant lourdement sur son fauteuil. Je faisais partie de ce complot. Adrienna devait épouser Richard, et…

Elle jeta un regard nerveux vers Hugh et s'éclaircit la voix pour terminer sa phrase.

— Adrienna devait être mariée à Richard et moi… à vous.

10

Il y avait sans doute pire sort que de se retrouver marié de force à la catin du palais, malheureusement, Hugh ne pouvait en imaginer un seul à ce moment précis.

Ce fut Adrienna qui retrouva la première l'usage de la parole :

— Plaît-il ?

— Je devais attendre qu'il se soit endormi pour me glisser dans son lit, déclara Sarah.

— Et on devait vous trouver là au matin vous aussi ? s'enquit l'autre jeune femme.

— Non, je devais crier au viol à peine sur sa couche.

Hugh et William grommelèrent de concert. De but en blanc, le premier demanda :

— La reine n'a rien trouvé de plus plausible ?

— Quelle importance, puisque j'ai décidé de ne pas lui obéir ?

— Quelle noblesse d'âme, railla Hugh.

— Les choses ne sont pas toujours ce qu'elles semblent être, milord, répliqua Sarah en baissant les yeux.

— Cela semble l'évidence.

Adrienna se frotta les tempes en espérant que cela lui rendrait un peu de sa capacité de jugement.

— Il faut que nous partions d'ici, vite.

Le regard que lui lança Hugh lui confirma qu'il pensait la même chose qu'elle de ce genre de remarque inutile.

William entrouvrit la porte pour inspecter le couloir puis, après l'avoir refermée, s'enquit :

— Où se trouvent les gardes à présent ?

L'air préoccupé de Sarah fit frissonner Hugh. Cela ne présageait rien de bon.

— Peut-être feriez-vous bien de nous expliquer, pour que nous puissions décider de la marche à suivre.

— Ils devraient arriver dans le couloir d'un moment à l'autre.

— Pourquoi ne nous en avez-vous rien dit pendant que nous pouvions encore nous enfuir ? s'étrangla Adrienna.

— Je croyais pouvoir nous tirer de ce mauvais pas avant qu'il devienne nécessaire de vous le révéler.

— Mon mari ne vous épousera pas.

En d'autres circonstances, Hugh aurait pris le temps de s'interroger sur la réaction d'Adrienna. Elle parlait vraiment comme si elle s'inquiétait sincèrement pour lui, comme si son sort lui importait plus que le sien même. N'étaient-ce pas là précisément les sentiments qu'il voulait lui voir éprouver à son égard ? Et en ce cas, pourquoi donc se sentait-il si mal à l'aise, tout à coup ?

— Je sais, répondit Sarah en plissant le front de plus belle. Mais si la reine Aliénor ne me trouve pas dans son lit, je finirai dans une de ses geôles.

Elle marqua une pause, regardant le plafond, puis :

— Toutefois, si elle me trouve dans sa couche avec lui et découvre qu'il est déjà marié, elle nous jettera tous les deux dans un cul-de-basse-fosse.

— Non, objecta Hugh. Il lui faudrait alors expliquer

au roi la raison de mon emprisonnement. Elle aurait sans doute du mal à justifier la chose en arguant du fait que je suis marié.

— Pourquoi ne quittons-nous pas tout simplement ce château de malheur ? proposa William comme s'il préférait de loin cette solution, qui paraissait en effet la plus simple.

— Vous pourriez le faire facilement, répondit Adrienna à l'adresse des deux hommes, ajoutant, en hochant la tête du côté de Sarah : quant à nous, nous faisons partie de la suite de la reine. Etant mariée, je peux m'en aller d'ici pour suivre mon époux, mais Sarah n'est pas dans cette situation. Elle n'a pas le choix, ni le droit de simplement s'en aller.

— S'ils ne s'aperçoivent pas qu'elle est partie…

Des pas lourds et un cliquetis d'épées nues se firent entendre dans le couloir, coupant net ce que William allait dire.

Le colosse jura entre ses dents, puis se mit à ôter ses vêtements précipitamment.

— Montez dans mon lit, lança-t-il à Sarah.

— Que dites-vous ? s'étrangla-t-elle en levant les yeux vers lui.

William lança sa tunique sur un coffre posé le long du mur et tira sa chemise par-dessus sa tête.

— Vous m'avez entendu, souffla-t-il.

— Mais, je…, balbutia Sarah, ses grands yeux ronds fixés sur le torse nu du géant.

Hugh manqua de s'étrangler lui aussi :

— Que diable fais-tu donc ?

William saisit Sarah par le bras et l'attira vers le lit tout en s'expliquant :

— Il faut qu'on la trouve au lit avec quelqu'un qu'elle puisse épouser.

— Mais… ce devait être moi…

Sarah regardait William se déshabiller, fascinée, rougissant un peu plus à chaque vêtement qu'il ôtait, ce qui n'échappa nullement à Hugh. Adrienna avait raison : cette fille était tout sauf une gourgandine.

— Vous ne pouvez pas épouser cette femme, objecta William. Nous ne pouvons pas non plus la laisser croupir Dieu sait combien de mois dans une des geôles de la reine.

Là-dessus, il s'assit sur le bord du lit et attira Sarah contre lui. Sans laisser aux autres le temps de deviner ce qu'il allait faire, il prit les mains de la jeune femme dans les siennes.

— Je vous protégerai. Avec moi, vous serez en sûreté. Epousez-moi, lança-t-il.

La jeune femme resta silencieuse, mais Hugh ne put s'empêcher de demander :

— Pourquoi fais-tu ça, William ?

— Je vous dois la vie et la liberté, milord. C'est bien le moins que je puisse faire.

— Tu ne me dois rien du tout.

Sarah dégagea ses mains de celles de William et intima du geste à Hugh de se taire.

— Je veux bien me mettre au lit avec vous, mais il n'y aura aucune raison pour que nous nous mariions. Quand la reine nous découvrira en cette posture, je jouerai les idiotes. Peut-être me croira-t-elle quand je lui dirai que je ne savais pas que vous étiez deux dans cette chambre. Avec un peu de chance, elle sera simplement juste assez en colère pour nous chasser de ce château.

On entendit des pas au-dehors, plus nombreux cette

fois. Avec l'aide de William, Sarah se débarrassa de sa robe, de ses chaussures et de ses bas et se jeta sous les draps avec son complice.

— Qu'allons-nous faire ? demanda Adrienna en regardant Hugh d'un air atterré.

Celui-ci lui prit la main et l'attira dans la petite alcôve située près de la porte. Il la poussa tout au fond du petit recoin en lui faisant un rempart de son corps.

— Quand Sarah se mettra à crier, ils vont entrer d'un seul coup et tous ensemble. A mon avis, ils ne nous verront même pas.

— Dieu vous entende.

— Faites-moi confiance, il m'entend.

Adrienna gloussa, mais il décida de ne pas en tenir compte et fit claquer ses doigts.

On entendit William murmurer puis, immédiatement après, lady Sarah se mit à pousser des hurlements perçants.

— Seigneur ayez pitié de nous, murmura Adrienna.

Ils entendaient nettement la petite troupe massée devant leur porte. Hugh prit Adrienna dans ses bras et la serra contre lui.

Quand Sarah hurla de nouveau, son cri se perdit presque aussitôt dans le fracas de la porte qu'on enfonçait. En un instant la pièce fut envahie par les gardes de la reine et, flanquée de plusieurs soldats, celle-ci entra à son tour.

Quand les intrus eurent dépassé l'alcôve, Hugh relâcha un peu son étreinte. Tous avaient les yeux fixés sur le lit. S'il voulait leur faire croire qu'il venait juste de rentrer dans la chambre, c'était le moment de se glisser hors de sa cachette.

— Restez ici, murmura-t-il aussi bas qu'il pouvait à l'adresse de la jeune femme.

Après quoi, il s'avança vers la porte puis, se glissant dans la pièce, prit position au meilleur endroit pour assister à la suite du drame.

Aliénor se tenait à distance entre la porte et le lit.

— Que signifie tout ceci ?

— Oh, Majesté, aidez-moi, s'il vous plaît, au secours !

La voix de lady Sarah avait beau être étouffée par les rideaux qui entouraient le lit, Hugh entendit clairement sa voix pleine de panique et d'effroi. Elle jouait parfaitement son rôle. Le rideau s'agitait frénétiquement, comme si l'on se battait derrière lui.

A voir l'expression de gourmandise satisfaite de la reine, celle-ci semblait sûre d'avoir réussi son plan. Mais elle avait beau être la pièce la plus forte sur l'échiquier, elle se rendrait bientôt compte qu'elle venait de perdre la partie. Non seulement Langsford avait échoué auprès d'Adrienna, mais elle n'allait pas tarder à savoir qu'il en allait de même pour Sarah avec Hugh.

Hugh comprenait à présent la mission de Langsford : en lui faisant épouser Adrienna, la reine comptait bien s'assurer la mainmise sur les terres de celle-ci.

Ce qu'il ne comprenait pas, en revanche, c'était pourquoi elle projetait de lui faire épouser lady Sarah. Une telle union obtenue sous la contrainte n'aurait pas fait de lui son vassal, et encore moins son obligé.

Il s'adossa au mur et croisa les bras contre sa poitrine, oubliant pour l'instant ces questions sans réponse. Il trouverait le temps d'y songer plus tard.

La scène qui s'annonçait risquait d'être piquante.

Aliénor fit un geste du menton à l'adresse des hommes qui l'entouraient.

— Secourez cette femme, et assurez-vous de ce scélérat.

Trois hommes se précipitèrent vers le lit, l'un d'eux repoussant le rideau si brutalement que celui-ci se retrouva dans sa main, arraché. Le second tira lady Sarah du lit. Echevelée, tremblante, celle-ci saisit aussitôt sa robe qui gisait sur le sol à ses pieds et la passa par-dessus sa tête en moins de temps qu'il ne fallait pour le dire tandis que le troisième posait la pointe de son épée sur le cou de William.

Sarah s'avança vers la reine et se jeta à ses pieds.

— Oh merci, milady, merci ! Je vous ai une dette éternelle…

Hugh eut du mal à se retenir d'applaudir. Quelle comédienne ! songea-t-il.

Aliénor tendit la main et tapota doucement la tête de la jeune femme.

— Vous avez eu la chance que mes hommes se trouvent tout près et entendent votre cri, déclara-t-elle en faisant signe à Sarah de se lever. Il ne vous a pas fait de mal, j'espère ?

Sarah sanglotait si bien que Hugh manqua d'éclater de rire. Décidément, il n'avait pas souvenir d'avoir jamais vu une femme mentir aussi bien.

— Oh milady, gémit la jeune femme d'une voix entrecoupée de sanglots lamentables. C'était affreux !

Elle tremblait de tout son corps, comme si ses larmes ne suffisaient pas à convaincre son auditoire.

— Là, là, mon enfant. C'est le lot des jolies femmes que de subir les assauts bestiaux des hommes, susurra Aliénor en prenant son temps pour observer la victime.

— Votre état me dit que vous vous êtes défendue autant que vous pouviez.

— Que vais-je faire, Majesté ?

Le gémissement de Sarah fut comme un signal pour la reine. Lentement, elle se tourna vers l'homme assis sur le lit.

— Je vous avais prévenu, Wynnedom. Comment avez-vous osé ne pas tenir compte de mes mises en garde ?

— Milady ? intervint l'homme qui tenait William en respect en levant les yeux vers la reine et en secouant la tête d'un air surpris et perplexe à la fois.

Aliénor s'avança vers lui en ouvrant de grands yeux et manqua de s'étrangler.

— Que signifie… ?

Sarah la rejoignit au pied du lit, bouche bée, feignant la surprise.

Aliénor ne disait pas un mot, les yeux fixés sur William, abasourdie.

Hugh se fraya un chemin à travers le groupe d'hommes qui entouraient la couche, puis, d'un ton qu'il espérait aussi surpris que possible, il lança :

— Je n'ai quitté ma chambre que quelques instants et voilà qu'à mon retour j'y trouve tout le palais ?

Il marqua une pause très brève avant de s'adresser à William :

— Que se passe-t-il ?

— Je n'en suis pas sûr, répondit le colosse en se couvrant le torse et le reste avec un drap. J'étais en train de dormir lorsque j'ai entendu des hurlements qui m'ont percé le tympan et fait me réveiller en sursaut.

Il tourna les yeux vers Sarah, puis :

— Mais avant même que je puisse me rendre compte d'où venaient ces cris, poursuivit-il, ou m'expliquer la présence de quelqu'un dans mon lit, la chambre s'est remplie d'hommes en armes.

William hocha la tête et marqua un arrêt avant d'ajouter :

— Et milady est entrée avec eux.

Quelques gardes se retournèrent comme un seul homme en regardant tous dans la même direction.

Lady Sarah venait de s'effondrer sur le sol, évanouie.

La reine regarda les deux hommes alternativement puis, s'arrêta sur Hugh.

— Les rumeurs vont aller bon train dès ce matin. Que comptez-vous faire à ce propos ? demanda-t-elle.

Il savait parfaitement ce qu'elle voulait l'entendre dire, mais au lieu de cela, il prit le risque de la mettre encore plus en rage :

— Rien du tout, Majesté, répondit-il posément.

— La réputation de cette femme sera perdue, alors.

Hugh se demanda comment on pouvait perdre de réputation quelqu'un qui se faisait passer pour la putain du palais, mais il ne voulait surtout pas laisser entendre qu'il savait à quoi s'en tenir à propos de lady Sarah. Cela ne ferait que rendre la reine encore plus folle de rage.

— La réputation de milady est bien connue de tous ici, et elle demeurera intacte, affirma-t-il d'un ton convaincu.

Aliénor plissa les yeux. Ce n'étaient plus que deux fentes.

— Je vous ai prévenu, Wynnedom.

— En effet, Majesté, mais je n'ai rien fait pour mériter votre courroux, répondit-il en haussant les épaules. Chacun d'entre nous comprend parfaitement ce qui s'est passé ici cette nuit.

— Et tous jureront que vous avez déshonoré lady Sarah, rétorqua la souveraine.

Les choses se compliquaient. Aucun d'eux n'avait envisagé une telle réaction de la part de la reine. De toute façon, quand bien même il aurait été libre d'épouser lady Sarah, jamais il ne s'y serait résolu. Il n'avait pas besoin d'une autre femme. Cela ne faisait pas partie de ses plans. Et il n'avait aucune idée de ce qu'il allait faire de son épouse légitime une fois qu'il se serait vengé d'elle.

Du coin de l'œil, il vit Adrienna sortir de son alcôve et se faufiler entre deux gardes puis s'avancer vers la reine.

— Non, Majesté, pas tous ! lança-t-elle en se campant droit devant celle-ci.

Aliénor plissa le front, interloquée.

— Vous ? Pourquoi n'êtes-vous pas…

— Attachée au lit de Langsford ? coupa Hugh en venant se placer au côté d'Adrienna.

Un lourd silence tomba sur la pièce, jusqu'à ce que l'un des gardes s'éclaircisse la gorge pour attirer l'attention.

Lady Sarah venait apparemment de reprendre conscience et se remit à gémir en se relevant péniblement.

— Oh milady…

— Taisez-vous ! s'écria Aliénor, ce qui eut pour effet de faire cesser instantanément les gémissements de la jeune femme.

La reine ferma les yeux un instant et prit une longue inspiration avant de s'adresser à Hugh :

— Je ne veux plus vous entendre, Wynnedom. Vous épouserez lady Sarah.

— Et pour quelle raison ? insista l'intéressé, désireux d'entendre la souveraine l'accuser devant tous les présents.

— Parce que je vous l'ordonne. Je n'ai pas à vous donner d'autre explication, mais puisque vous insistez, je vous dirai simplement que j'ai envie de voir l'honneur de milady Sarah rétabli et vous, solidement attaché à une femme.

Il se doutait de la réponse, mais il ne put se priver de poser la question :

— Et si je refuse ?

— Vous n'oseriez pas.

— Qui sait ?

— Si vous vous risquez à cela, sachez que vous passerez de nombreuses nuits en prison.

Elle ne pouvait rien lui faire qu'il n'ait déjà subi auparavant. Et le roi Henry ne permettrait pas qu'on le garde en prison trop longtemps. Pour autant, il n'avait aucune envie de perdre sa liberté si durement gagnée, quand bien même ce ne serait que pour quelques nuits.

— Que préférez-vous, Wynnedom ? Vous retrouver seul dans une cellule ou épouser lady Sarah ?

N'importe qui d'autre aurait été intimidé par le ton et le regard de la reine, mais pas Adrienna. Hugh avait beau être persuadé que le roi s'attacherait à le faire libérer, elle ne pouvait supporter l'idée de le laisser croupir dans une geôle.

Elle savait désormais avec certitude que cet homme était le mari qu'il lui fallait. Elle ne doutait plus, vraiment plus du tout qu'il finirait par gagner son pari. Pour l'heure, cependant, rien de tout cela ne semblait plus avoir de sens. Sa liberté, sa vie même étaient en jeu.

Quand bien même il l'avait fait d'une étrange façon, ne lui devait-elle par de l'avoir sauvée l'autre nuit, dans le jardin ? A la différence de Richard, elle pouvait mettre à son crédit de ne jamais lui avoir fait de mal. N'avait-elle pas une dette envers lui ?

Adrienna fit un nouveau pas vers la reine.

— Il a déjà une épouse, Majesté, affirma-t-elle.

— Il m'a dit exactement le contraire, rétorqua Aliénor.

Hugh prit la main de la jeune femme et l'attira à son côté.

— Ce n'est pas exactement ce que j'ai dit, milady. Si je me souviens bien, je ne vous ai pas répondu.

— En ce cas, où donc se trouve cette épouse dont personne ne sait rien ?

Le courage d'Adrienna faillit lui manquer devant le ton venimeux de la reine, mais elle réalisait qu'à moins de vouloir qu'on jette son mari dans un cul-de-basse-fosse ou qu'on l'oblige à commettre l'adultère et à se rendre coupable de bigamie, elle n'avait d'autre choix que de dire la vérité.

D'ailleurs, si elle ne voulait pas rejoindre Hugh en prison, il était dans son intérêt de profiter du soutien et de la protection qu'il pouvait lui offrir jusqu'à ce qu'ils aient définitivement quitté le château d'Aliénor.

Elle se tourna légèrement vers lui et plaça sa main libre sur sa poitrine puis, sans cesser de le regarder, répondit à la reine :

— Ici, milady. Je suis la femme du comte de Wynnedom.

Un vacarme confus s'ensuivit : la reine Aliénor se mit à crier, lady Sarah reprit ses gémissements, certains des gardes poussèrent des jurons pendant que d'autres s'étranglaient de surprise. Pour Adrienna, la clameur sembla s'évanouir quand elle vit le changement qui venait de s'opérer sur le visage de Hugh.

Ses yeux s'étaient tout d'abord ouverts tout grands en l'entendant faire cet aveu, mais à présent un sourire diabolique flottait sur ses lèvres en même temps qu'il arborait cet air si particulier qu'elle lui connaissait.

Au lieu de savourer sa victoire, comme elle s'attendait à le voir faire, il lui prit la main et posa un baiser sur le bout de ses doigts.

— On dirait que vous vous êtes lassée de notre marché, souffla-t-il à voix basse pour qu'elle seule puisse l'entendre.

Et pourtant, il parlait d'un ton si assuré qu'on aurait pu croire qu'il venait de crier depuis les remparts du château.

Ignorant la chaleur qui lui montait aux joues, Adrienna hocha la tête.

— Oui, c'est ce qu'il semble.

— Que manigancez-vous tous les deux ? demanda la reine d'une voix vibrante qui arracha la jeune femme à son extase, au point qu'elle se força à détourner les yeux de Hugh.

— Rien, Majesté. Le comte de Wynnedom est véritablement le mari que je croyais mort depuis si longtemps.

— J'exige des explications, insista Aliénor. Ryebourne n'était pas comte.

— En effet, Majesté, mais il semble qu'il ait été élevé à ce rang au cours de sa longue absence.

La reine se tourna vers Hugh, le sourcil froncé, l'œil noir.

— Dites-moi, Ryebourne, comment il se fait que vous apparaissiez comme ça d'un coup à ma cour, vivant, comme par miracle, et pourvu d'un titre plus que douteux ?

— Wynnedom, milady, corrigea Hugh. Je suis comte de Wynnedom. Malgré vos inquiétudes, ce titre ne souffre aucune contestation. Il m'a été conféré par le roi Henry.

— Et vous, poursuivit Aliénor à l'adresse d'Adrienna, ignorant totalement la réponse que venait de lui faire Hugh : votre père m'a demandé une faveur en feignant d'ignorer la situation. Je devrais le faire mettre aux fers pour le rôle qu'il a joué dans cette affaire.

Adrienna n'eut pas le temps de répondre. Ce fut Hugh qui s'en chargea :

— C'est inutile, Majesté. Il n'a pas été informé de mon retour.

La jeune femme se demanda avec soulagement si par bonheur il avait enfin changé d'avis à propos de son père. Peut-être était-elle parvenue à le convaincre de l'innocence de ce dernier, et de la sienne par la même occasion.

Aliénor releva le menton.

— Je veux vous voir quitter ma cour au plus tôt, tous, déclara-t-elle d'une voix mortellement calme qui ne laissait aucun doute quant au sérieux de cet ordre. Si vous êtes encore ici au lever du soleil, je vous ferai pendre.

Les gardes s'effacèrent pour laisser passer la souveraine et, quand ils marquèrent le pas pour permettre à lady Sarah d'aller à sa suite, Aliénor fit volte-face pour lancer :

— Vous aussi, je vous chasse. Vous ne m'êtes plus d'aucune utilité. Prenez cette catin avec vous, Wynnedom, vous pourrez en faire ce que vous voudrez. Une fois franchies les portes de mon palais, je m'en lave les mains.

— Je veux bien la prendre avec moi, intervint William depuis son lit. Mais seulement en tant qu'épouse.

— Soit, acquiesça la reine en hochant la tête. Menez-la à la chapelle cette nuit. Elle est à vous.

Visiblement choquée, abasourdie, lady Sarah resta plantée comme une statue de sel pendant que la reine sortait, suivie de son escorte.

Quand ils eurent disparu, Hugh referma la porte et se tourna vers son compagnon.

— Tu as joué ton rôle à merveille, affirma-t-il à l'adresse de celui-ci. Toutefois, il n'est pas nécessaire que tu épouses cette femme.

— Si, répliqua le colosse. Si elle quitte ce château sous votre protection, vous vous sentirez obligé par votre code d'honneur de la lui donner et vous sentirez responsable d'elle.

William tourna la tête vers Adrienna puis ajouta :

— C'est à votre épouse que vous devez cela, ajouta-t-il. Et non à une autre.

Il y eut un silence, puis il pointa un doigt vers ses vêtements qui jonchaient le sol.

— Passez-moi cela, voulez-vous ?

Hugh s'exécuta, mais il ne semblait pas disposé à en rester là.

— Tu veux vraiment l'épouser ?

— N'est-elle pas une femme ? demanda William en fermant les rideaux le temps de s'habiller, pour les rouvrir quelques instants plus tard.

Il regarda Hugh d'une drôle de façon, qu'Adrienna ne put déchiffrer, mais qui ne manqua pas de l'intriguer.

— N'a-t-elle pas parfaitement obéi à son maître ?

Ces paroles surprirent la jeune femme encore plus que l'expression du visage de William.

« Obéi à son maître… »

Il n'avait pas dit son seigneur ou sa reine, mais bien son maître…

La pâleur du visage de Hugh semblait encore plus curieuse à présent. Pourquoi ses joues venaient-elles soudain de prendre un teint de craie ? Pourquoi cette façon de dire les choses qu'on aurait pu penser maladroite ou simplement curieuse l'affectait-elle à ce point ?

Elle n'eut pas le temps de résoudre ce mystère en fouillant dans ses souvenirs pour y chercher l'écho de conversations qui auraient pu l'éclairer, car Sarah intervint :

— Cela n'est pas nécessaire, dit-elle d'une voix lasse, mais qui demeurait ferme malgré le choc qu'elle venait de subir. Je vous ai déjà dit que vous n'aviez aucune obligation de m'épouser. Je n'ai pas changé d'avis.

William quitta son lit et vint se placer devant elle :

— En ce cas, il va me falloir faire un choix : soit vous épouser, soit vous trouver quelqu'un d'autre pour vous prendre avec lui.

— Mais…, lady Adrienna m'a promis de m'emmener avec elle.

— C'est vrai, confirma cette dernière.

Une fois sa parole donnée, elle ne pouvait tout de même pas la reprendre. Mais le regard que lui lancèrent les deux hommes la fit taire brusquement, la forçant à ravaler son objection.

William prit la main de Sarah et la cala sous son bras.

— Peut-être pourrions-nous discuter de cela en privé, vous et moi, suggéra-t-il.

Sarah eut l'air si perdu et si effrayé, tout à coup, qu'Adrienna fit mine de s'approcher d'elle. Mais Hugh la retint d'une main ferme.

— Laissez, souffla-t-il. Cela ne concerne qu'eux.

Il ne s'appliqua pas ce conseil à lui-même, car en même temps qu'il intimait à la jeune femme de rester en arrière, il accompagna le couple jusqu'à la porte. Adrienna ne put pas entendre ce qu'il disait à William mais, comme Sarah n'en sembla pas plus bouleversée qu'elle n'était déjà, elle n'insista pas.

Elle avait d'autres inquiétudes.

Ou plutôt une autre : que se passerait-il quand, une fois William et Sarah sortis de cette chambre, elle se retrouverait seule avec son mari ?

11

Une fois la porte refermée derrière le couple incongru que formaient William et Sarah, Hugh se retourna pour regarder Adrienna et resta silencieux, les yeux fixés sur elle, comme s'il attendait qu'elle fasse ou dise quelque chose.

Adrienna savait parfaitement ce qu'il voulait. En s'ouvrant de son secret à la reine, elle venait de déclarer en public qu'ils étaient effectivement mari et femme. Mais il attendait bien plus que cela. Elle baissa les yeux pour essayer de cacher le rouge qui lui montait aux joues. Il voulait qu'elle remplisse sa part de leur marché en venant à lui spontanément.

Furtivement, elle regarda le lit, en songeant que rien jusque-là dans sa vie ne lui avait donné l'expérience nécessaire pour aborder la chose avec sérénité, quand bien même elle savait ce qui était supposé avoir lieu entre deux amants. Elle pouvait se vanter d'avoir vécu une vie protégée, certes, mais pas à ce point-là tout de même.

De toute façon, il n'aurait pas été possible de vaquer à ses tâches quotidiennes sans être exposée au spectacle des animaux occupés à s'accoupler dans leur enclos. Dans un château de la taille de celui de Hallison, l'in-

timité était un luxe réservé exclusivement au seigneur, c'est-à-dire à son père.

Les autres, hommes et bêtes, s'unissaient au vu et au su de tous, ou presque.

Il aurait fallu un miracle pour ne jamais tomber par hasard sur un couple d'invités ou sur un garde et une chambrière en plein transport amoureux.

Pour autant, d'avoir été témoin de telles scènes ne lui disait pas comment il fallait s'y prendre. Devait-elle s'allonger sur le lit ? Et garder ses vêtements ou se mettre nue ?

Elle jeta un coup d'œil vers Hugh, mais il ne lui fut d'aucun secours. Il la regardait sans aucune expression sur le visage qui puisse lui indiquer quoi que ce soit, et elle de son côté se sentait trop gênée pour dire un mot.

Elle avait les joues en feu. Finalement, elle prit une longue inspiration et commença à défaire les lacets qui retenaient sa robe d'une main tremblante et la laissa tomber à ses pieds sur le sol.

Sa chemise, ses bas et ses chausses la rejoignirent bientôt sur les dalles de pierre. Sans un regard pour Hugh, elle traversa la pièce en direction du lit. Ces quelques pas lui semblèrent interminables, à tel point qu'elle s'y jeta presque, soulagée.

Elle était impatiente de se cacher sous les couvertures et espérait sans trop se faire d'illusions que la lumière vacillante des torches n'éclairait pas suffisamment la pièce pour avoir permis qu'il la voie nue. A moins que ce qui restait des rideaux autour du lit l'ait cachée à sa vue.

Une fois allongée sur le dos, elle s'éclaircit la gorge et dit enfin ce qu'elle croyait qu'il voulait l'entendre dire :

— Ce lit est le vôtre. M'y voici. Vous avez gagné.

Hugh ferma les yeux. Voilà qui pouvait se révéler pire

que d'épouser la catin du palais. L'avenir de leur passion risquait fort de se jouer au cours de cette nuit. La perspective d'alimenter le désir d'Adrienna et de la mener jusqu'à l'extase dans le simple but de la faire souffrir ensuite ne l'exaltait pas particulièrement.

Non, il avait des plans pour elle, qui n'incluaient pas de lui faire peur dès leur première nuit ensemble. Elle aurait tout le temps d'avoir peur de lui, et de le haïr, plus tard. Rien que d'y penser, il en avait le cœur serré.

Cette réaction aussi instinctive qu'inopportune l'irrita passablement, au point qu'il se prit à jurer intérieurement. Pourquoi diable ressentait-il cette honte, pourquoi se sentait-il coupable ? Elle avait une dette envers lui. Il méritait de pouvoir se venger de ce qu'elle lui avait fait, ainsi que son père. Le sang battait furieusement à ses tempes. Il leva la tête vers elle et remarqua qu'elle avait les yeux fermés. La lumière des torches dansait sur son visage pâle.

Finalement, il ne se sentait pas vraiment coupable. Mais honteux, oui, sans doute. Elle lui devait une dette immense, on ne pouvait le nier, et pour que son plan fonctionne il avait besoin de susciter le désir en elle avant d'aller plus loin. Aussi, pour l'heure, pouvait-il profiter librement de ce qu'elle lui offrait. Et lui donner du plaisir en retour.

L'idée que, ce faisant, il différait sa vengeance l'apaisa quelque peu, aussi fut-ce d'une voix ferme qu'il lança en s'approchant du lit :

— Adrienna, je vous ai déjà dit que je n'avais pas l'intention de faire renaître notre mariage en vous mettant dans mon lit. Levez-vous.

Elle ouvrit les yeux en relevant la tête et le fixa d'un air perplexe.

— Mais, je croyais…

— Je sais ce que vous croyiez, coupa-t-il. Allons, levez-vous.

Lentement elle s'exécuta, tendant la main vers le sol pour ramasser ses vêtements.

— Non, lança-t-il. Je vous ai simplement dit de vous lever.

Sans protester, elle garda les yeux baissés vers le sol et se tint devant lui aussi raide qu'une planche.

Seigneur! jura-t-il en lui-même.

Elle valait vraiment le coup d'œil.

En contemplant le rose ingénu qui colorait ses joues, Hugh songea qu'il serait le seul homme de toute sa vie à être le témoin de cet instant miraculeux. Une fois qu'elle se serait habituée à se montrer nue devant lui, elle ne se sentirait plus aussi intimidée ni aussi gênée qu'à présent. En tout cas, cela en disait long sur sa nervosité, bien plus long que toutes les explications du monde.

C'était une bonne chose. L'énervement ne ferait qu'aiguiser ses sens…

N'ayant pas subi l'outrage de la maternité, ses seins se dressaient encore fièrement sans fléchir le moins du monde. Ils tiendraient joliment dans la main. Sans qu'elle le sache, leur pointe durcie attendait avec impatience qu'il les entreprenne.

Elle avait la taille fine, et des hanches pleines ; peut-être un peu plus larges que celles que les troubadours décrivaient dans leurs chansons, mais qui promettaient de lui faire un coussin voluptueux où reposer sa tête. Dans la lumière changeante, le buisson sombre qui couronnait ses cuisses scintillait de reflets dorés.

Elle avait des jambes étonnamment longues, plus qu'il n'aurait cru, mais plus musclées aussi. Pas celles en tout

cas d'une femme qui aurait passé son temps assise à donner des ordres autour d'elle. Les courbes délicates de ses cuisses et de ses chevilles lui venaient de ce qu'elle travaillait et marchait beaucoup et montait encore plus souvent à cheval.

Parfait.

Elle l'enserrerait de ses jambes pour le retenir en elle pendant des heures sans se fatiguer.

Les images que ces pensées faisaient germer dans son esprit commençaient à lui échauffer le sang. S'il n'y prenait garde, il risquait d'oublier que cette nuit devait être celle d'Adrienna, et non la sienne.

— Regardez-moi, souffla-t-il d'une voix ferme mais calme, pour éviter de la faire sursauter.

Elle secoua la tête, les yeux rivés sur le sol.

— Adrienna, ma mie... Vous êtes très belle. Il n'est rien en vous dont vous deviez avoir honte.

Quand elle se risqua à lever les yeux, il accrocha son regard. Il ne voulait pas l'initier aux plaisirs de la chair, mais plutôt la guider doucement dans une danse d'amour. Une célébration à laquelle l'esprit était convié tout autant que le corps. Et la meilleure façon de convaincre cette partie d'elle-même de prendre part à cette fête était de lui parler. D'apaiser ses inquiétudes par ses paroles.

— Vous m'avez un peu volé mon plaisir, Adrienna. Je rêvais de vous déshabiller moi-même la première fois. La simple idée de vous ôter vos vêtements pièce par pièce et de découvrir lentement vos charmes secrets pouce après pouce m'a offert bien des songes délicieux.

Elle rougit de nouveau, mais en plissant les yeux cette fois.

— Cherchez-vous à me flatter avec des mensonges pour me rendre les choses plus faciles ? demanda-t-elle.

De la voir ainsi se défendre prouvait à l'évidence qu'elle ne se faisait pas une très haute idée de sa beauté. Elle se trompait, en réalité, car elle avait un corps adorable, qui malgré son inexpérience la rendait terriblement désirable.

— Des mensonges ? répéta Hugh en secouant la tête. Vous ne vous voyez pas avec mes yeux.

— En ce cas, c'est que vous êtes aveugle, objecta-t-elle en tendant les bras vers lui. Je suis trop grosse.

— Non, pas du tout, répondit-il.

Pourquoi diable les femmes pensaient-elles toujours la même chose ? Il suffisait qu'un troubadour invente une chanson dans laquelle il parlait d'une beauté pâle et menue pour que toutes celles qui l'entendaient se mettent à croire que c'était là l'unique image de la perfection. Celle-ci avait de nombreux visages, pourtant, et la taille et la corpulence n'avaient souvent rien à y voir, à son avis du moins. Pour ce qui le concernait, il la trouvait parfaite.

— Vous êtes faite pour engendrer des enfants, Adrienna. De beaux enfants ; mes enfants. Vous êtes faite pour offrir à un homme de quoi reposer sa tête et son corps avec délices. Je vous mets au défi de trouver en vous la moindre courbe, le moindre pouce de chair qui n'ait pas été créé pour notre plaisir commun.

Adrienna laissa retomber ses bras le long de son corps en soupirant.

— J'abandonne, Hugh, soupira-t-elle. Je ne suis pas assez habile avec les mots ni ne possède assez de connaissances pour débattre avec vous. Vos idées me semblent illogiques, voilà tout.

— Bientôt, ma chérie, bientôt vous saurez qu'elles sont tout le contraire.

Elle n'avait rien à répondre et, au lieu de cela, s'excusa platement :

— En ce cas, je suis désolée d'avoir gâté votre rêve.

La conversation commençait à prendre la bonne direction, songea Hugh.

— Vous pouvez vous faire pardonner.

— Comment ?

Elle devenait curieuse. Fort bien. La curiosité lui permettrait de prendre une part active dans leur danse. Cela lui donnerait aussi l'occasion de se familiariser avec son corps à lui.

— Vous pouvez me déshabiller, annonça-t-il.

Adrienna resta bouche bée. Elle battit des paupières, interloquée, avant de bafouiller :

— Je… Je ne… peux pas faire ça.

— Si, vous le pouvez, et vous le ferez une fois que vous vous serez débarrassée de votre appréhension.

— Je n'ai pas peur.

— Ah ! Et vous m'accusez de mentir ? Allons, tout le monde a peur de l'inconnu. Il faut de la bravoure pour se forcer à avancer malgré tout, justement.

Du doigt, il lui fit signe d'approcher.

— Venez ici, Adrienna. Je vais vous aider à trouver le courage qui est en vous.

Elle s'avança lentement vers lui, comme un condamné marchant vers l'échafaud. Hugh étouffa un sourire devant son air perdu et ses lèvres tremblantes.

Quand elle s'arrêta devant lui, il lui releva le menton du bout du doigt.

— Embrassez-moi. J'ai besoin de sentir vos lèvres sur les miennes. Je ne veux pas que vous ayez peur.

Elle se dressa sur la pointe des pieds et effleura la bouche de Hugh furtivement.

Celui-ci leva les yeux au ciel.

— Ne vous ai-je pas appris à m'embrasser bien mieux que cela ?

Adrienna se mordit la lèvre avant de se pencher de nouveau vers lui et de lui passer les bras autour du cou pour l'attirer vers elle.

Quand elle pressa sa bouche contre la sienne, il garda les bras le long du corps, pour ne pas risquer de prendre l'initiative, mais sa résolution manqua d'être anéantie lorsqu'elle lui écarta doucement les lèvres du bout de la langue en une invite lascive à lui rendre son baiser.

Ah ça, elle avait appris fichtrement bien ! Il ferma les yeux et savoura la douceur de son corps pressé contre le sien, souple, tout chaud, adorable.

Son baiser se faisait plus profond à présent, et son invite à le lui rendre plus impérieuse. Il y répondit en laissant leurs langues se rencontrer. Adrienna se sentit fondre contre lui. Son cœur cognait dans sa poitrine aussi follement que celui de Hugh, qu'elle sentait battre à travers l'étoffe de sa chemise. Quand il l'entendit gémir, il s'arracha à elle tout en la couvant des yeux.

— Vous voyez, ce n'était pas si terrible, si ? souffla-t-il.

— C'est de s'arrêter qui l'est, répondit-elle d'une voix pantelante.

Ce cri du cœur incita Hugh à la rassurer.

— Ne craignez rien, nous n'en avons pas fini, affirma-t-il en la guidant vers le banc placé tout près du mur et qu'éclairait une torche rougeoyante.

Il ne voulait rien manquer des expressions qui passaient sur son visage.

Il s'assit sur le banc en prenant soin de laisser sa tunique libre. Il avait terriblement envie de sentir les mains d'Adrienna sur sa peau, de la serrer contre lui et de sentir ses seins ronds et veloutés pressés contre sa poitrine.

Pour ne pas brusquer les choses et pouvoir continuer à garder le contrôle de lui-même, il tendit les jambes.

— Commençons par le commencement, suggéra-t-il.

Adrienna s'agenouilla devant lui, soulagée de voir qu'il portait de simples chausses montantes et non pas de grandes bottes. Au moins, elle pourrait les lui ôter facilement, tandis que les secondes l'auraient obligée à lui tourner le dos et à prendre sa jambe entre les siennes, puis à se pencher en avant…

L'image qui se forma dans son esprit à cet instant précis lui fit revenir le rouge aux joues brusquement. Qu'était-il en train de lui faire ? Parviendrait-elle jamais à se débarrasser de la gêne qui la paralysait ?

Elle glissa ensuite les bras sous la tunique de Hugh pour défaire les boutons qui retenaient ses bas et les lui ôta, puis, en lui saisissant les cuisses pour s'aider, se releva. Elle n'était pas encore totalement debout lorsque son genou enflé menaça de ployer sous elle.

— Je suis désolé, s'excusa-t-il en lui prenant le bras. Comment va votre genou ? Je l'avais oublié…

Il disait sans doute vrai, puisque elle-même n'y pensait plus depuis longtemps.

— Bien, le rassura-t-elle. Je n'aurais pas dû me relever si brusquement, voilà tout.

— Nous pouvons aller sur le lit si cela vous rend les choses plus faciles.

Dieu du ciel ! Pas tout de suite.

— Non, répondit-elle en se redressant. C'est inutile.

Comme il avait déjà défait les liens qui retenaient sa tunique, elle n'eut qu'à en saisir le bord et à la lui passer par-dessus la tête.

Elle se figea sur place en entendant la respiration de Hugh se bloquer brusquement et, baissant les yeux, s'aperçut que dans cette posture ses seins se trouvaient si près du visage de celui-ci qu'elle sentait son souffle brûlant sur sa peau frémissante.

Abasourdie, elle frissonna, plus par gêne que par peur de l'inconnu, et laissa retomber la tunique.

— Je vous en prie, Hugh, cessons. Sans quoi je mourrai d'humiliation.

Il l'enserra entre ses genoux serrés puis, la tenant fermement, lui saisit le vêtement des mains et le jeta sur le sol. Et avant qu'elle puisse lui crier de nouveau de mettre un terme à cette torture, il se pencha sur elle et lui prit la pointe du sein droit entre les lèvres.

Oh!

La surprise sidérée qu'elle éprouva de cette caresse se dissipa rapidement, en même temps que sa honte et son humiliation l'abandonnaient. Une vague brûlante passa sur elle. Abasourdie, elle perdit ses doigts dans la chevelure de Hugh en le pressant contre sa poitrine.

Soudain, elle sentit ses dents griffer tout doucement le téton palpitant et un éclair de plaisir la traverser des pieds à la tête, lui arrachant un cri aigu qui se transforma en râle dans sa gorge.

— Hugh… !

Incapable de mettre des mots sur le désir qui montait en elle, elle frotta sa joue sur les cheveux de son amant en dodelinant de la tête, ivre de plaisir.

Un tremblement inouï la secoua. Si cette simple caresse brûlante et humide sur son sein la rendait aussi folle de désir, que se passerait-il quand ils seraient ensemble dans le lit ? Rien que d'y penser, elle en avait le souffle court. Jamais elle n'avait imaginé que la caresse d'un homme puisse lui donner une telle envie de lui crier d'arrêter et de le supplier de continuer en même temps.

Quand il passa à l'autre sein, elle bascula la tête en arrière en se cabrant, l'esprit soudain embrumé.

Hugh cessa sa caresse aussi soudainement qu'il l'avait commencée. Il lui prit la main et en embrassa la paume avant de la poser sur sa poitrine juste sous le sein qu'il venait de quitter.

— Est-ce que vous sentez cela ?

La lumière de la torche luisait dans ses yeux et une mince couche de sueur couvrait son front. Elle ne put qu'acquiescer en secouant légèrement la tête. Oui, elle sentait les battements de son cœur. Ils résonnaient dans tout son corps, puissants et rapides.

Doucement, il fit glisser leurs mains sur le corps de la jeune femme, jusqu'au tendre buisson.

— Et là, sentez-vous comme cela brûle ?

Elle ferma les yeux en hochant la tête de nouveau. Si elle le sentait ? Dame, oui ! Elle se demandait même si elle n'allait pas se consumer entièrement.

Il guida leurs mains plus haut, puis, les plaquant sur sa propre poitrine :

— Et ici, sentez-vous comme mon cœur bat fort ?

— Oui, répondit-elle, le souffle court.

A nouveau, il fit glisser leurs mains plus bas sur son ventre. Adrienna se mordit la lèvre mais se garda de lui demander d'arrêter, et quand enfin elle le sentit palpiter dans sa paume, elle ferma les yeux de nouveau.

— Non, Adrienna, souffla-t-il. Regardez-moi.

Sans cesser de se mordre la lèvre, elle s'exécuta. Il lui aurait été impossible de dire ce qu'elle s'attendait à trouver dans les yeux de Hugh, mais le désir qu'elle y vit chassa instantanément ses inquiétudes.

Fermement, il pressa la main qui l'enserrait.

— Et là, sentez-vous le feu aussi ?

— Oui…

Il porta la main de la jeune femme à ses lèvres pour l'embrasser avant de la relâcher.

— Ma chérie, voyez-vous à présent que ce que je vous fais, vous me le faites aussi ?

Du bout des doigts, il repoussa quelques mèches de cheveux qui encombraient le visage d'Adrienna en lui caressant la joue.

— Oui, répondit-elle en se penchant pour se blottir contre lui.

— Si nos corps se répondent l'un à l'autre avec tant de passion, comment pourrions-nous éprouver la moindre honte de ce que nous faisons ?

Elle n'avait pas de réponse, mais trouvait une certaine logique à cette façon de voir les choses.

Il soupira longuement, puis se mit à décrire des cercles du bout du doigt autour de l'un de ses seins, en s'approchant lentement de la pointe dressée, et quand elle se mit à gémir sous cette caresse inouïe, lui souffla :

— Aimez-vous cette sensation ? Est-ce bon ?

— Oh oui, soupira-t-elle en s'arc-boutant devant lui.

Il se laissa aller contre le dossier et relâcha l'étreinte de ses genoux, puis délaça sa chemise.

— Réjouissez-vous, car ce n'est pas fini, pas du

tout, même, affirma-t-il. Mais hélas, je suis encore tout habillé.

Adrienna saisit sa chemise finement plissée et la déchira presque en la lui ôtant, puis, se penchant sur lui, entreprit de défaire les lacets qui retenaient ses braies, mais il lui saisit le poignet.

— Ne voulez-vous point explorer d'abord ce que vous avez découvert ?

Elle le fixa, perplexe. A la vérité, elle n'avait envie que d'une seule chose : que s'apaise enfin le feu ardent qui brûlait au creux de son ventre.

— Ne vous précipitez pas, Adrienna. Prenez le temps de devenir familière avec mon corps comme vous l'êtes avec le vôtre.

D'un seul coup, elle comprit ce qui se passait. Tout se mettait en place dans son esprit. Il faisait tout ce qu'il pouvait pour l'empêcher de s'affoler, mais si elle était effectivement nerveuse, cela ne voulait pas dire pour autant qu'il fallait la prendre pour une petite sotte effrayée à l'idée de se retrouver seule dans un lit avec un homme.

Néanmoins, cette prévenance, quoique inutile, apaisait un peu la violence du désir qui brûlait en elle et la rendait moins effrayante. S'il continuait ainsi, elle finirait inévitablement par se rendre à lui corps et âme.

Du bout du doigt, elle suivit sur la poitrine de Hugh l'étroite ligne de poils noirs qui descendait jusqu'à son ventre et posa ses deux mains à plat sur son torse.

Les muscles sous sa paume semblaient aussi durs que la pierre et jouaient souplement sous la peau hâlée. De l'ongle, elle suivit une longue cicatrice puis une autre, et encore une autre.

Le désir céda le pas à la surprise, soudain.

— Ce ne sont pas là uniquement les traces de coups d'épée, murmura-t-elle pour elle-même en examinant la plus longue, qui partait de sous le sein gauche pour aller mourir au milieu du dos et qu'elle ne put examiner sur toute sa longueur qu'en le forçant à se dégager un peu du dossier du banc.

Non. Impossible. Son esprit refusait d'admettre la preuve qu'elle avait sous les yeux.

— Qu'est-ce qui vous a fait ça ? s'enquit-elle.

Devant son silence, elle recula d'un pas.

— Levez-vous, ordonna-t-elle.

Il haussa les sourcils, mais resta silencieux et obtempéra sans répondre. Adrienna passa derrière lui et se figea, bouche bée, devant l'enchevêtrement des cicatrices qui zébraient son dos puissant.

Aucun homme pourvu d'un cœur et d'une âme immortelle ne pouvait traiter un de ses semblables de la sorte. Nulle part dans le monde les prisonniers ne subissaient de tels sévices. Seigneur Dieu, même un animal n'aurait jamais été maltraité à ce point.

Pas étonnant qu'il soit aussi inquiet de la peur ou du chagrin qu'il pouvait lui causer. Tendrement, elle embrassa du bout des lèvres chacune des balafres hideuses qui zébraient le dos de son amant.

— Comment cela est-il arrivé, demanda-t-elle en revenant devant lui. Que vous a-t-on fait ? Est-ce votre père qui vous a fouetté ?

Hugh serra les dents pour ravaler la remarque acerbe qui lui montait aux lèvres. Son père ? Non, bien sûr. C'était à elle qu'il devait ces cicatrices.

Quelque chose cependant l'empêchait de le lui dire. Il ne savait pas trop quoi, ni pourquoi il trouvait si important tout à coup de la protéger de la vérité.

La seule chose qui comptait était qu'ils traversent cette première nuit sans encombre. Il voulait qu'elle soit liée à lui d'une façon ou d'une autre — même par la passion — avant de lui raconter ses années de captivité.

Doucement, il essuya les larmes qui coulaient sur les joues de la jeune femme avant de l'attirer contre lui.

— Le lot de chacun n'est pas forcément un jardin de roses sur cette terre, ma chérie.

— J'aimerais pouvoir rendre le vôtre plus doux.

— Mais c'est ce que vous faites à présent.

— Serrez-moi contre vous, Hugh, supplia-t-elle en s'écartant de lui.

— C'est ce que je faisais…

— Non, pas comme ça, répondit-elle en lui prenant la main et en le conduisant vers le lit. Vous avez dit que les courbes de mon corps étaient faites pour qu'un homme s'y repose le corps et l'âme. Montrez-moi cela.

Ah ! Ainsi, elle n'avait plus honte de prendre part à leur danse ? C'était parfait. Parce qu'il avait autant envie d'elle qu'elle croyait avoir envie de lui.

12

Hugh la suivit à travers la pièce en direction du lit, pieds nus. Elle lui lâcha la main en se demandant si elle devait finir de lui ôter ses vêtements ou simplement monter sur la couche qui les attendait. Mais quand elle se retourna, il était déjà nu.

Alors elle s'allongea puis, lorsqu'il l'eut rejointe, se blottit contre lui. Il avait dit vrai, constata-t-elle : leurs corps s'accordaient parfaitement l'un à l'autre, et ses courbes souples et douces épousaient celles, plus anguleuses, de son amant.

L'odeur d'épices qui s'exhalait de sa chair brûlante l'incitait à s'enhardir. Elle lui caressa le torse, s'arrêtant sur chaque cicatrice avant de passer à la suivante. Elle brûlait de lui demander encore une fois d'où elles lui venaient, mais décida de tenir sa langue et de se concentrer sur la toison sombre qui ombrait son ventre. L'impatience enivrante qu'elle avait ressentie quelques instants plus tôt se transformait en une faim qui couvait en elle comme un feu sous la cendre. A présent, elle se contentait d'explorer son corps et de se familiariser avec la sensation étonnante de leurs peaux palpitantes pressées l'une contre l'autre.

Elle traçait des cercles sur les pectoraux de Hugh,

qu'elle sentait se contracter sous la caresse et, en écoutant le rythme de sa respiration, se rendait compte que ces attouchements lui procuraient du plaisir, comme tous ceux qu'il lui avait prodigués tout à l'heure.

Pendant ce temps, il lui caressait le dos et les hanches, et profita de ce qu'elle pliait la jambe pour lui tâter doucement le genou.

Adrienna releva la tête et mordilla son menton couvert de barbe naissante.

— Je vous ai déjà dit que tout allait bien.

— Je ne faisais que me rassurer, se justifia-t-il.

Etait-ce bien le moment de penser à son genou ? songea-t-elle, un peu surprise, en roulant sur lui pour le chevaucher.

— Voyez, tout est normal.

Elle voulait lui prouver qu'elle ne souffrait plus, mais cette posture avait chassé sa blessure de son esprit en une fraction de seconde.

Un demi-sourire terriblement sensuel fleurit sur les lèvres de Hugh. Elle le regarda au fond des yeux en s'étonnant qu'il semble disposé et même désireux de lui laisser le contrôle de la situation.

Elle sentait ses muscles se tendre d'impatience, mais les caresses qu'il lui prodiguait sur la poitrine et sur l'intérieur des cuisses l'aidaient à se détendre. Sans penser à rien, elle se laissa aller en arrière, cherchant seulement à calmer la pulsation insistante qui montait au creux de son ventre. Il lui sembla que la respiration de Hugh se faisait plus courte, soudain, et, presque aussitôt, elle sentit la main caressante remonter jusqu'à son épaule.

Il la caressa là un instant avant de l'attirer contre lui puis, tout contre son oreille, murmura :

— Je... J'ai envie de vous caresser.

— Faites, répondit-elle d'une voix qui lui sembla soudain étrangement rauque.

Il sembla l'avoir entendue, car il trouva instantanément le bon endroit et lui arracha un gémissement qu'il étouffa aussitôt d'un baiser plein de désir et de surprise.

Tous ses plans si bien préparés s'effondraient l'un après l'autre. Par tous les saints ! Il avait envie d'elle pour de bon, et non plus simplement parce que cela faisait partie de ses projets de vengeance.

Il n'y avait aucun artifice dans les réactions de la jeune femme à ses caresses, nulle tromperie dans les gémissements de plaisir qui s'échappaient de ses lèvres gonflées de leurs baisers fougueux. Seulement une réponse sincère à la violence du désir qui la poussait vers l'extase.

Il avait envie de cette honnêteté, il en avait désespérément besoin pour apporter un peu de lumière à son cœur assombri de rancœur. Plus tard, il se mépriserait, mais pour l'heure il voulait seulement se perdre dans les transports de leur passion.

— Adrienna…, souffla-t-il en l'enveloppant de ses bras puissants.

Elle resta bouche bée de sentir cesser la caresse et se releva sans un mot. Et avant qu'il puisse rouler sur le côté pour se dégager, elle glissa la main entre les jambes de Hugh pour le saisir tendrement et le guider en elle.

Doucement, elle laissa son bassin venir à sa rencontre. Hugh agrippa les couvertures, pétrifié par son audace et la sensation inouïe qui l'enveloppait. Adrienna tressaillit, mais ne retint pas son mouvement pour autant. Il n'avait pas souvenir d'avoir jamais ressenti quelque chose d'aussi érotique que la caresse de cette vierge prenant librement ce dont elle avait envie.

Il s'émerveilla de la rapidité avec laquelle elle trouva

le bon tempo et, fermant les yeux, se laissa emporter par les vagues de la passion.

— Hugh, je vous en prie, souffla-t-elle d'une voix tremblante en plantant ses ongles dans les épaules de son amant, l'arrachant à son extase.

En ouvrant les yeux, il lui trouva un regard enfiévré et plein de frustration, aussi, la serrant dans ses bras, il roula sur le côté en l'entraînant avec lui en un geste d'une fluidité étonnante. Sans ménagement, elle lui enserra la taille de ses jambes et le retint fermement en elle. Il avait beau s'efforcer autant qu'il pouvait de se montrer doux et calme, elle en exigeait toujours plus et lui rendait coup de reins pour coup de reins. Et quand il prenait sa bouche, elle lui rendait son baiser avec fougue en lui griffant les épaules de ses ongles fins.

Cela ne ressemblait en rien aux ébats qu'on avait exigés de lui dans le passé. Il n'était dans ce lit par la volonté d'aucun maître, et la femme qui s'y ébattait avec lui n'exigeait rien pour prix de ses caresses.

Il était supposé l'initier à cette danse nuptiale, et à gagner son cœur à travers le plaisir charnel, mais au lieu de cela, elle était devenue son égale, dans un acte qui dépassait, et de loin, le simple amour physique.

La confiance, le partage, le consentement sincère, ces choses dont il rêvait depuis tant d'années, s'incarnaient dans la femme qu'il était supposé haïr. Il ne pouvait mettre un nom sur l'émotion qui lui serrait le cœur à cet instant précis, mais cela ne ressemblait en rien, vraiment en rien, à de la haine.

Bientôt, leur extase résonna dans la chambre. Hugh savait qu'il était en danger, terriblement. Ses plans déjà largement battus en brèche commençaient à s'effondrer sous les coups de boutoir de la passion.

Quand les tremblements cessèrent enfin d'agiter son corps, il roula à côté de la jeune femme et une sensation à la fois singulière et inhabituelle l'envahit tout entier d'un seul coup : il avait envie de hurler de rage, de pleurer et de rire en même temps.

Adrienna étouffa un juron, puis s'esclaffa subitement, d'un rire à la fois franc et retenu qui le fit sourire. Il glissa un bras sous elle et l'attira contre lui, ému par le contraste qui les opposait. Alors qu'il combattait les émotions qui bouillonnaient en lui, elle savait lâcher la bride aux siennes.

— Hugh ?

— Oui ?

— Sur quoi aimeriez-vous parier à présent ?

— Je n'en suis pas certain. Peut-être pourrons-nous trouver quelque chose en y réfléchissant tous les deux.

Le coup frappé à la porte mit un terme à leur conversation. Hugh se leva du lit et couvrit Adrienna avant de récupérer sa tunique et de la passer rapidement. On frappa de nouveau, et avant même qu'il atteigne la porte, Sarah entra dans la chambre, William sur ses talons.

— Pardonnez-nous cette intrusion, s'excusa celui-ci, mais il faut que nous partions immédiatement.

Il ne fallut pas plus d'une seconde à Hugh pour comprendre, à voir la mine inquiète de William, que quelque chose de grave était en train de se passer. Il se souvenait de n'avoir vu qu'une seule fois son compagnon faire aussi sombre figure : lors de leur visite à la tente d'Aryseeth en compagnie du roi Henry.

— Que se passe-t-il ?

— Stefan est ici.

Il n'en fallut pas plus pour donner à Hugh l'impression que le sol venait de se dérober sous ses pieds.

— Stefan d'Arnyll ?

— Oui.

Hugh fit signe à William de le suivre et les deux hommes allèrent s'asseoir devant la petite table.

Le premier remplit deux gobelets de vin.

— Ce n'est pas possible, affirma-t-il. Stefan est avec Guy.

— Non, objecta William en secouant la tête. Il est ici. Je l'ai vu avec Langsford.

Langsford et Arnyll.

Le diable devait se frotter les mains. Cela ne présageait rien de bon ni pour Hugh ni pour William.

— Il serait intéressant de découvrir la raison de sa présence en ces lieux, remarqua le premier.

D'autant plus qu'il avait juré d'apporter son aide à Guy…

— Cela fait même deux jours qu'il est ici, précisa William.

— Deux jours ? répéta Hugh pour lui-même.

Sans que ni lui ni son compagnon ne l'apprennent ?

Surpris, il jeta un regard vers Adrienna. Décidément, il avait été trop préoccupé par autre chose…

William fit signe à Sarah d'approcher.

— Dis-lui ce que tu m'as raconté.

— Il n'y a pas grand-chose à dire. Ce Stefan est arrivé il y a deux jours et a demandé audience à la reine.

— Avez-vous assisté à cette entrevue ? s'enquit Hugh.

Sarah eut un sourire entendu.

— Bien sûr, ma… position a quelques avantages.

Cette légère hésitation confirma à Wynnedom que cette fille n'était effectivement pas la ribaude qu'elle faisait

semblant d'être. Ce qui posait la question de savoir quel rôle elle jouait exactement auprès d'Aliénor.

— Il vous cherchait, milord. Mais ses intentions ne m'ont pas semblé amicales.

— Cela ne me surprend pas, commenta Hugh, de plus en plus intéressé.

— Il voulait faire affaire avec la reine, et lui a offert de l'or en échange de son silence, quand vous disparaîtrez de cette cour.

Aliénor devait avoir eu du mal à ne pas accepter.

— Et la reine a-t-elle pris cet or ?

— Non, répondit Sarah haussant les épaules. Elle en a plus qu'assez.

Surpris, Hugh se pencha vers la jeune femme.

— Si elle voulait vraiment me voir quitter sa cour, elle aurait dû saisir cette occasion des deux mains.

— Certes, milord, mais vous êtes l'homme du roi ici, et elle le sait. C'est la seule chose qui vous a sauvé. Elle a fort envie de voir votre perte, mais ne peut pas indisposer son mari aussi impunément qu'on pourrait le croire.

Hugh se sentait aussi surpris qu'incrédule devant ce récit.

— Je ne crois pas vraiment qu'Aliénor se soucie beaucoup de contrecarrer les plans de son mari.

— Vous avez peut-être raison, mais elle n'aime pas cet Arnyll. Elle a dit qu'il cachait beaucoup trop de choses, et des secrets bien trop noirs pour qu'elle prenne le risque de s'impliquer dans cette affaire.

— Trop noirs, dites-vous ?

— Je n'en suis pas certaine, mais il m'a semblé que malgré ses belles paroles et ses compliments doucereux, ses yeux avaient des reflets de glace.

Sarah s'interrompit un instant, comme si elle revivait la scène.

— Quand il a eu quitté la pièce, la reine elle-même a fait des commentaires sur son manque d'âme. Elle a même dit avoir eu l'impression d'entendre de sa part des paroles apprises à l'avance.

Hugh savait exactement ce dont parlait la jeune femme. Arnyll était un monstre froid, en effet, un homme sans âme, mais il aurait été mal venu de le lui reprocher, lui qui avait parfois du mal à être certain d'en avoir une lui-même.

— Comment a-t-il rencontré Langsford ?

— Aliénor m'a demandé de les présenter l'un à l'autre, expliqua Sarah, un sourire ironique sur les lèvres. Elle pensait qu'ils iraient très bien ensemble.

— Et donc, au lieu de faire les choses en plein jour, elle leur a donné l'occasion de comploter ma perte apparemment à son insu.

— C'est exact.

A présent, Hugh voulait quitter cet endroit au plus tôt. Et surtout ne pas rencontrer Stefan.

— Où se trouve-t-il à présent ?

— Dans la grande salle. Ils sont occupés à parler de vous.

— Arnyll vous a-t-il vus tous les deux ? demanda Wynnedom à William.

— Non.

— Parfait. Cela veut dire qu'il ne sait pas encore que nous sommes informés de sa présence. Sarah, aidez Adrienna à s'habiller.

Il fallait qu'il parle à William seul à seul.

En regardant lady Sarah s'approcher du lit où elle se trouvait, Adrienna se fit la réflexion que Hugh aurait

dû traiter cette dernière avec un peu plus de tact. Elle plissait le front d'un air sombre et ses lèvres pincées ne formaient plus qu'une petite ligne très mince.

Elle s'arrêta au bord du lit et, relevant le menton :

— Je ne suis pas votre servante, déclara-t-elle.

Adrienna sauta à bas du lit. Oui vraiment, il fallait faire attention avec cette femme.

— Personne ne vous a appelée ainsi, souffla-t-elle en se penchant vers la jeune femme. Je crois qu'ils voulaient simplement parler en privé tous les deux.

— Il aurait pu le dire comme ça.

— Vous avez raison, j'en conviens.

Il aurait pu dire bien des choses aussi, mais vu le ton de sa voix et son expression tendue, Adrienna doutait fort que la gentillesse, la considération et le tact aient vraiment été le premier de ses soucis à ce moment-là. Depuis le temps qu'elle le connaissait, elle savait avec la plus totale certitude que Hugh de Wynnedom n'était pas homme à s'effrayer facilement. Il n'avait rien d'un couard, bien évidemment, mais ce fameux Stefan l'inquiétait à l'évidence. Elle ignorait pourquoi, mais si on l'avait forcée à le deviner, elle aurait dit que les deux hommes se connaissaient, et que les circonstances de leur rencontre devaient avoir été épouvantables. Au moins.

Cela dit, elle ne connaissait pas assez son mari pour en être totalement certaine.

Son mari…

Dieu du ciel, qu'avait-elle fait ? Son corps brûlait encore du souvenir de leur étreinte. Elle ne se plaignait de rien, bien sûr, mais se demandait néanmoins ce qui pouvait justifier qu'il ait attendu si longtemps. En tout cas, si les choses ne tournaient pas au mieux entre eux, il était trop tard pour changer d'avis.

— Je suis ici pour vous aider à vous vêtir, souffla Sarah, l'arrachant à ses pensées. Où sont vos vêtements ?

Adrienna pointa d'un doigt absent vers l'autre côté du lit, puis demanda :

— Quand comptez-vous vous marier, vous et William ?

Pour toute réponse, Sarah se contenta de rire doucement et alla chercher la pile de vêtements puis, quand elle revint les bras chargés, répondit :

— Nous sommes déjà passés devant l'autel.

— Et…

— Il n'y aura pas de « et »… tant que je ne lui en aurai pas donné la permission. Si jamais cela arrive un jour.

Pendant qu'Adrienna passait ses jupons par-dessus sa tête, la jeune femme ajouta :

— On m'a promis un homme pourvu d'un titre. Il n'est pas question que j'accepte moins que ça.

— Peut-être devriez-vous faire contre mauvaise fortune bon cœur et accepter ce qui vous échoit ?

— Et peut-être, lady Wynnedom, devriez-vous garder vos réflexions pour vous, répliqua Sarah sèchement.

Adrienna se figea un instant avant de prendre d'un geste sec la robe que lui tendait celle-ci. Elle la passa à son tour et en serra les lacets avant d'ajouter :

— Pourquoi vous montrez-vous si méchante à présent ? Pourquoi m'avez-vous tirée des griffes de Richard ?

— Auriez-vous préféré que je ne le fasse pas ?

— Je préférerais que vous répondiez à ma question.

— Je vous ai délivrée du lit de Langsford parce que cet homme est un porc. Il ne prend aucun soin du plaisir des femmes et considère que la souffrance devrait leur

suffire. Je ne souhaiterais pas à ma pire ennemie d'être soumise à ses goûts pervers.

Adrienna eut un haut-le-cœur. Elle voulut remercier Sarah, mais celle-ci ne lui en laissa pas le temps. Plongeant la main dans l'échancrure de son bliaud, elle en tira une petite bourse de cuir.

— Ceci est à vous, murmura-t-elle.

Adrienna prit l'objet dans sa main, regarda ce qu'il contenait, et y trouva les quelques bijoux qu'elle avait apportés avec elle depuis Hallyson.

— Nous sommes passés par votre chambre pour rassembler quelques-unes de vos affaires. Elise nous a donné ce sachet et nous a demandé de vous souhaiter bonne chance.

Cette dernière allait manquer à Adrienna. C'était bien la seule amie qu'elle ait jamais eue. Elle espérait qu'elle trouve un jour un mari qu'elle puisse aimer, et n'en vienne jamais à regretter le temps passé à la cour de la reine Aliénor.

— Etes-vous prête ? demanda Hugh en lui touchant le bras doucement après s'être approché en silence.

— Oui.

— En ce cas, mesdames, lança-t-il en regardant les deux femmes, filons d'ici. Plus tôt nous poserons le pied sur le sol anglais mieux ce sera.

William acquiesça du chef en faisant signe à Sarah de se joindre à lui.

— Partons, voulez-vous ? lança Hugh.

— Oh oui, je vous en prie, partons ! s'exclama Adrienna.

Il n'y avait rien dont elle eût plus envie que de quitter ce château.

*
* *

Stefan d'Arnyll se pencha au-dessus du créneau et regarda les quatre silhouettes sombres traverser la cour extérieure sur leurs chevaux.

— N'allons-nous pas les poursuivre ? demanda Langsford.

— Pas encore, répondit Stefan en secouant la tête. Nous avons tout le temps, puisque nous savons où ils se dirigent.

— Sans doute, mais nous pourrions les attaquer en route et en terminer une bonne fois avec eux.

Décidément, cet homme en qui la reine avait tant confiance ne méritait pas de vivre. Il semblait être fier de montrer au monde entier sa stupidité et son absence de jugement. Cela finirait par causer sa mort, à moins, songea Stefan en souriant pour lui-même, que cela ne lui vaille un jour une place dans le quartier des esclaves d'Aryseeth.

Oui, se dit-il en hochant la tête, ce diable d'homme avait toujours besoin d'imbéciles pour lui servir d'appât !

— Et si quelqu'un se porte à leur secours au moment où nous les attaquons ?

— Je n'avais pas pensé à ça, répondit Langsford en soupirant comme si cette objection lui causait une grande déception. Je suppose que la situation leur serait un peu plus favorable en ce cas.

Un peu plus favorable seulement ?

En tout cas, si cet idiot se battait avec autant d'intelligence qu'il pensait, la situation risquait d'être grandement en faveur de Hugh.

Malgré tout, Stefan devait concéder — ne fût-ce qu'à lui-même — qu'il se sentait lui aussi très impatient d'en

découdre avec Wynnedom. Cela lui ferait vraiment plaisir de le livrer à Aryseeth et d'être le témoin de son humiliation finale.

Il n'était pas stupide, et savait parfaitement que Hugh n'avait demandé sa libération à Sidatha, en même temps que celle des autres, que pour pouvoir garder un œil sur lui. Après avoir subi leur mépris pendant des années, comment aurait-il pu imaginer qu'il serait heureux d'être accueilli au sein de leur groupe ?

Non, le seul vrai bon côté de la liberté était l'or qu'il pourrait gagner s'il les renvoyait tous là où ils méritaient d'être : en captivité.

13

Adrienna avait passé assez de temps avec son père et ses hommes pour savoir quand quelque chose clochait. Elle avait beau ne pas encore être capable de déchiffrer les humeurs de Hugh avec une parfaite précision, elle pouvait tout de même se rendre compte que l'agitation de celui-ci ne présageait rien de bon. L'inquiétude qu'il manifestait lui donnait des frissons malgré le soleil qui brillait dans le ciel.

Pour autant, elle ne comprenait pas sa prudence excessive. Finalement, si l'on faisait abstraction des jours passés sur la côte à attendre que la mer se calme, leur voyage entre Poitiers et Southampton avait été parfaitement tranquille. Malgré cela, Hugh et William manifestaient depuis leur départ du château d'Aliénor une anxiété qui vous mettait les nerfs à vif.

Et non contents d'être inquiets, ils se montraient plutôt maussades et cassants. Hugh en particulier répondait à ses questions par des monosyllabes qui ressemblaient plus aux grognements d'un sanglier qu'à une parole humaine. Lors de leurs étapes pour la nuit, le long des routes ou dans la hutte vide d'un chasseur, ou encore dans les auberges rencontrées en chemin, il avait pour l'essentiel gardé le silence.

Il ne semblait pas particulièrement en colère, toutefois, car s'il avait l'air tendu et se comportait avec brusquerie, ses yeux ne lançaient pas des éclairs comme lorsqu'il était en rage. Non, en fait, elle avait l'impression qu'une appréhension terrible le consumait, dont elle ne parvenait pas à découvrir l'origine. Après quelques vaines tentatives, elle avait finalement renoncé à engager la conversation avec lui.

Cet homme qu'elle se souvenait avoir vu en tuer un autre à mains nues gardait soigneusement ses armes près de lui. L'une, bien rangée dans son fourreau, pendait à sa ceinture, et il portait l'autre dans son dos, en plus de ses dagues à la lame nue, l'une glissée dans sa botte, l'autre attachée à sa selle par une lanière de cuir. Si par malheur il tombait de son cheval, ou si ce dernier le désarçonnait, il risquait fort de s'empaler sur ses propres lames. William portait les siennes à peu près de la même manière, ce qui donnait à penser qu'ils se préparaient tous les deux à livrer bataille.

Contre qui ?

Et pourquoi diable leurs mystérieux ennemis auraient-ils attaqué un groupe aussi étique ?

Sûrement pas des voleurs, car, impatients de quitter le château aussi vite que possible, ils n'avaient pas pris le temps de rassembler leurs affaires. Aussi ne transportaient-ils que très peu de leurs possessions, hormis quelques objets indispensables. Pour ce qu'elle en savait, ils ne cachaient rien dans leurs fontes qui puisse éveiller l'intérêt de ceux qu'ils rencontreraient en chemin.

Incapable de supporter cette situation plus avant, elle fit avancer son cheval jusqu'à venir à la hauteur de Hugh.

— Qu'est-ce donc qui vous inquiète tant, milord ? demanda-t-elle de but en blanc.

— Rien, répondit-il en inspectant du regard les arbres qui bordaient la route, ce qu'il faisait constamment depuis leur départ.

— Si vous n'êtes inquiet de rien, qu'est-ce donc que vous cherchez dans les buissons et les taillis ?

Sans quitter des yeux les fourrés, il répliqua :

— Comment cela ? Ne puis-je inspecter les alentours comme se doit de le faire tout voyageur circonspect ?

Adrienna fit la grimace devant ce ton discourtois qu'elle jugeait immérité. Elle n'avait pas l'intention de se laisser intimider par l'humeur maussade de son époux.

— Vous pouvez les surveiller autant que vous voudrez, milord.

Cette repartie fit réagir Hugh vivement : il tourna la tête vers la jeune femme brusquement, mais elle soutint son regard et poursuivit :

— Cependant, si quelqu'un doit surgir de ces bois pour nous sauter à la gorge, j'aimerais en être prévenue à l'avance.

Hugh haussa les épaules en poussant ostensiblement un soupir.

— J'essayais pourtant de me montrer discret.

— Eh bien, laissez-moi vous dire que vous y réussissez piteusement.

— C'est ce qu'il semble en effet, répondit-il en reportant son regard sur la route. Trouvez-vous donc si étrange que je m'inquiète de votre sécurité ? Votre père ne ferait-il pas exactement la même chose ?

En vérité, Hallison n'aurait pas manifesté la moindre inquiétude. Pour lui, ses chevaux et ses hommes passaient en premier en toutes circonstances.

Ses hommes…

Adrienna marqua un temps d'arrêt, réalisant soudain

qu'ils étaient seuls tous les quatre. Nulle garde, nulle escorte ne protégeait le comte de Wynnedom. C'était là une carence inouïe, et sans doute totalement insensée. Pourtant, autant qu'elle sache, Hugh n'était pas fou. Elle jeta un regard derrière elle en direction de William et Sarah, pour s'assurer qu'ils chevauchaient à distance avant de se retourner vers lui pour lui demander :

— Où sont vos hommes, milord ?

Hugh haussa les épaules, comme si cette question n'avait aucune importance.

— Peut-être à présent comprenez-vous pourquoi je suis sur mes gardes.

— N'avez-vous pas quelques hommes d'armes à votre service ?

Il semblait étonnant que Henry puisse avoir fait comte un hobereau incapable de se payer l'un des attributs indispensables de sa position.

— Je n'ai pas dit cela.

Sincèrement étonnée, Adrienna insista :

— Pourquoi ne sont-ils pas avec vous, alors ?

— C'est qu'ils sont…

La réponse fut coupée net par une série de sifflements aigus.

— Au galop ! hurla Hugh en saisissant les rênes du cheval de la jeune femme.

Cherchant instantanément à s'assurer une prise solide, Adrienna évita de tomber à la renverse en agrippant la crinière de son cheval d'une main et le pommeau de sa selle de l'autre. Quand elle eut repris l'équilibre, elle lui arracha les rênes des mains en proférant un juron étouffé.

Peut-être avait-il fait cela de manière instinctive, mais elle n'était pas une jeune fille timide et frêle qu'il fallait

protéger du danger. Elle suivait facilement l'allure. Quant à leurs compagnons, William et Sarah, ils se tenaient tout près derrière eux.

Quand Wynnedom éperonna son cheval, Adrienna se pencha aussi loin en avant que le lui permettait le pommeau de sa selle, le cœur battant au même rythme que les sabots de sa monture dont le fracas résonnait entre les arbres. Ils filaient à une vitesse étourdissante.

Le vent arracha son couvre-chef, libérant ses cheveux, qui flottaient désormais derrière elle comme un panache.

Ils parcoururent rapidement ce qui lui sembla des lieues avant d'arriver en vue d'une petite clairière derrière laquelle ils marquèrent le pas. Hugh sauta à terre d'un bond et ordonna, le souffle court :

— A couvert, vite !

Tournant résolument le dos à la route, il guida sa monture sous la voûte protectrice des arbres, suivi par les trois autres qui l'imitèrent sans discuter.

Sarah repoussa une petite branche qui lui barrait le chemin.

— Je ne vois personne. Pourquoi quittons-nous la route ?

— Ce n'est pas parce que tu ne vois rien qu'il n'y a personne, expliqua William.

— Ainsi, nous fuyons un danger que nous ne pouvons voir ?

Adrienna haussa les sourcils, car elle pensait la même chose. Qui diable cherchaient-ils à éviter, et où se dirigeaient-ils ? Impatiente de quitter Poitiers, elle n'avait jamais demandé à Hugh où il l'emmenait.

William baissa la voix et murmura quelque chose à l'oreille de Sarah qu'Adrienna ne put entendre.

Quand le petit groupe reprit sa lente progression, le

sous-bois sembla se faire graduellement moins dense, et Adrienna fit forcer l'allure à son cheval épuisé pour venir à la hauteur de Hugh. Cela faisait longtemps qu'ils chevauchaient, depuis le matin très tôt en fait, et à présent le soleil descendait sur l'horizon.

— Hugh ?

Il lui lança un regard rapide avant de dégager quelques branches à l'aide de son épée.

— Oui ?

— N'êtes-vous pas fatigué ?

— Bien sûr, répondit-il sans cesser de donner des coups d'épée devant lui. Mais où voulez-vous monter le camp pour la nuit ?

Il avait raison. Cela prendrait des heures pour dégager un endroit où dormir.

— Ah ! s'exclama-t-elle, je suis vraiment ravie de voir que vous avez encore l'usage de la parole et que vous pouvez prononcer plus d'un mot à la fois.

Hugh plissa le front un instant, puis hocha la tête.

— Vous avez raison, admit-il. Mon inquiétude m'a peut-être rendu un peu brusque au cours de ce voyage.

Pour essayer de détendre l'atmosphère, Adrienna le dévisagea longuement, puis :

— Cassant, peut-être, corrigea-t-elle, la gorge nouée par le désir qu'elle sentait soudain monter dans son ventre. Mais pas brusque, non. D'ailleurs, je ne déteste pas un peu de brusquerie…

En le voyant froncer les sourcils de nouveau, elle sut que sa tentative venait de tomber à plat.

— Les hommes qui nous suivent ne nous veulent pas que du bien, Adrienna. Vraiment pas. Je n'ai pas le temps de plaisanter.

Au moins, elle comprenait la raison de son inquiétude.

— Pourquoi ne pas nous l'avoir dit plus tôt ?

Comme elle le regardait sans le quitter des yeux, elle ne vit pas la branche qui gisait par terre devant elle et trébucha sur celle-ci. Hugh lui saisit le bras pour la retenir.

— Faites attention. Il ne manquerait plus que vous vous cassiez une jambe, commenta-t-il, en la relâchant avant d'ajouter : qu'auriez-vous fait si vous aviez su que l'on nous pourchasse ? Vous vous seriez inquiétée avec moi, et puis ?

— Peut-être, mais…

— Cela n'aurait servi à rien.

— Peut-être à expliquer que vous soyez si… si distrait.

En prenant sa décision de devenir vraiment la femme de Hugh, elle n'avait pas une seconde imaginé qu'elle puisse être aussi totalement ignorée que durant ces derniers jours.

— Distrait ?

— Oui, absolument.

— Inattentif ?

— Parfaitement, insista-t-elle.

Il lui lança un regard furtif et elle vit l'ombre d'un sourire flotter sur ses lèvres. Etait-il en train de se moquer d'elle ? Avait-elle perdu avant même d'avoir commencé à discuter ?

Elle prit une longue inspiration avant de revenir à la charge.

— Vous m'avez totalement ignorée.

— Je sais. Je m'en suis rendu compte en vous voyant

dormir sur le sol nu et glacé. Et en vous regardant chevaucher du soir au matin le ventre vide.

Elle se reprocha immédiatement sa mesquinerie. Oui, sans doute, il venait de marquer un point. En fait, elle n'avait jamais dormi sur le sol. C'était lui qui endurait le froid et les pierres inconfortables chaque nuit. Elle dormait sur lui, enroulée dans leur unique couverture.

Et pas un seul matin, pas un seul soir, ils n'avaient manqué de pain pour leur repas.

Adrienna ferma les yeux en secouant la tête et posa la main sur le bras de Hugh.

— Je suis désolée de m'être montrée si… si injuste et mesquine, s'excusa-t-elle.

Hugh ne put s'empêcher de sourire. En fait, il ne pouvait pas nier avoir été distrait au début de leur voyage, mais de voir Adrienna s'étonner un peu plus chaque jour de ses réponses abruptes n'avait fait que l'inciter à l'agacer davantage.

Il comptait en effet que, si elle passait tout son temps et toute son énergie à essayer de comprendre sa mauvaise humeur, elle ne remarquerait pas les hommes de sa garde qui les suivaient à distance, ni l'ennemi qui s'approchait inexorablement. Il n'avait pas espéré, bien sûr, que cette tactique puisse durer éternellement, mais devait reconnaître avoir été surpris par la patience de la jeune femme.

Il ne savait pas s'il fallait mettre cela au crédit de celle-ci ou au sien propre, mais elle pouvait se vanter d'avoir tenu bien plus longtemps qu'il n'aurait cru.

En jetant un coup d'œil derrière lui, il remarqua que William et Sarah venaient de s'arrêter à quelque distance de là et semblaient en grande conversation. Cela lui donna l'occasion de se tourner vers Adrienna et de lui

prendre le menton doucement pour lui caresser les lèvres du bout du pouce.

Il la sentit frémir sous cette caresse, et ce frisson se passait de commentaires.

— Inutile de vous excuser.

— Je me suis montrée mesquine et méchante en me plaignant de la sorte. C'était mal venu de ma part.

— Non. C'est moi qui devrais m'excuser pour vous avoir traitée comme je l'ai fait. En fait, vous avez réagi comme je l'escomptais.

Adrienna plissa le front, perplexe, et pendant un instant Hugh crut qu'elle allait s'éloigner pour réfléchir à ce qu'il venait de dire. Au lieu de cela, cependant, elle s'approcha de lui, tout près, comme si pendant qu'elle avait l'esprit occupé à revenir sur ses paroles sans vergogne, son corps cherchait le contact.

Hugh l'attira contre lui.

— Les hommes qui nous suivent veulent nous prendre en otage, souffla-t-il.

Le visage Adrienna se fit plus sombre encore. Il savait parfaitement que dans le monde protégé qu'elle connaissait, être pris en otage constituait au pire un désagrément fâcheux, durant lequel il fallait prendre son mal en patience en attendant que la rançon soit payée ou le différend réglé entre les parties.

Il se maudissait d'être incapable de lui expliquer les choses sans en même temps lui faire partager son angoisse.

— Ma chérie, ce Stefan ne connaît pas le sens des mots honneur et chevalerie. L'honnêteté, la loi, il s'en moque.

— Voulez-vous dire qu'il serait capable de nous tuer au lieu de nous prendre en otage ?

Si seulement les choses pouvaient être aussi simples, songea Hugh en entendant cette question fébrile. La mort serait en effet un sort plus doux que celui que Stefan avait vraisemblablement en tête.

— Non, pas exactement. Il nous faudra le supplier de nous tuer.

Les yeux d'Adrienna s'ouvrirent tout grands, et devant la terreur qu'il y lisait, Hugh se rappela les mots de Sidatha : « Ne fais pas de mal aux innocents. »

Le désir de protéger Adrienna contre le Mal qui gouvernait le monde lui serrait la gorge.

Il l'attira contre lui et, le menton pressé contre sa tête, se demanda comment il avait pu permettre à une femme de prendre à ce point possession de son âme.

Pardonner, oublier, telles étaient les recommandations de Sidatha. A l'époque, il se souvenait d'avoir combattu cette idée de tout son être.

Et maintenant ?

Il n'avait plus aucune certitude.

Sa soif de vengeance restait inassouvie, et pourtant la douleur ne semblait plus aussi vive qu'autrefois, et quand bien même le souvenir des années perdues persistait dans sa mémoire, sa morsure n'était plus assez féroce pour le maintenir éveillé pendant la nuit.

Une partie de lui-même toutefois continuait inlassablement de poser la même question : « Ne te doit-elle pas compensation pour ces années perdues et tout ce qu'on t'a fait endurer ? »

Il ferma les yeux pour chasser le tumulte de son esprit. Ce n'était ni le moment ni l'endroit pour se préoccuper d'obtenir réparation. Le danger rôdait trop près d'ici, qui pouvait les précipiter tous les quatre dans un cauchemar sans fin.

Il leva la tête.

— Je vous promets qu'il n'y parviendra pas.

Adrienna répondit en souriant sans conviction :

— Si nous tardons trop, il se pourrait qu'il réussisse.

Hugh examina les bois alentour, puis :

— Nous pouvons rester ici toute la journée si vous voulez, affirma-t-il.

— Ah, je comprends, à présent, observa Adrienna en plissant les yeux. Vous avez effectivement des hommes en armes qui nous surveillent.

— Je n'ai jamais dit le contraire, concéda Hugh. Ils ont attendu mon retour à Southampton. Je les ai fait prévenir depuis Poitiers.

Il desserra son étreinte, mais caressa la joue de la jeune femme avant de s'écarter d'un pas.

— Ils sont douze, et forment autour de nous une muraille vivante.

— Onze, milord !

Hugh se retourna brusquement en entendant la voix qui venait de résonner derrière lui et vit apparaître Alain, le chef de leur escorte.

William les rejoignit à cet instant même et s'enquit d'un ton qui ne marquait aucune surprise :

— Lequel d'entre vous manque à l'appel ?

En voyant le manège des deux hommes, Hugh s'interrogea. Se pouvait-il que le capitaine de sa garde les ait suivis au vu et au su de William depuis Southampton sans qu'il s'en aperçoive ?

— Le jeune Meriet a pris une flèche, qui s'est révélée mortelle, déclara Alain.

— Au moins, soupira William, a-t-il eu la chance de n'être pas pris vivant.

Hugh approuva de la tête. Meriet avait beau avoir été formé à la dure, ce qui aurait fini à la longue par faire de lui un soldat acceptable, il n'aurait pas survécu une semaine entre les mains d'Aryseeth.

— Et son corps ? demanda William en tournant la tête vers le reste de la garde qui approchait à présent. Il faut que nous le rendions à sa famille.

Hugh se força à demeurer silencieux. Un autre que lui se serait offensé de la façon dont William contrôlait la situation, car n'ayant pas formellement été chargé de le faire, celui-ci outrepassait les règles de l'amitié. Pour autant, il possédait indubitablement les qualités qu'il fallait pour occuper cette position, et d'avoir à s'inquiéter pour d'autres que lui-même semblait lui redonner goût à la vie.

Il faudrait absolument que Hugh songe à en faire officiellement le capitaine de sa garde, une fois à Wynnedom.

— Monsieur ! lança un homme qui tirait un cheval derrière lui : nous avons le corps.

Lady Sarah resta muette de stupeur, mais avant qu'un cri d'horreur puisse s'échapper de sa gorge, William l'attira contre lui en l'agrippant d'une main ferme, ce qui sembla la calmer instantanément, au grand étonnement de Hugh.

Après avoir inspecté la forme enveloppée dans une couverture et jetée en travers de la selle du cheval, le colosse hocha la tête.

— C'est bien. Sa mère vous en saura gré. Qu'en est-il d'Arnyll et de ses hommes ?

— Il est vivant, mais il n'a plus que trois de ses gueux avec lui, affirma Alain, approuvé par ses acolytes, qui firent le récit de leurs prouesses dans un joyeux brouhaha.

— Votre suggestion d'utiliser des arcs plutôt que des épées a tourné à notre avantage, sir, affirma le chef de l'escorte à l'adresse de William.

Puisque la bande de Stefan comptait quinze hommes au départ, Hugh devait admettre le bien-fondé du conseil de son ami. Utiliser des arcs permettait en effet aux siens de rester hors de portée des coups d'épée de leurs adversaires, et, avantage supplémentaire, puisque le combat se livrait finalement d'assez près vu l'épaisseur des bois, aucun de ses hommes à lui n'avait besoin d'être un archer confirmé pour toucher sa cible.

William leva la main pour réclamer le silence.

— Et Arnyll, où est-il à présent ?

— Il est resté sur la route qui mène vers le nord. Nous l'avons suivi pendant un moment, mais j'ai pensé que ce serait une erreur de vous abandonner derrière nous, vous, milord et les deux femmes, répondit Alain.

— Fort bien, intervint Hugh. Quand nous aurons dormi quelques heures, peut-être pourrons-nous faire un bon bout de chemin, demain. Avec un peu de chance et la grâce de Dieu, nous pourrons être rendus à la fin la semaine.

Alain tendit la main en direction du soleil couchant.

— Il y a une hutte vide tout près d'ici, milord, dans cette direction, juste au bord d'un ruisseau. Les hommes et moi pouvons aller chercher de quoi manger.

La perspective de se reposer et de se mettre enfin quelque chose sous la dent fit soupirer les deux femmes, ce qui provoqua quelques gloussements de la part des soldats.

Hugh fit signe de la tête à Alain :

— Passez devant.

Il jeta un coup d'œil à Adrienna qui se tenait toujours

à côté de lui. Elle avait beau n'avoir rien dit, elle semblait fatiguée, et son sourire — quand elle souriait — n'avait pas son lustre habituel. Elle avait de si grands cernes autour des yeux qu'on aurait cru son visage maculé de boue. Quant à ses cheveux, libérés par le vent pendant leur chevauchée à travers la forêt, ils pendaient à présent sur ses épaules et son dos en longues mèches enchevêtrées de brindilles et de feuilles.

Il fallait absolument qu'il ait une discussion avec William ce soir même.

Et de préférence rapide, car il voulait passer le reste de la nuit dans les bras de sa femme.

14

La hutte abandonnée dans la forêt sembla aux yeux d'Adrienna le plus merveilleux des châteaux. Ce n'était pourtant rien d'autre qu'une structure de branchages emmêlés sommairement recouverte de torchis.

Celui qui l'avait bâtie devait à l'évidence avoir utilisé les matériaux qu'il avait sous la main. Quelques griffures dans la glaise alentour en attestaient, de même que les cicatrices noires laissées par les branches arrachées.

Ce qui importait le plus était le large foyer central. En plus de dormir au sec, ils pourraient bénéficier d'un peu de chaleur bienvenue.

Pendant que Hugh parlait aux hommes et que William s'occupait de Sarah, Adrienna saisit l'occasion d'aller profiter du ruisseau.

Deux feux de camp brillaient près de la hutte, qu'on venait d'allumer pour pallier le manque de clarté. Leur lueur permettait tant bien que mal de se diriger vers le bord du cours d'eau.

Les hommes qui s'en occupaient baissèrent la tête quand elle passa devant eux. Arrivée sur la berge, elle s'assit sur un grand rocher plat, puis ôta ses bottes de cuir souple ainsi que ses bas. Quand elle effleura le ruisseau

du bout de l'orteil, elle fut secouée d'un grand frisson au contact de l'eau glacée.

Une fois qu'elle se fut habituée au froid, elle trouva finalement délicieuse la caresse du flot limpide et, glissant près du bord du rocher, posa les pieds sur les galets qui en recouvraient le lit.

Les nuages se déchirèrent soudain juste assez pour permettre à la lune d'éclairer la surface de l'eau qui courait rapidement et scintillait avant de s'enfoncer dans les ténèbres de la forêt.

Adrienna soupira. Elle aurait aimé marcher dans l'eau pour se calmer les nerfs. Hugh lui cachait quelque chose, elle le savait. Il suffisait d'entendre sa voix tendue et de voir son regard inquiet pour s'en persuader.

S'il croyait pouvoir dissimuler son inquiétude avec succès, il se trompait. Ne réalisait-il donc pas qu'elle avait l'expérience de ses changements d'humeur et qu'il n'était pas nécessaire qu'il l'en prévienne pour qu'elle sache que quelque chose le préoccupait ? Il ne fallait pas être grand clerc pour comparer les différentes expressions qui passaient sur son visage, ni pour remarquer la tension qui altérait sa voix. Elle mesurait très bien le changement qui s'était opéré en lui ces derniers temps. Elle l'entendait dans chacune de ses paroles, et avait même l'impression d'en sentir le goût sur ses lèvres.

Quelque chose clochait, sans aucun doute, et il ne s'agissait pas seulement de ce Stefan d'Arnyll qui les suivait depuis le château d'Aliénor.

Comment faire pour amener Hugh à lui parler ? Pour qu'il s'y résolve, il faudrait d'abord gagner sa confiance, mais comment faire quand elle n'était pas certaine de pouvoir se fier à lui ?

Cet homme était tout entier pétri de contradictions.

Ses mains, celles-là même qui pouvaient tuer un homme sans l'aide d'une arme, pouvaient aussi la conduire à l'extase.

Ses paroles pouvaient être dures, cruelles, blessantes, et l'envelopper l'instant d'après comme dans un nid douillet et rassurant.

Il pouvait débattre de sujets importants avec d'autres hommes, et en même temps lui ôter ses vêtements en la regardant à peine.

Elle n'avait pas l'habitude d'être traitée ainsi. Rien dans son passé ne l'avait préparée à rencontrer un homme aussi insaisissable, aussi agaçant. Ceux qu'elle connaissait étaient soit forts, durs et odieux, soit doux et faibles, mais aucun ne combinait les deux aspects. Richard lui-même ne faisait que cacher sa profonde cruauté sous un masque avenant. Sans l'intervention de Hugh, elle aurait sans doute découvert sa vraie nature trop tard.

Un cri retentit soudain, tout près :

— Où êtes-vous, Adrienna ?

Surprise, elle serait tombée dans l'eau glacée si son mari ne l'avait prise dans ses bras avant qu'elle glisse à bas du rocher.

— Vous m'avez fait peur, avoua-t-elle en plaçant une main sur son cœur affolé. Je ne vous ai pas entendu approcher.

— Cela me semble évident, puisque je vous ai appelée par deux fois en vain.

Il la relâcha et s'assit à son tour avant de la prendre sur ses genoux.

— A quoi donc pensiez-vous si fort que vous soyez restée sourde à mes appels ?

— A vous, répondit-elle en changeant de position pour

venir se placer entre les jambes de Hugh, les pieds dans l'eau, la tête appuyée contre le torse de ce dernier.

— Etes-vous à votre aise ?

— Infiniment, répondit-elle en se blottissant contre lui avec volupté.

— J'ai pensé que vous auriez besoin de ceci, dit-il en lui tendant un peigne à larges dents avant d'ajouter : et comment donc pensiez-vous à moi ?

— Eh bien, je..., répondit-elle en prenant quelques mèches de ses cheveux pour commencer à les démêler.

Elle jeta un regard mutin par-dessus son épaule puis concéda en souriant :

— Ce n'étaient pas de bonnes pensées…

Hugh se pencha vers elle et lui murmura à l'oreille :

— En ce cas, espère qu'elles étaient bien vilaines…

Ses mains glissèrent autour d'elle.

Ce n'était pas de froid qu'elle tremblait, mais à cause de la chaleur du souffle de Hugh qu'elle sentait contre son oreille, de la force de ses bras et de la fermeté incroyable des muscles de son torse qui palpitaient contre son dos.

Elle se força à se concentrer sur ses cheveux.

— Vous avez ôté votre armure…, ne put-elle s'empêcher de remarquer.

— Et vous êtes en train d'essayer de changer de sujet.

Du bout du pouce, il suivit lentement la courbe galbée du sein droit d'Adrienna, ce qui eut pour effet de faire oublier instantanément à celle-ci les nœuds qui encombraient sa chevelure. En fermant les yeux, elle enroula son bras autour de celui de son mari, en soupirant de plaisir.

— Bien sûr, admit-elle en frémissant quand elle

sentit les lèvres de Hugh glisser de son oreille jusqu'à son épaule. Je sais fort bien qu'il serait illusoire d'espérer que vous vous contentiez de paroles.

— Vraiment ? En ce cas, que suggérez-vous ?

Sa voix subitement rauque lui faisait passer des frissons sur tout le corps. Elle savait parfaitement ce qu'elle aurait suggéré si elle en avait eu l'audace. Elle lui aurait dit de la prendre dans ses bras et de l'embrasser jusqu'à lui faire perdre la tête…

Elle en avait les joues en feu rien que d'y penser. Jamais elle n'oserait lui parler de la sorte.

— Que vous arrive-t-il, Adrienna ? Les mots vous manquent ?

Avant même qu'elle puisse répondre, il la souleva dans ses bras et la reposa sur ses genoux en se penchant sur elle pour prendre ses lèvres.

Y avait-il chose plus merveilleuse que d'être embrassée avec autant de fougue et de passion par l'homme dont le moindre regard enflammait sa chair et son âme ? Non, bien sûr. Mais ils n'étaient pas seuls. Bien que ses hommes aient éteint le feu, sans doute pour leur permettre un peu d'intimité, ils ne se trouvaient néanmoins qu'à quelques pas.

Ce n'était pas le moment, mais ses lèvres, ses caresses étaient si brûlantes, si affolantes… Ce n'était pas non plus l'endroit, mais l'appel silencieux de son désir exigeait une réponse.

Adrienna gémit, torturée par les démons qui s'agitaient en elle. Cherchant un moyen de les faire taire, elle prit Hugh par le cou pour l'attirer encore plus contre elle.

Devant cette invite, il pesa doucement sur ses lèvres. Son baiser, soudain, se fit plus profond. Subjuguée, elle se laissa aller contre lui.

Il n'aurait pas fallu insister beaucoup pour qu'elle reste entre ses bras pour l'éternité.

Adrienna sentit la brise nocturne caresser doucement ses mollets découverts, mais Hugh avait les mains si chaudes qu'elles lui en faisaient oublier la fraîcheur à mesure qu'elles remontaient le long de ses cuisses.

Subjuguée par ces caresses torrides, elle s'agrippait à lui, le cœur affolé, tremblant des pieds à la tête d'impatience et de désir.

Pourtant, quand il posa la main au creux de son ventre, elle se figea.

Les démons dans sa tête se faisaient plus criards, tout à coup. Ils n'étaient pas seuls. La honte et la gêne l'étouffaient presque.

— Non, Hugh, je ne peux pas ! s'écria-t-elle en s'arrachant à son baiser.

Précipitamment, il ôta sa main de sous la robe et reprit Adrienna entre ses bras, essayant de la calmer en lui couvrant le cou de baisers.

— Que vous arrive-t-il, ma mie ?

Elle se cacha le visage au creux de son épaule. Elle se sentait idiote, finalement, bien plus que gênée, et essaya tant bien que mal de se justifier.

— Il y a des gens autour de nous. Je ne peux pas. Si on nous voyait… Je… Oh Hugh… !

Elle luttait désespérément pour repousser les larmes qui lui montaient aux yeux, le cœur serré par la honte et la frustration.

— Je suis navrée, souffla-t-elle en se blottissant contre lui comme un enfant pris en faute.

Il lui caressa doucement la tête et y posa un baiser plein de tendresse.

— Ne le soyez pas, Adrienna. Il n'y a pas de raison.

— Mais… vous êtes venu vers moi dans l'espoir que… que nous… murmura-t-elle en levant les yeux au ciel devant sa propre gaucherie. Et vous avez été déçu…

— Regardez-moi.

Elle écarta son visage pour regarder dans la direction où devait se trouver celui de Hugh, mais les nuages venaient de se refermer brusquement, les plongeant dans une obscurité totale.

— Que voyez-vous ? demanda-t-il en lui caressant la joue.

— Honnêtement ?

— De préférence.

— Rien du tout.

— En ce cas, que croyez-vous qu'auraient vu mes hommes ?

Adrienna remercia la nuit d'avoir protégé leur intimité de ses ténèbres et apaisé le feu de ses joues de sa brise fraîche. Rassurée, elle haussa les épaules.

Elle entendit Hugh soupirer et sentit son souffle sur sa joue juste avant qu'il reprenne sa bouche en un baiser inouï.

Quand elle se détendit de nouveau, il s'arracha à elle, mais leurs lèvres se frôlaient encore quand il prit la parole :

— Vous pouvez me parler à cœur ouvert, ma chérie. Vous pouvez me confier vos pensées les plus passionnées. Je ne m'en choquerai pas. Dites-moi tout ce que vous voulez, je n'aurai point de dégoût de vous.

Adrienna appuya son front contre celui de Hugh.

— J'ai pensé qu'ils pourraient nous voir nus, dans les transports de la passion.

— Sur ce rocher dur et glacé ? objecta-t-il en lui prenant la tête entre les mains. Non. Je ne suis venu ici que pour embrasser ma femme, Adrienna. Et la caresser jusqu'à lui faire perdre la tête, mais rien de plus.

— Ah ? Je croyais que…

Il la fit taire en lui plaçant le pouce sur les lèvres.

— Je sais ce que vous pensiez. Il suffit que je vous embrasse pour que…

Il lui effleura furtivement la bouche de ses lèvres, puis :

— Ou que je vous caresse comme ceci, ajouta-t-il en laissant sa main glisser sous le sein de la jeune femme, ce qui eut pour effet d'en faire durcir la pointe instantanément.

Adrienna ne put retenir un gémissement.

— Ou comme cela, insista-t-il en passant de la poitrine au ventre, puis plus bas… Cela signifie-t-il que je doive absolument vous jeter dans mon lit ?

Malgré l'épaisseur de sa robe et de ses jupons, Adrienna sentait les mains de Hugh lui brûler la peau, au point que le souffle lui manqua soudain comme elle se mettait de nouveau à gémir doucement sous l'assaut du désir.

Hugh retira sa main pour repousser quelques mèches sur son visage.

— Avez-vous toujours ce peigne ?

— Comment ? répondit-elle d'une voix presque tremblante en se l'éclaircissant discrètement. Le… peigne ?

— Oui.

Elle sentait les lèvres de Hugh contre son cou, et même la caresse étonnante de sa langue, si discrète, et qui faisait s'affoler son cœur.

— Pourquoi le voulez-vous ? demanda-t-elle en penchant la tête légèrement de côté comme pour s'offrir à lui.

Hugh laissa sa langue glisser sur la peau veloutée, ne s'arrêtant que juste en dessous de l'oreille.

— Je ne vois pas ce que diable je pourrais faire d'autre d'un tel objet que de vous aider à démêler vos cheveux. N'était-ce pas précisément ce que vous aviez l'intention de faire ?

— Si, soupira-t-elle. Je suppose…

Hugh partit d'un grand rire, ce qui ne manqua pas d'irriter la jeune femme. Vexée, elle s'écarta en croisant les bras sur sa poitrine.

— Je ne vois pas ce qu'il y a de drôle…

Hugh renifla bruyamment avant de répondre.

— Bien sûr, vous avez raison. Mais je vous ai dit que je voulais vous rendre folle, et il me semble que j'y suis parvenu.

— Je vous promets bien que vous échouerez la prochaine fois.

— Si vous le dites, commenta-t-il d'une voix enjouée.

Il ne pouvait pas la voir, mais, malgré ça, elle plissa les yeux pour le regarder.

— Ai-je le droit de vous rendre fou moi aussi ?

Hugh appela l'un de ses hommes pour lui demander d'apporter une torche et de raviver les feux avant de répondre :

— Oh oui, j'attends ce moment avec impatience.

Adrienna se releva un instant pour s'asseoir de nouveau à même le rocher entre les jambes de Hugh, le dos plaqué contre la poitrine de celui-ci. Quand la lumière de la torche les illumina soudain, elle lui tendit le peigne par-dessus son épaule.

— Tenez, milord.

— Penchez-vous un peu en avant, milady, répondit Hugh en la poussant doucement par l'épaule.

Adrienna trempa ses pieds dans l'eau glacée pendant qu'il commençait à démêler ses cheveux. Cette fraîcheur l'aurait sans doute aidée à tempérer un peu la passion qui bouillait en elle si Hugh avait pu cesser de lui caresser le cou et les oreilles en même temps qu'il s'activait sur sa chevelure.

A sa grande surprise, le silence qui régnait désormais entre eux lui paraissait agréable, au point qu'elle n'éprouva pas le besoin de le troubler en babillant.

La caresse délicate des mains de Hugh sur son crâne l'apaisait et calmait l'ardeur de ses sens. La chaleur de son torse plaqué contre elle l'invitait à se rendre au sommeil qui l'envahissait. Elle s'étira en bâillant, luttant pour rester éveillée.

— Nous devrions rentrer à la hutte, souffla Wynnedom en lui posant les mains sur les épaules.

— Pas encore, je vous en prie. Je suis tellement bien que je n'ai pas envie de bouger.

— Il nous reste beaucoup de chemin à faire demain. Vous devriez vous reposer pendant que c'est possible.

Elle avait presque oublié le but de leur voyage tellement elle se sentait bien.

— Où allons-nous ?

Elle sentit dans son dos Hugh hausser les épaules.

— Où voudriez-vous aller ?

En vérité, elle aurait préféré rester là, sur place. Cela lui aurait donné l'occasion de faire mieux connaissance avec ce mari qui lui tombait du ciel.

— Si nous ne pouvons rester ici, je suppose que Wynnedom, ou même Hallison, feront l'affaire.

Ce fut presque imperceptible, mais elle sentit malgré

tout dans son dos le corps de Hugh se raidir un peu, et son cœur battre un peu plus fort avant de reprendre son rythme normal. Intriguée, elle fronça les sourcils. N'avait-il pas envie de rentrer chez lui, à Wynnedom, ou bien était-ce d'avoir mentionné le château de son père qui le faisait réagir ainsi ?

Devant son silence, elle proposa une alternative :

— Si ces lieux ne vous conviennent pas, j'irai où bon vous semblera.

— Non, Hallison est sur la route de Wynnedom. Nous devrions nous y arrêter pour rendre visite à votre… père.

Cette brève hésitation n'échappa pas à la jeune femme.

— Hugh ? souffla-t-elle.

— Oui ?

Le son de sa voix venait brusquement de changer. On n'y décelait plus la passion, d'un seul coup. Elle semblait moins rauque, plus tendue, semblable à celle de ces derniers jours.

Adrienna se redressa un peu, gardant les yeux fixés sur l'eau qui courait à ses pieds.

— Que vous arrive-t-il ? risqua-t-elle.

— Rien. Pourquoi me demandez-vous toujours la même chose ? Si quelque chose clochait, je vous le dirais.

Si rien ne le préoccupait, et s'ils ne couraient aucun danger, pourquoi sentait-elle sur sa peau des picotements désagréables ?

— Allons, il est temps de rentrer, lança-t-il.

Adrienna se garda de répondre. Au lieu de cela, elle se leva, prit ses bottes et ses bas et suivit Hugh en silence jusqu'au chemin. Elle avait le ventre chamboulé, mais

pas à cause de la faim, bien au contraire. Le sang battait furieusement à ses tempes.

Quand ils rejoignirent le sentier qui menait à la hutte, Hugh marqua le pas et, quand la jeune femme passa devant lui, il la prit par le bras et la fit pivoter sur elle-même pour la forcer à lui faire face.

— Pardonnez-moi, Adrienna.

Elle leva les yeux vers lui, étonnée. La froideur et la colère qu'elle croyait avoir perçues en lui jusque-là semblaient s'être évanouies. Il la regardait avec une douceur inhabituelle, en parlant d'une voix basse et rauque. Effectivement, il avait l'air navré.

— Tout va-t-il bien, Hugh ? s'enquit-elle en lui touchant le visage doucement.

— Oui, ma chérie, répondit-il en lui caressant la paume de sa joue toute rêche de barbe naissante. Je suis simplement affamé et mort de fatigue.

Quelque chose tout au fond d'elle-même lui cria de prendre garde. Elle n'avait aucun moyen de savoir s'il mentait ou disait la vérité, aussi devait-elle se contenter — pour l'instant — de ces explications.

— En ce cas, vous devriez manger un peu avant que nous nous retirions dans la hutte.

Une ride soucieuse se creusa sur le front de Hugh. Il ouvrit la bouche comme pour dire quelque chose, mais la referma aussitôt et prit la main d'Adrienna pour y poser ses lèvres.

— C'est ce que je vais faire, affirma-t-il.

Ils regagnèrent le campement main dans la main. Sur son front, la ride avait disparu.

L'odeur de la viande qui grillait au-dessus du feu fit gronder l'estomac de la jeune femme. Peut-être finalement avait-elle un peu faim, elle aussi.

Quelques hommes s'écartèrent pour leur faire de la place sur le tronc abattu placé devant le feu et qui servait de siège à toute la troupe. Adrienna s'assit à côté de son mari et accepta avec joie la nourriture qu'on lui proposait.

La viande était grasse, dure, et l'absence d'épices s'y faisait sentir cruellement, mais au moins avait-elle l'avantage d'être chaude et roborative.

En embrassant du regard le petit groupe rassemblé autour du feu, Adrienna remarqua l'absence de Sarah.

— Où donc est lady Sarah ? s'enquit-elle entre deux bouchées.

William fit un geste en direction de la hutte.

— La journée risque d'être longue demain, répondit-il. Elle est déjà couchée.

L'un des hommes fit un commentaire qui échappa à Adrienna, mais dont le ton semblait franchement railleur.

— Pensez ce que vous voulez, s'insurgea-t-elle en haussant les épaules, mais gardez vos réflexions pour vous ! Lady Sarah m'a sauvé la vie, et je lui en serai toujours reconnaissante.

L'homme qui venait de parler hocha la tête en s'excusant.

— Merci, milady, souffla William.

Adrienna battit des paupières, surprise.

— Milady ? répéta-t-elle en regardant autour d'elle d'un air curieux comme si elle cherchait quelqu'un dans l'assistance. Voyons, William, c'est moi, Adrienna.

— Non, objecta ce dernier en secouant la tête. Plus maintenant. J'ai juré d'être loyal envers le comte de Wynnedom, et donc envers son épouse. Je ne peux appeler la femme de mon seigneur par son prénom.

Comte de Wynnedom.

Ce titre sonnait bizarrement dans la bouche d'un autre que Hugh. Quant à s'entendre appeler milady, c'était plus étrange encore.

— Ainsi, vous avez juré allégeance au comte, c'est bien cela ? s'enquit-elle en jetant un coup d'œil furtif en direction de Hugh.

Il y avait là quelque chose qu'il aurait tout de même pu partager avec elle, mais il se contenta de prendre une bouchée de viande en haussant les épaules pour toute réponse, comme si cette conversation ne le concernait en rien.

Adrienna se tourna de nouveau vers William :

— Quelles sont désormais vos fonctions auprès de votre lord ? demanda-t-elle d'une voix douce.

Ce fut Alain qui répondit le premier :

— Grâce à Dieu, sir William a pris en main la garde de notre seigneur, expliqua-t-il.

Les autres approuvèrent joyeusement.

Adrienna ouvrit de grands yeux en direction de Hugh, qui se contenta de tendre la main vers ses hommes comme pour lui signifier par ce geste que ceux-ci étaient parfaitement satisfaits de sa décision.

Adrienna secoua la tête. Cela semblait un bon choix, certes, car William savait s'y prendre avec les gardes, apparemment, mais pour autant elle avait quelque difficulté à s'imaginer lady Sarah dans le rôle de l'épouse obéissante d'un capitaine…

Le souffle lui manqua tout à coup. Elle venait de réaliser que si William devenait le chef des gardes de Wynnedom, cela signifiait qu'elle allait devoir vivre avec Sarah !

15

Adrienna se pencha vers Hugh :

— Il faut que nous parlions de cela, murmura-t-elle.

Il prit le temps d'avaler sa bouchée avant de répondre, à voix basse lui aussi :

— Je n'ai pas l'habitude de discuter avec quiconque du choix de mes hommes, répondit-il, mais j'imagine que vous faites allusion à l'épouse de William ?

— Oui, milord.

— Nous verrons cela demain. Ce sera bien assez tôt.

Adrienna s'efforça de sourire :

— Entendu.

Il y eut un silence puis, en regardant William :

— Je pense qu'il n'y a personne de plus digne et de plus capable d'assurer la sécurité du château de Wynnedom et de ses habitants, déclara-t-elle à la cantonade.

L'intéressé hocha la tête.

— Je vous remercie, répondit-il. J'espère de tout cœur que votre confiance n'aura pas été mal placée.

Quand le colosse eut rejoint les autres, Adrienna termina son repas puis se leva.

— Je vous demande la permission de me retirer, milord.

— Accordé, lança Hugh en désignant la hutte de la main. Je vous rejoindrai bientôt.

Incapable de résister à l'envie de le provoquer un peu, Adrienna releva le menton.

— Inutile, laissa-t-elle tomber.

Il la saisit au poignet avant qu'elle ait le temps d'esquisser un pas pour s'échapper puis, la tirant vers lui, il lui fit ouvrir la main et, se penchant sur celle-ci, fit courir sa langue sur la paume offerte en une caresse sans ambiguïté.

Surprise par le frisson de feu glacé qu'elle sentait courir le long de son bras sous cette caresse, Adrienna jeta un coup d'œil inquiet par-dessus son épaule. Les hommes ne faisaient pas attention à eux, heureusement. Elle essaya de se dégager, mais il n'eut aucun mal à la retenir.

— Hugh ! souffla-t-elle en grinçant des dents.

— Ma chérie…, se contenta-t-il de répondre avec un sourire désarmant.

Elle sentait son cœur s'affoler chaque fois qu'il l'appelait ainsi de sa voix grave et profonde et se demandait sincèrement si elle finirait jamais par s'habituer à cette capacité qu'il avait d'affoler ses sens ? D'une certaine façon, elle ne le souhaitait pas.

— Vous gagnez, concéda-t-elle avec un soupir, en suivant du bout de l'index le dessin abrupt de la mâchoire de Hugh : je vous attendrai.

Le grondement de fauve qu'il poussa à ces mots la surprit, mais elle fut totalement prise au dépourvu quand il lui mordilla légèrement le bout du doigt avant de relâcher sa main. Un peu perplexe, et ne sachant comment répondre à ce geste follement érotique, elle tourna les

talons et regagna la hutte en luttant contre elle-même pour ne pas courir.

Hugh la regarda rejoindre son abri précipitamment. La provoquer ainsi équivalait à jouer avec une épée à double tranchant. Car s'il appréciait tout à fait consciemment le plaisir de voir les joues de la jeune femme s'empourprer, le désarroi qu'il lisait sur son visage dans ces moments-là faisait naître en lui un sentiment de culpabilité tout aussi fort.

Et, chaque fois, cela lui donnait envie de la prendre dans ses bras, pour s'excuser de s'être comporté de manière si puérile. Peut-être le temps était-il venu de cesser de s'amuser avec elle.

Cela dit, c'était elle qui avait commencé. Et puis, il avait été privé de ce genre de divertissement depuis si longtemps...

Hugh tourna son visage vers le feu pour y perdre son regard. Un dilemme terrible s'offrait à lui : quoi qu'il fasse, il allait devoir choisir entre son désir de vengeance et sa passion pour Adrienna.

Pour l'heure, il ne se sentait pas prêt à faire un tel choix. Il serait facile d'oublier sa rancœur pendant un moment, mais s'il s'y résolvait temporairement, de quoi l'avenir serait-il fait ? Se réveillerait-il un jour pour contempler sa femme endormie, le cœur rongé de regrets ?

Ou bien, s'il mettait son plan à exécution, se retrouverait-il seul chaque nuit, submergé par le chagrin, à penser à tout ce qu'il aurait sacrifié à sa vengeance ?

Quel imbécile ! songea-t-il en jurant entre ses dents. Il finirait par devenir fou à force d'hésiter ainsi. C'était à lui de choisir sa destinée et son avenir, à lui seul. Et pourtant, il se tenait à la croisée des chemins, incapable de décider quelle direction serait la bonne.

Il n'avait pas l'habitude de tergiverser de la sorte. Bien que son expérience du combat fût plus limitée que celle de certains de ses pairs, il n'en était pas moins un guerrier, et en tant que tel, sa vie dépendait de sa capacité à prendre des décisions rapides.

Une fausse manœuvre, un moment d'hésitation pouvaient décider de la vie et de la mort. Pourquoi diable alors permettait-il à une femme de brouiller son jugement à ce point ?

Etait-ce à cause de la passion qu'ils éprouvaient l'un pour l'autre ? Avait-il laissé son désir brouiller son jugement ? Non. S'il voulait être honnête avec lui-même, il lui fallait admettre que sa perplexité n'avait rien à voir avec le désir. Il s'agissait de quelque chose de bien plus profond que le simple appel de la chair.

Il éprouvait à présent un sentiment très fort pour sa femme et s'inquiétait de sa sécurité, de son bien-être. Beaucoup trop d'ailleurs. C'était pourtant une erreur qu'il s'était juré de ne pas commettre.

En vain, apparemment.

Les hommes rassemblés autour du feu échangeaient des plaisanteries, accueillant chacune d'elles de leurs rires sonores. Il ne fallait pas compter s'éclaircir les idées au milieu d'un tel brouhaha, aussi se leva-t-il pour se diriger vers la hutte.

Ç'aurait été une erreur de s'allonger près d'Adrienna et de la prendre dans ses bras pour la serrer contre lui. Une erreur qu'il risquait de répéter ensuite nuit après nuit.

Et qu'il porterait comme un fardeau supplémentaire si d'aventure il décidait d'exercer sa vengeance contre elle.

D'aventure…

La question se posait désormais de savoir s'il en serait

capable. Où trouverait-il la force de lui briser le cœur et l'âme pour partir ensuite sans se retourner ?

Il marqua le pas pour se frotter les tempes. Ils seraient à Hallison dans trois ou quatre jours. D'ici là, il faudrait qu'il ait pris sa décision : soit pardonner et oublier comme l'y avait encouragé Sidatha, ou bien décider une fois pour toutes de satisfaire sa soif de vengeance.

Il pénétra dans la hutte emplie de la fumée du foyer en prenant soin de ne pas réveiller Sarah, mais comme il allait entrer dans la seconde pièce, le bruit d'une conversation à voix basse l'arrêta net avant qu'il n'atteigne le seuil.

— Je me moque de leur plan…

C'était la voix de Sarah, visiblement irritée.

Il y eut un moment de silence, après quoi Adrienna répondit :

— Est-il quelque chose que je puisse faire pour vous aider ?

— M'aider ? Pourquoi voudriez-vous m'aider ? demanda Sarah sur un ton si aigre que Hugh le jugea inacceptable.

— Je vous suis redevable de m'avoir permis d'échapper à Richard, répondit Adrienna sans s'offenser. Et il n'est pas bien difficile de voir que le cours qu'ont pris les choses ne vous plaît guère.

— Dites plutôt qu'il ne me plaît pas du tout. Ce n'est pas ainsi qu'elles étaient supposées se passer.

— Je sais…, répondit Adrienna en marquant une pause avant de reprendre : vous deviez épouser Hugh, n'est-ce pas ?

Ce dernier ne put s'empêcher de pousser un soupir soulagé à l'évocation de ce mariage heureusement évité.

— On m'a promis un titre et de la fortune. Je n'ai reçu ni l'un ni l'autre.

— Mais William est un homme bon, affirma Adrienna, à la grande surprise de Hugh, qui ne s'attendait pas à l'entendre défendre son ami de la sorte.

Elle le connaissait à peine depuis quelques jours et semblait pourtant avoir pris la mesure de ses qualités.

— Peut-être avec le temps finirez-vous par l'aimer, et lui aussi.

— Quelle différence cela fera-t-il ? Il est mon mari, rien de plus.

Rien de plus ?

Elle disait cela comme si la décision courageuse et désintéressée de William ne comptait pour rien. Après tout, rien n'obligeait ce dernier à l'épouser, et personne ne lui aurait fait le reproche de la planter là et de la laisser se défendre seule. Pensait-elle vraiment que cette bonne action n'avait aucune valeur ?

— Ne serait-il pas plus facile de vivre avec quelqu'un qui partagerait vos sentiments ? insista Adrienna.

— Vous avez écouté trop de belles histoires pleines de jeunes gens amoureux et aux yeux pleins d'étoiles, milady, objecta Sarah. Le mariage n'est qu'un moyen d'obtenir de la fortune et des terres, rien de plus.

— Non, vous vous trompez. J'abandonnerais volontiers tout cela pour avoir l'occasion d'aimer.

Hugh sentit son cœur se serrer en entendant cette phrase tout imprégnée d'espérance. Elle lui semblait comme un écho de ses propres aspirations.

— Si vous pensez que votre comte va exaucer ce vœu, vous vous préparez une terrible désillusion, milady.

— Seul l'avenir dira si je me suis trompée ou non.

— Oh, Adrienna, vous êtes une dupe, et ne récolterez

finalement que tristesse et désespoir. Ne réalisez-vous pas que votre mari n'est pas homme à éprouver de tendres sentiments ? Vous avez épousé un chien enragé, croyez-moi. Etes-vous incapable de discerner ce à quoi il aspire ?

— Je ne suis nullement une dupe, répondit Adrienna avec une force et une détermination qui laissèrent Hugh pantois tant il s'attendait peu à une telle réaction. Croyez-vous que je le connaisse si peu que cela ? Eh bien, laissez-moi vous dire que vous vous trompez. Je suis parfaitement consciente du fait qu'il ne m'aime pas.

— Et comment savez-vous cela, vous qui avez si peu d'expérience de la vie ?

— Je le sens à la façon dont il me touche, je le vois dans ses yeux quand il me regarde. Parfois il y a du désir dans ses regards et ses caresses, d'autres fois de la nostalgie mêlée d'espérance, et d'autres encore une haine si profonde que je brûle de m'enfuir.

— Et pourtant, vous n'en faites rien.

— Non. Je ne peux pas.

— Pourquoi donc ?

Hugh ferma les yeux et, malgré le sang qui battait violemment à ses tempes, s'obligea à écouter la réponse étouffée de sa femme :

— Je… je ne sais pas.

Elle mentait. Il avait beau ne pas voir son visage, il savait qu'elle mentait. Son hésitation venait de la trahir.

— Vous êtes plus folle que je ne pensais, Adrienna.

Hugh entendit un froissement de tissu. Aussitôt, pour éviter d'être surpris, il battit en retraite et franchit le seuil à rebours. Une fois dehors, il s'éloigna un peu avant de laisser s'échapper le souffle qu'il retenait depuis quelques instants.

Comment pouvait-il avoir cru Adrienna si peu perspicace ?

En l'espace de quelques semaines, elle avait facilement appris à lire les expressions de son visage et à jauger ses émotions et ses humeurs, conformément à ses plans. Il voulait lui devenir si familier qu'elle le considérerait comme son double, en quelque sorte.

Pourquoi donc s'étonnait-il aujourd'hui qu'elle soit capable de deviner ses pensées ? Pourquoi au contraire ne se réjouissait-il pas de voir cette partie de son plan se réaliser si parfaitement ?

Cela n'augurait rien de bon pour lui. Au lieu de considérer la chose comme un pas supplémentaire dans l'accomplissement de sa vengeance, il sentait en lui qu'un lien s'était formé avec elle, un de plus, qui s'ajoutait aux autres et les enserrait tous les deux comme dans une toile d'araignée.

S'il lui restait un tant soit peu de sagesse, il plierait bagage au plus tôt et partirait immédiatement pour Wynnedom, en oubliant le père de la jeune femme et les souvenirs qui ne manqueraient pas d'alimenter sa soif de vengeance s'il le revoyait.

Mais comment expliquer cette décision sans tout divulguer ? Non, il valait mieux continuer jusqu'à Hallison. En attendant, il n'avait qu'une seule idée : prendre Adrienna dans ses bras et la serrer contre lui.

Quand Sarah eut quitté la hutte et rejoint William près du feu, Hugh entra de nouveau dans le bâtiment précaire et s'avança vers la pièce qui leur tenait lieu de chambre.

Il trouva son épouse blottie sous les couvertures au milieu du lit étroit posé à même le sol et, plaçant son épée le long de celui-ci, commença par retirer sa ceinture,

ses bottes et sa tunique. Adrienna s'étira sur la couche et s'approcha du mur pour lui faire de la place, et, quand il se glissa sous les couvertures, vint se lover entre ses bras de son plein gré.

Elle reposait, la tête sur la poitrine de Hugh.

— Etes-vous à votre aise ? demanda-t-il en lui caressant doucement le dos.

— Non, répondit-elle. Je n'ai pas l'habitude de dormir sur le sol.

Il sourit en l'attirant sur lui.

— Et comme ceci, êtes-vous mieux ?

Ils dormaient ainsi depuis leur départ de Poitiers, et lui aussi semblait s'être habitué à cet étrange arrangement.

— Cela ne vous dérange-t-il vraiment pas ? s'enquit-elle en lui embrassant l'épaule.

— Et si c'était le cas, cela aurait-il de l'importance ? répondit-il en la serrant plus fort contre lui.

Au début, elle se raidit un peu sans rien dire, et il pensa pendant un moment qu'elle pouvait fort bien avoir pris au sérieux ce qu'il venait de dire, mais elle se détendit rapidement.

— Non, répondit-elle finalement. En aucune façon.

Hugh songea que, dans cette posture agréable, il semblait facile de laisser la tension de la journée s'évacuer doucement. Leurs jambes emmêlées, les seins fermes et doux de sa femme pressés contre son torse, sa tête blottie contre son épaule, tout l'invitait au repos et à l'oubli.

Adrienna souleva un peu la tête et, l'embrassant tendrement sur le menton :

— A quoi pensez-vous ? lui demanda-t-elle.

Ils étaient si proches qu'il aurait été presque impossible

de lui mentir. Et pourtant cela lui offrirait l'occasion de vérifier à quel point elle lisait dans ses pensées.

— A rien. J'essaie simplement de m'endormir.

— En ce cas, pourquoi votre cœur s'est-il mis à battre plus fort, subitement ? Et pourquoi votre souffle s'est-il fait plus court ?

S'il voulait mesurer sa perspicacité, il était servi…

— Je pensais à vous, et à notre voyage.

— Combien de temps cela va-t-il nous prendre pour arriver à Hallison ?

— Etes-vous impatiente de revoir votre père ?

Quand elle secoua la tête, son nez frotta la joue de Hugh.

— Non. Je ne pense pas, répondit-elle en soupirant. Nous ne nous sommes pas quittés en très bons termes, la dernière fois.

C'était une chose de plus qu'ils avaient en commun…

— Votre départ pour Poitiers a-t-il suscité une querelle entre vous ? demanda Hugh, préférant garder sa réflexion pour lui.

— D'une certaine façon, oui. J'ai eu l'impression d'avoir été envoyée là-bas comme au marché, pour me chercher un mari dont je n'avais pas envie.

— Et pourtant vous en avez trouvé un, répondit-il sans pouvoir retenir un sourire.

— Je dirais plutôt que c'est lui qui m'a trouvée, répliqua la jeune femme, mutine.

Du fond de sa conscience, Hugh sentit une question lui venir à l'esprit, qu'il ne put se résoudre à poser, néanmoins : « Et de ce mari, Adrienna, en voulez-vous ? »

Au lieu de cela, il ramena la conversation sur le père de la jeune femme.

— S'est-il irrité de votre refus de partir ?

— Beaucoup. Quoiqu'en fait il ne m'ait pas donné le choix. Je devais me trouver un mari, ou songer à quitter Hallison à jamais.

Hugh secoua la tête. Quel père pouvait condamner ainsi son unique enfant à une mort certaine ? Il n'y avait qu'Hallison pour être aussi cruel.

Il savait à quoi s'en tenir à propos de ce monstre sans cœur. Une question pourtant lui brûlait les lèvres :

— En ce cas, pourquoi nous rendons-nous à Hallison ?

— Parce que, malgré tout, il est toujours mon père. Je veux croire qu'il avait de bonnes raisons pour agir ainsi. Et je souhaite qu'il sache que je me suis trouvé un mari, en effet.

A sa grande surprise, Hugh parvint à ne pas s'étrangler.

— C'est vrai, vous avez un mari, concéda-t-il. Mais ne croyez pas pour autant que votre père s'en réjouisse.

— Je ne vois pas pourquoi. C'est lui qui avait arrangé nos fiançailles, jadis.

La conversation venait brusquement de glisser sur un terrain que Hugh préférait ne pas aborder. A l'évidence, Adrienna continuait de nier que son père ait eu quelque chose à voir avec la disparition de son jeune mari.

— En tout cas, il nous reste beaucoup de chemin à faire demain. Nous devrions penser à dormir.

Elle appuya la tête sur l'épaule de Hugh en bâillant. Pendant quelques instants, elle resta silencieuse, puis :

— Et vous, milord, êtes-vous satisfait de votre choix ?

Avant de répondre, il attendit d'entendre le souffle de la jeune femme s'apaiser, pour être sûr qu'elle dormait.

— Absolument, mon amour, souffla-t-il.

16

Château de Hallison, juin 1171

Enfin, Adrienna tira sur ses rênes pour arrêter son cheval et pouvoir contempler la vallée qui s'étendait à ses pieds. Le château de son père apparaissait au bout d'une route doucement vallonnée. La structure de bois entourée d'une muraille de pierre occupait un site ayant abrité autrefois un fort romain.

Celui-ci n'existait plus depuis longtemps, mais la forteresse érigée à sa place remplissait la même fonction, protégeant la vallée et ses habitants. Le comte de Richmond avait offert ce domaine à son père en récompense d'un acte de bravoure dont elle n'avait plus souvenir. Pour autant qu'elle savait, le château avait parfaitement rempli sa mission, n'ayant subi aucune attaque, du plus loin qu'elle se souvienne. Ce qui expliquait qu'elle eût passé une enfance vierge de toute guerre et de toute bataille. Elle ne connaissait les dangers et la noirceur de la vie qu'à travers les récits de voyageurs de passage ou ceux faits à la veillée par son père et ses hommes relatant leurs exploits sur les champs de bataille.

Jusqu'à ce que Hugh arrive à la cour d'Aliénor.

Heureusement, à présent qu'ils étaient en sécurité à

Hallison, Wynnedom et ses hommes pourraient enfin relâcher un peu leur vigilance ombrageuse.

En se tournant vers Hugh, elle remarqua qu'il tenait son épée nue à la main, de même que ceux qui l'accompagnaient. Elle vint à sa hauteur et lui toucha le bras, intriguée.

— Vous n'avez nul besoin de votre estoc, affirma-t-elle.

Hugh se retourna, et le regard qu'il lui lança alors lui coupa le souffle. Elle y lisait une expression de haine pure qui transformait son visage en un masque maléfique, comme si un démon surgi de ses pires cauchemars venait de prendre possession du corps de son époux.

Quatre nuits plus tôt à peine, croyant faussement qu'elle dormait, il l'avait appelée mon amour.

Comment se pouvait-il que le même homme puisse la regarder d'aussi horrible façon ? Impulsivement, elle exerça une légère traction sur ses rênes pour s'éloigner un peu.

Brusquement, il s'ébroua et, battant des paupières, lui lança comme s'il venait de se réveiller d'un mauvais rêve :

— Pardonnez-moi. Que disiez-vous ?

Adrienna détourna les yeux en direction de la vallée paisible qui s'étendait devant eux.

— Rien, répondit-elle.

Craignant de lui faire face de nouveau, elle prit une longue inspiration avant d'oser arracher son regard de la scène idyllique qui s'offrait à elle et soupira bruyamment en s'apercevant que l'horrible masque venait de disparaître du visage de Hugh, et que n'y flottait plus à présent qu'une expression dubitative.

Il plissa les yeux contre la morsure du soleil, mais on en voyait encore le bleu profond sous les cils noirs.

— Vous me regardez comme si vous aviez peur que je vous morde, s'étonna-t-il. Que disiez-vous ?

Se pouvait-il qu'elle se soit trompée et ait seulement cru voir de la haine dans ses yeux ? s'interrogea-t-elle en regardant ailleurs. Le soleil pouvait lui avoir joué un tour, après tout.

— Rien d'important, vraiment. Je me demandais simplement pourquoi vous sembliez être prêt à livrer bataille.

Hugh tapota son arme avant de répondre :

— Voilà plusieurs années que je n'ai pas mis le pied à Hallison, et je n'ai nul moyen de savoir comment j'y serai accueilli.

— Je suis certaine que mon père vous recevra à bras ouverts.

— Vos certitudes n'entament pas ma méfiance et ma prudence instinctives, répondit-il en fronçant les sourcils. Je préfère m'attendre au pire et m'y préparer.

— Ainsi, vous comptez arriver aux portes du château de mon père l'épée au clair ? s'inquiéta-t-elle.

Hallison accueillerait peut-être Hugh avec joie, mais les gardes en faction sur les remparts risquaient de s'offenser en voyant approcher des hommes en armes.

— Tant que je ne serai pas absolument certain que nous sommes tous en sécurité, oui, je garderai mon épée à la main.

— Très bien, se contenta de répondre Adrienna en donnant du talon pour faire avancer son cheval, avant d'ajouter par-dessus son épaule : si l'on vous attaque depuis les remparts, vous n'aurez à vous en prendre qu'à vous-même.

Hugh la rattrapa aussitôt.

— Adrienna, arrêtez-vous.

Elle était fort impatiente d'arriver enfin chez elle, mais quelque chose dans la voix de son mari la força à obtempérer.

— Cherchez-vous à me faire tuer ? demanda-t-il en s'approchant.

D'où diable lui venait une idée aussi ridicule ?

— Bien sûr que non, pourquoi cette question ?

— Que croyez-vous que vont faire les gardes de Hallison s'ils ont impression que je vous poursuis ?

Elle devait avouer ne pas avoir pensé à cela. En effet, les soldats de son père la protégeraient s'ils pensaient qu'elle se trouvait en danger.

— Si vous et vos hommes rangez vos armes, affirma-t-elle en fixant l'épée de Hugh d'un œil agacé, ils n'auront aucune raison de penser que je suis en péril.

Il la regarda sans rien dire, mais son regard brûlant montrait à l'évidence qu'il ne se laisserait pas convaincre.

Elle se sentait terriblement impatiente de voir son père, non point parce qu'ils s'aimaient beaucoup tous les deux, mais parce qu'elle voulait lui demander de prouver son innocence. Elle savait sans l'ombre d'un doute qu'il n'avait rien à voir avec la capture de Hugh la nuit de leur mariage et espérait qu'une fois son mari convaincu, celui-ci pourrait enfin oublier l'amertume qu'il nourrissait à l'égard de Hallison.

Pour l'heure, elle franchirait les portes à son côté, comme il seyait à une épouse, et se garderait soigneusement d'évoquer le sujet.

En approchant du château, elle pointa du doigt en direction de la petite rivière qui courait derrière lui.

— Si nous sommes ici assez longtemps, j'aimerais vous montrer la cascade.

— J'espère que nous serons ici assez longtemps pour permettre aux chevaux ainsi qu'aux hommes de se reposer avant de reprendre route pour Wynnedom.

— Nous pouvons rester ici aussi longtemps que vous voudrez.

— Voilà que vous parlez pour lord Hallison, à présent ?

Adrienna réprima une violente envie de hurler. Quoi qu'elle dise, il ramenait tout à son père, et sa haine était palpable.

Elle sentait un nœud glacé se former dans son ventre et dut batailler pour dénouer celui qui l'étouffait tant elle appréhendait ce moment. Peut-être était-ce une erreur, finalement, d'être venus ici. Chaque pas qui les rapprochait des portes du château ne faisait que rendre l'humeur de Hugh plus sombre, plus massacrante. Quand ils atteindraient la grande salle, à l'intérieur, il serait prêt à verser le sang de son hôte.

Non, impossible ! Il ne pouvait pas faire une chose aussi stupide. Les gardes le tailleraient en pièces dès qu'il se montrerait menaçant.

Elle l'observait, cherchant des yeux l'homme qu'elle avait fini par aimer si fort, par-delà la rage froide qui marquait son visage.

— Hugh, plaida-t-elle, je ne souhaite pas qu'il vous arrive du mal, ni à vous ni à mon père. Il n'est pas nécessaire que nous nous arrêtions ici si vous n'en avez pas envie.

Wynnedom se força à calmer la colère qui montait en lui. Il ne servait à rien d'effrayer sa femme à l'avance.

— Trop tard, nous y sommes.

Elle arrêta son cheval brusquement pour lui faire face.

— Oui, c'est exact. Mais dites-moi quels sont vos plans. Dois-je m'inquiéter pour votre sécurité ?

Elle laissa passer une seconde avant d'ajouter :

— Dois-je m'inquiéter pour celle de mon père ?

Une partie de lui-même voulait la rassurer, lui promettre que tout se passerait bien. Il était naturel qu'elle souhaite que son père ne coure aucun risque, mais il ne pouvait faire taire la petite voix au fond de lui-même qui lui criait que cette inquiétude faisait peser sur elle un terrible soupçon.

Et si, après tout, elle était coupable ?

Il avait fini par se convaincre du contraire, après avoir ressassé la question pendant des heures et des heures, et conclure finalement que ses protestations d'innocence correspondaient à la vérité. Il l'entendait encore lui jurer de n'être allée voir son père que pour lui demander de l'aider à assurer leur avenir.

Jusqu'aux dernières lieues du voyage, il en était resté persuadé, mais à présent il ne savait plus. Il avait envie de lui demander à brûle-pourpoint de lui avouer son rôle dans sa capture. Mais il savait que si elle niait encore, il lui resterait tout de même un doute.

Faire payer aux coupables ses années de captivité constituait pour lui une mission sacrée. Pour cela, il ne reculerait pas. Mais il ne pouvait pas non plus supporter de voir l'inquiétude et la peur sur le visage d'Adrienna.

Doucement, il tendit la main pour lui prendre le menton.

— Je vous propose un marché.

Elle lui répondit d'un demi-sourire en lui caressant la paume de sa joue soyeuse.

— Que me proposez-vous cette fois-ci, milord ?

— Si votre père jure solennellement de son innocence, je fais le serment de ne pas le provoquer.

— Et s'il échoue à vous convaincre ?

Hugh laissa courir son pouce sur les lèvres de la jeune femme avant de retirer sa main.

— Il fut un temps où sa mort m'était une obsession, mais à présent je ne sais plus, Adrienna.

— Quand vous pensiez que moi aussi je partageais la culpabilité de votre… enlèvement, cette nuit-là, souhaitiez-vous également me voir morte ?

Cette minuscule hésitation attira l'attention de Hugh. Quand Adrienna mentait, ou qu'elle cherchait à cacher la vérité, elle marquait souvent un temps d'arrêt comme celui-ci. Il réfléchit un moment à sa réponse puis :

— Non, répondit-il. J'avais d'autres plans pour vous.

— D'autres plans ? répéta-t-elle en s'écartant un peu. Un châtiment pire que la mort ?

Hugh jura en silence contre lui-même. Il en avait trop dit. D'un mouvement sec du poignet, il châtia la bouche de son cheval pour le faire avancer.

Bientôt, le bruit de sabots de la monture d'Adrienna se fit entendre derrière lui.

— Et maintenant, lui cria-t-elle, quels sont vos plans ?

Heureusement, ils se trouvaient à présent à portée de voix des portes du château, aussi Hugh ralentit-il l'allure pour lui permettre de le rejoindre, bien décidé à ne pas répondre.

— Faites-vous connaître, ordonna-t-il.

Adrienna lui lança un regard qui lui aurait déchiré la chair s'il n'avait porté une solide armure, mais obéit

cependant en hélant les gardes postés dans la tour de guet.

— Lady Adrienna ? s'écria un homme d'un certain âge en se penchant par-dessus le créneau.

— Oui, Osbert, répondit-elle en passant sous la herse. Mon père est-il ici ?

— Non, nous n'étions pas avisés de votre retour, répondit l'autre, le souffle court, en dévalant l'échelle. Il est parti chasser avec quelques hommes, ce matin, et ne sera de retour que demain matin, milady.

Adrienna glissa à bas de son cheval et tendit les rênes à un jeune palefrenier, puis en désignant Hugh de la tête :

— Osbert, voici le comte de Wynnedom, mon mari.

Ce dernier se demanda pendant un instant si le vieil homme le reconnaîtrait. Il y avait peu de chances pour cela, finalement, car il n'avait somme toute passé à Hallison que quelques heures, et bien des années plus tôt.

Osbert ouvrit et referma la bouche comme un poisson hors de l'eau, ce qui rassura Hugh complètement. Sur ce point en tout cas, il venait de se faire du souci pour rien. L'homme regarda alternativement les deux jeunes gens avant de revenir vers lui :

— Bienvenue à Hallison, milord, lança-t-il avant de s'adresser à la jeune femme : vous n'avez pas prévenu votre père de ce mariage, n'est-ce pas ?

— N'est-ce point pour me trouver un mari que j'ai été envoyée à Poitiers ? persifla-t-elle.

— Certes, milady, mais votre père ne vous a pas donné son accord.

Le vieil homme parlait désormais sur un ton accusateur, aussi Hugh vida-t-il sa selle brusquement puis, après

avoir tendu ses rênes à un garçon d'écurie, s'approcha d'Osbert en brandissant ostensiblement son épée devant lui avant de la glisser dans son fourreau.

— Je doute que Harrison objecte longtemps au fait d'avoir pour gendre un comte.

— Ne vous méprenez pas, milord, tempéra Osbert. Je ne voulais pas vous manquer de respect.

— J'en suis convaincu, laissa tomber Hugh d'un ton glacial.

— Cela n'a pas d'importance, intervint Adrienna en levant les sourcils, soucieuse d'expliquer la situation. Hugh et moi étions déjà…

Ce dernier la saisit par le bras pour la faire taire et terminer sa phrase à sa place :

— …de vieilles connaissances.

D'un geste ferme il signifia à la jeune femme de le suivre à travers la cour. En passant devant Osbert, il lança :

— Occupez-vous de mes hommes.

— Oui milord. A vos ordres.

Quand ils reprirent leur marche à travers la cour, Adrienna se dégagea.

— Il n'était pas nécessaire de vous montrer aussi cassant avec Osbert.

— Moi, cassant ? Je lui ai donné un ordre, voilà tout.

— Vous vous êtes délibérément montré menaçant.

— Bien sûr. Il s'est permis de faire une remontrance à mon épouse. Il était indispensable qu'il sache que je ne le tolérerais pas.

Il essaya de la prendre par le bras, mais elle s'écarta vivement.

— Pourquoi ne vouliez-vous pas qu'il sache que nous étions déjà mariés ? s'enquit-elle.

Sans répondre, il marqua le pas pour regarder derrière eux.

— Que font-ils ?

Elle s'arrêta à son tour, et n'eut pas le temps de réagir quand il lui prit la main et enserra ses doigts entre les siens.

— Voilà qui est mieux souffla-t-il, ravi de sa manœuvre.

— Lâchez-moi ! ordonna-t-elle, ulcérée de s'être laissé surprendre.

— Jamais, souffla-t-il en portant la main de la jeune femme à ses lèvres pour l'embrasser doucement.

— Pourquoi, insista-t-elle en soupirant, visiblement excédée, ne vouliez-vous pas qu'il sache la vérité ? Répondez !

Hugh prit son temps, l'attirant contre lui, puis :

— Parce que je veux voir le visage de votre père quand il apprendra que je ne suis pas mort.

— Vous avez dit que vous ne le provoqueriez pas.

— Et je tiendrai ma promesse, mais j'en apprendrai plus en voyant son expression à ce moment-là que je ne pourrais en apprendre de tous les discours qu'il pourra me faire.

Adrienna se tut, mais ses joues empourprées et son front plissé la trahissaient.

— N'essayez pas de le prévenir avant que je m'en charge moi-même, Adrienna, menaça-t-il.

Le rouge se fit plus intense sur les joues de la jeune femme. Finalement, elle hocha la tête doucement.

— Je sais qu'il vous prouvera son innocence, aussi n'aurai-je pas besoin de le faire.

La conviction qu'elle affichait le faisait se sentir coupable, car il lui avait fait cette promesse en sachant avec la plus totale certitude le bien-fondé de ses accusations concernant Hallison. La présence de ce dernier dans les écuries cette funeste nuit n'était en rien le fruit de son imagination, pas plus que les années perdues en captivité.

— Combien y a-t-il d'hommes pour garder ce château ?

Adrienna le regarda, surprise, le front plissé.

— Envisagez-vous de l'attaquer ?

— De quoi parlez-vous ?

S'il avait eu l'intention de se lancer à l'assaut de ce fortin, il l'aurait déjà fait depuis longtemps.

— Non, répondit-il en secouant la tête, je cherche simplement à détourner la conversation sur un sujet moins épineux.

— Six résident ici en permanence, et une quinzaine d'autres partagent à tour de rôle leur temps entre leur service ici et leurs occupations domestiques au village.

— Ainsi, à n'importe quel moment, il n'y a au total que treize hommes en faction ?

— Oui. Il y en avait beaucoup plus autrefois, mais mon père s'est rendu compte qu'il n'avait pas besoin d'entretenir une garnison aussi importante.

Hugh examina le château. Apparemment, il était sans protection et constituait une cible facile. La muraille de terre et de mortier semblait d'une construction plutôt sommaire, ayant été construite vraisemblablement par les habitants du cru plutôt que par des tailleurs de pierre confirmés. Une salve de trébuchets aurait suffi à l'abattre.

Inspectant ensuite la cour de son regard perçant, il

remarqua tout de suite l'agencement désordonné des bâtiments. Tout semblait avoir été construit au petit bonheur. Les écuries d'un côté, trop près de l'unique puits, jouxtaient une cuisine sommaire et une petite forge tassées contre la muraille, l'une derrière l'autre. Au milieu de la cour, le cercle de terre retournée devait être l'endroit où les hommes s'exerçaient au combat.

De l'autre côté, se trouvaient six huttes et, autour de chacune d'elles, un petit potager. Une vieille femme patrouillait autour de ceux-ci pour en chasser les cochons en maraude.

— Qui a tracé les plans de ce château ?

— Personne. Il n'y en a jamais eu, répondit Adrienna.

Il l'aurait deviné sans elle.

— Comment votre père a-t-il pu défendre cet endroit aussi longtemps ?

— A la vérité, je pense que puisque nous n'avons jamais été attaqués et que nous payons l'impôt régulièrement et à la date requise, on nous aura oubliés. Hallison n'est pas situé près d'un port, aucune route ne passe près d'ici et la contrée ne présente pas beaucoup d'intérêt.

Cela expliquait en effet qu'il faille si peu d'hommes pour le défendre.

— Vous n'avez jamais été attaqués ? s'étonna Hugh.

— Non, répondit Adrienna en secouant la tête. Pas que je me souvienne.

— D'où Hallison tire-t-il ses revenus ?

— Des moutons.

Hugh regarda autour de lui.

— Des moutons ? répéta-t-il, perplexe.

— Ils ne sont pas ici, répondit la jeune femme. Pas

dans le château. Le village se trouve de l'autre côté de la rivière. Je vous y mènerai plus tard.

Ils s'arrêtèrent devant les escaliers qui menaient au terre-plein sur lequel se trouvait le château proprement dit. Hugh examina la structure de bois qui s'y dressait sur trois étages.

— Il suffirait d'une flèche enflammée bien placée pour détruire ce bâtiment, remarqua-t-il.

— Milord, contrairement aux apparences, le mur d'enceinte a été placé avec soin. Je ne sais pas jusqu'à quelle distance vous pouvez envoyer une flèche lestée, mais le meilleur de nos archers n'a jamais pu toucher le château depuis les remparts, pas même avec un grand arc.

— Une balle d'étoupe trempée dans la poix et lancée par un trébuchet l'atteindrait sans difficulté.

— Et comment les assaillants feraient-ils pour amener un trébuchet jusqu'ici ?

Hugh se tut un instant. Il revoyait la pente ardue qui menait à Hallison. D'après ses souvenirs, les collines alentour n'étaient pas moins abruptes, et il aurait fallu que l'assiégeant construise sa machine de guerre juste sous les remparts, à portée de flèche. Visiblement, Hallison ne valait vraiment pas qu'on prenne cette peine, ni ce risque.

— Votre père n'est pas aussi fol qu'il en a l'air, Adrienna.

Ce n'était pas une question, mais elle se sentit obligée d'y répondre quand même.

— C'est juste.

— Allons, faites-moi visiter cet endroit, dit Hugh en désignant le bâtiment de la main.

— Je préférerais vous montrer la cascade, répondit-elle en appuyant son front contre l'épaule de Wynnedom.

— Il est encore tôt. Pourquoi ne pourriez-vous pas faire les deux ?

Les ombres qui s'allongeaient autour du ruisseau rapide annonçaient le soir. Il avait fallu plus de temps qu'elle ne prévoyait à Adrienna pour faire visiter le château à son mari.

— Venez, lança-t-elle en le prenant par la main et en se dirigeant vers le sentier qui menait derrière la cascade. Dépêchons-nous pendant qu'il fait encore jour.

Hugh se laissa guider à travers un dédale de rochers plats qui les conduisit tout au bord de la cascade bouillonnante. Aucune des chutes qui parsemaient la rivière n'était d'une taille vraiment remarquable, mais celle-ci se trouvait être la plus grande à proximité de Hallison, et cachait une grotte dont Adrienna savait que, s'ils se dépêchaient, elle pourrait lui montrer la vue splendide qu'on y avait du soleil se couchant derrière un rideau d'eau scintillante.

Quand ils arrivèrent au bord de la cataracte, Hugh marqua un temps hésitation.

— Où allons-nous ?

— N'avez-vous pas confiance en moi ? demanda la jeune femme, qui se sentait rajeunie de dix ans, tout à coup.

— Cela dépend, répondit-il en regardant le mur d'eau qui s'abattait sur les rochers en contrebas. Si vous avez l'intention de me noyer, cela me semble l'endroit idéal.

— Non. Il y a une grotte, derrière, expliqua-t-elle en le

tirant par la main. Il est possible que nous en ressortions trempés mais je vous promets de ne pas vous noyer.

Cette fois-ci, il se laissa guider sans résistance, et quand ils atteignirent la paroi humide, tout au bord de la cascade, elle lui lâcha la main en lui lançant :

— Surtout, gardez la tête droite !

Elle s'adossa au rocher puis, en progressant avec précaution sur une saillie du rocher, se glissa dans une anfractuosité qui s'ouvrait juste derrière le mur d'eau rugissant.

Hugh la suivit, mais, ignorant l'ordre qu'elle venait de lui donner, baissa la tête. La tonne d'eau qu'il reçut sur le crâne manqua de l'assommer. Surpris, il se redressa tant bien que mal et s'ébroua pour chasser de ses yeux les mèches dégoulinantes qui l'aveuglaient.

Quelques instants plus tard, en pénétrant dans la grotte, il fut accueilli par le sourire ironique d'Adrienna.

— Je vous avais dit de garder la tête bien droite !

— Dame oui, mais vous auriez pu me dire pourquoi ! répliqua-t-il en s'ébrouant comme un chien sortant de l'eau après un bain involontaire.

D'un geste, il défit la boucle de sa ceinture et jeta celle-ci ainsi que son épée à ses pieds. Bientôt, sa tunique trempée rejoignit sur le sol le reste de son attirail avec un ploc sinistre.

Adrienna manqua de s'étouffer de rire.

Hugh la fusilla du regard et redressa les épaules en s'avançant sur elle pour l'acculer au fond de la grotte.

— Ah ! Vous trouvez ça amusant !

Incapable de prononcer la moindre parole tant elle riait, Adrienna hocha la tête en essuyant les larmes qui perlaient à ses yeux.

Il la plaqua contre la paroi humide en plongeant le regard au fond de ses yeux.

— Et ça, est-ce toujours drôle ?

L'eau glacée qui imprégnait les vêtements de Hugh traversait le tissu de sa robe, mais, à n'en pas douter, le frisson qui la parcourut ne devait rien au froid.

Elle leva les bras et les lui passa autour du cou, laissant jouer ses doigts dans ses cheveux mouillés qui dégouttaient sur sa nuque. Les yeux rivés au fond des siens, elle murmura :

— Non, milord, pas du tout.

Hugh la serra très fort dans ses bras, puis, tout en caressant du bout des lèvres la chair tendre de son cou, murmura d'une voix qui se faisait rauque, soudain :

— J'ai envie de vous…

Adrienna entendit dans ces paroles l'écho évident du désir qui brûlait en elle.

— Moi aussi.

Elle glissa la main entre leurs corps pressés l'un contre l'autre et tira sur le lacet qui retenait les braies de Hugh en même temps qu'il dénouait ceux de sa robe de ses doigts tremblants.

Hugh cessa de s'activer un instant pour demander :

— Avez-vous une autre robe ?

— Oui, mais…

Le bruit du tissu déchiré la fit taire brusquement.

— Celle-ci était l'une de mes préférées…, souffla-t-elle une fois la surprise passée.

— Je vous en achèterai une nouvelle, annonça-t-il en repoussant des épaules de la jeune femme celle à laquelle il venait de faire un mauvais sort pour la laisser glisser aux pieds de cette dernière.

— Vous m'en achèterez deux, pour vous être montré indélicat.

Sans attendre, il saisit le bord de la chemise d'Adrienna, mais celle-ci lui prit le poignet.

— Laissez-moi faire.

Elle devait garder quelque chose à se mettre pour rentrer à Hallison, aussi ôta-t-elle avec précaution le sous-vêtement qui la couvrait encore pour l'aller poser sur un rocher sec. Hugh pendant ce temps ôta ses bottes et le reste de ses vêtements.

A peine se fut-elle retournée vers lui qu'il l'enveloppa de ses bras et la serra très fort puis, la prenant doucement par le cou, l'embrassa.

Il n'y avait nulle douceur dans ce baiser, mais un désir fou, un besoin désespéré, une urgence qui menaçaient de la suffoquer. Sans cérémonie, il la souleva dans ses bras pour la déposer sur le sol. Le contact avec la pierre froide et humide la surprit, mais elle en oublia vite l'inconfort quand Hugh s'agenouilla entre ses jambes ouvertes.

Baigné des couleurs mordorées du soleil couchant, il la fixait de ses grands yeux bleus, une expression émerveillée et surprise à la fois envahissant ses traits virils, le front barré de quelques rides émouvantes.

Adrienna tendit la main pour le caresser là, et suivre de ses doigts les sillons à peine marqués qui ondulaient sur sa peau au-dessus de ses sourcils épais. Malgré ses airs sombres et son humeur changeante, elle aimait cet homme, elle le savait, et n'avait plus qu'une envie à présent : partager avec lui ce sentiment merveilleux.

Et pour cela, elle ne connaissait qu'une seule manière de faire…

— Hugh, mon amour, murmura-t-elle, le souffle court. Je vous veux. Maintenant.

Sans la quitter des yeux, il se pencha et entra en elle d'un même mouvement fluide et doux.

Adrienna ferma les yeux en gémissant, submergée par une vague de plaisir brûlant. Les jambes agrippées autour de la taille de Hugh, elle s'ouvrit à lui de toute la force de son âme.

La douceur n'avait pas de place dans leurs ébats. Tous les deux s'épuisèrent à donner et à prendre avec la même fougue jusqu'à ce que les étoiles éclatant derrière leurs paupières prennent la couleur du soleil couchant.

Hugh s'effondra sur elle puis, quand il eut retrouvé son souffle, se dressa sur ses coudes et lui prit la tête entre ses mains.

— Si c'est cela l'amour, murmura-t-il après s'être éclairci la voix, j'en veux encore et encore !

Adrienna sourit tendrement puis, frottant câlinement sa joue contre la paume qui la caressait, murmura à son tour :

— Vous pouvez en avoir autant que vous voudrez, milord.

17

Ce fut le chant des oiseaux qui tira Adrienna de sa torpeur. En ouvrant les yeux, elle roula sur le côté et poussa un gémissement encore ensommeillé. D'avoir passé la nuit sur le sol dur de la grotte l'avait moulue.

Un vague sourire flottait sur ses lèvres. En fait, elle n'avait pas vraiment souvenir d'avoir remarqué ni le froid ni la dureté de la roche pendant qu'ils faisaient l'amour. C'était intense et délicieux.

D'après ses souvenirs, elle pensait bien avoir été la première à s'endormir, et se remémorait sa dernière sensation avant de plonger dans le sommeil : les lèvres de Hugh pressées contre les siennes…

Elle tendit le bras à côté d'elle, mais ne trouva que le vide.

— Hugh ?

— Je suis ici, répondit la voix de ce dernier depuis l'extérieur de la grotte.

— Que faites-vous ?

Il entra sous la voûte de pierre, sans commettre une deuxième fois l'erreur de baisser la tête en se glissant derrière le rideau liquide.

— J'ai pris un bain dans la rivière, après quoi je me

suis vêtu, je nous ai trouvé de quoi manger, ainsi qu'une robe pour vous. J'attendais que vous vous réveilliez.

Il portait dans ses bras un paquet serré d'une lanière de cuir qu'il vint poser auprès de la jeune femme sur le sol. Penché sur elle, il l'embrassa avant de demander :

— Comment allez-vous en ce matin radieux ?

— Très bien, milord, répondit-elle en posant deux doigts surpris sur ses lèvres encore vibrantes du baiser de son mari. Et vous ?

— Jamais encore je n'ai vu plus belle matinée. Je suis fort impatient de commencer la journée.

— Et qui vous en empêche ?

Il lui lança un regard plein de sous-entendus avant de suggérer :

— Nous ne pouvons pas partir d'ici si vous n'êtes pas levée.

Elle ne savait pas si elle devait l'attirer auprès d'elle ou se lever pour aller se baigner dans la rivière, mais la chaleur de ses joues et le sourire de Hugh l'aidèrent à prendre sa décision. Peut-être après tout pouvait-elle avoir les deux à la fois.

Elle se leva et se dirigea doucement vers l'entrée de la grotte.

— Où allez-vous ?

Par-dessus son épaule, Adrienna lança :

— Vous vous êtes baigné, il me semble ? Je compte bien faire de même.

— La rivière est glacée.

— La cascade aussi, répondit-elle en marquant le pas à l'entrée de la grotte. Mais au moins j'y serai à l'abri des regards.

Elle avança vers le mur d'eau les mains en avant. Pris par surprise, un autre qu'elle aurait été assommé

par la force de la cataracte, mais elle avait fait la chose si souvent autrefois qu'elle tint, les pieds fermement plaqués sur les rochers.

Hugh la regarda, la bouche sèche, puis, dépliant le ballot, en sortit la tunique encore humide qui venait de lui servir à se sécher après son bain et s'avança sur Adrienna.

— Voyez, il n'était pas nécessaire de sortir jusqu'à la rivière, cria-t-elle sans savoir qu'il se trouvait tout près.

D'un geste, il ôta sa tunique et sa chemise et, tendant la main à travers le mur liquide, vint caresser la pointe rose d'un sein qui émergeait innocemment du flot argenté.

Adrienna sursauta, surprise de ce contact auquel elle ne s'attendait pas.

Doucement, il la prit par le bras et l'attira hors de la cascade pour lui murmurer à l'oreille :

— N'est-ce point là ce que vous vouliez ?

— Bien sûr, répondit-elle en lui mordillant le menton et en se blottissant entre ses bras. Je voulais juste savoir combien de temps il vous faudrait pour…

Le reste de sa phrase se perdit dans le baiser de Hugh. Bientôt, elle sentit ses mains glisser sur elle, et sa chair glacée se réchauffer rapidement sous les caresses ferventes dont il l'étouffait.

Il se souvenait d'avoir éprouvé une soif de vengeance que rien ne semblait pouvoir étancher, un désir de revanche qui le poussait à vouloir anéantir le cœur et l'âme de cette femme. Pour y parvenir, il voulait la rendre folle de lui et l'abandonner impitoyablement à la frustration de son désir, mais à présent qu'il prenait sa bouche avec ravissement, il sentait bien qu'il aurait préféré s'arracher

le cœur plutôt que de se réveiller le matin sans la trouver à son côté.

Il s'écarta brusquement et relâcha son étreinte pour lancer :

— Allons, laissez-moi vous aider à vous habiller.

Adrienna l'attira contre lui de nouveau, mais il lui échappa.

— Hugh, nous avons tout le temps…

— C'est vrai, répondit-il en utilisant sa tunique humide pour commencer à la sécher. Nous avons le reste de nos vies.

Elle se pencha sur lui pour lui donner un baiser sur la joue.

— Vous avez raison.

Quand il eut fini de la sécher, elle déplia le paquet qu'il avait posé sur le sol près d'elle en arrivant, et découvrit une robe.

— Comment avez-vous trouvé cela ? s'étonna-t-elle.

Hugh lui tendit sa chemise sèche et ouvrit le linge dans lequel il serrait leur déjeuner.

Pendant qu'il en sortait un morceau de pain, du fromage et une pomme, il expliqua :

— Mes hommes se sont inquiétés de moi et quand ils m'ont trouvé au bord de la rivière, je les ai envoyés chercher tout cela au château.

— Ainsi, ils savent que nous avons passé la nuit ici ? s'inquiéta-t-elle en enfilant ses vêtements.

— Nous sommes mari et femme, Adrienna, répondit-il en coupant la pomme avec sa dague.

Il la regarda batailler avec les lacets de sa robe pendant un moment puis, posant son arme et le fruit :

— Venez ici, ordonna-t-il.

Quand il eut fini de l'aider à se vêtir, il lui proposa de se sustenter un peu. Consciente que ces instants paisibles ne dureraient plus très longtemps, Adrienna accepta et prit les morceaux de pomme qu'il lui tendait ainsi que le reste de son repas et savoura le tout longuement.

Une fois leur déjeuner terminé, il rassembla leurs effets et, prenant sa tunique humide sur le rocher :

— Etes-vous prête ? demanda-t-il.

— Oui, répondit-elle en soupirant et en acceptant la main qu'il lui tendait.

Elle se sentait un peu plus oppressée à chaque pas qu'ils faisaient en direction du château. La peur qu'elle croyait envolée revenait graduellement comme une boule pesante au creux de son ventre.

— Vous sentez-vous bien ? demanda Hugh, inquiet de son silence.

Adrienna se contenta de hocher la tête, pour éviter de parler d'une voix tremblante, ce qui aurait aussitôt alerté son mari.

Quand ils arrivèrent devant les portes du château, il se tourna vers elle :

— Peut-être pourrez-vous me montrer le village plus tard ?

Une nouvelle fois, elle hocha la tête sans répondre.

— Y a-t-il une grotte près du hameau ? s'enquit-il en repoussant une mèche du visage de la jeune femme.

— Non, répondit-elle en souriant. Mais il faut traverser la rivière pour y accéder.

— Voilà qui est parfait, mon amour, répondit-il en l'embrassant sur le front.

— Hugh…

— Lady Adrienna ! cria l'un des gardes depuis la muraille, l'interrompant tout net. Votre père vous attend.

— Hugh, je vous en prie, supplia-t-elle en agrippant le devant de la tunique de ce dernier.

— Vous avez ma parole, Adrienna, promit-il en desserrant doucement les doigts de la jeune femme crispés sur le tissu de son pourpoint. Je suis un homme d'honneur. Je vous ai fait un serment et ne le trahirai pas.

Elle avait l'impression qu'un monstre horrible lui déchirait le ventre de ses griffes. La tête lui tournait, lui causant une nausée abominable. Son repas menaçait de remonter dans sa gorge à chaque instant, et elle luttait désespérément pour l'en empêcher.

Tout au fond d'elle, une petite voix répétait obstinément :

Et si ton père s'avérait coupable ?

Elle regarda Hugh s'avancer vers le château, incapable de commander à ses jambes de le suivre. Que pouvait-elle lui dire pour le convaincre de ne pas provoquer lord Hallison ? Que ferait-elle si son mari ne pouvait maîtriser sa colère ?

Et si son père ou ses gardes le tuaient ?

En fermant les yeux, elle murmura une courte prière, le cœur au bord des lèvres.

— Mon Dieu, je vous en prie. Préservez-les du malheur tous les deux.

Elle inspira longuement, profondément avant de parvenir à faire un pas, puis un autre, pour suivre Hugh. Péniblement, elle s'avança vers ce qu'elle savait être les heures les plus décisives de sa vie.

*
* *

Hugh se força à traverser la cour à pas mesurés et non point en courant, en s'attachant à respirer le plus régulièrement possible. Il ne voulait pas que sa colère vienne perturber sa première rencontre en face à face avec Hallison depuis tant d'années.

Adrienna le rattrapa au moment où il atteignait la porte menant à la grande salle, mais, décidé à ne pas laisser quoi que ce soit détourner son attention, il garda le silence.

Quand il ouvrit la porte, elle posa la main sur son bras :

— Il faut que je sache, Hugh. Quoi qu'il advienne, il faut que je connaisse la vérité sur ce qui s'est passé cette nuit-là.

Malgré l'étonnement que lui causait ce brusque changement de disposition de la part de sa femme, Hugh se contenta de hocher la tête.

En les voyant entrer tous les deux, le serviteur en faction désigna de la tête la porte des appartements privés du maître des lieux, qui se trouvaient situés de l'autre côté de la pièce.

— Sa seigneurie vous attend.

Hugh s'avança vers le lourd panneau de bois grossièrement sculpté sans s'arrêter, suivi par Adrienna. Elle tremblait de peur, il le savait, il pouvait presque sentir le parfum âcre de sa terreur.

Pour autant, elle tenait sa langue et retenait ses larmes. Rien que pour ça, il lui était reconnaissant.

Ils s'arrêtèrent tous les deux devant la porte close et y frappèrent de concert avant d'entrer. Quand le battant s'ouvrit, Adrienna passa devant, hors d'atteinte.

— Père ! Quel plaisir de vous revoir.

Hugh aurait voulu l'étrangler, mais le sourire qui

éclairait soudain le visage de Hallison le calma. Si c'était bien là sa manière habituelle de saluer son père, mieux valait la laisser faire. Cela convaincrait ce dernier que tout allait bien.

Le maître des lieux se leva de son fauteuil placé près d'un couvet fumant auquel il se réchauffait et prit sa fille par l'épaule d'un bras nonchalant.

— D'après ce que j'entends tu t'es trouvé un mari, déclara-t-il en la relâchant aussitôt pour se tourner vers la porte.

Hugh remarqua avec surprise combien cet homme avait vieilli. Hallison n'en imposait plus comme autrefois. Il semblait même moins grand. Ses cheveux, du moins ce qu'il en restait, avaient pris une teinte grise et terne, et un ventre rebondi saillait sous son torse autrefois si ferme.

En s'approchant de Hugh, il détourna les yeux vers Adrienna. Debout près de son père, celle-ci leva les sourcils d'un air inquiet.

— Approchez, approchez, mon garçon. Nous avons des choses à nous dire, lança Hallison en faisant signe à son gendre de prendre place de l'autre côté du couvet qui prodiguait un peu de chaleur au milieu de la pièce. Nous aurions dû parler plus tôt, vous et moi, mais je sais combien la jeunesse peut se montrer impatiente.

Hugh vint se placer devant Hallison et baissa les yeux vers lui.

— Nous nous sommes déjà rencontrés, laissa-t-il tomber.

— Ah ? s'étonna le père de la jeune femme en plissant les yeux. Peut-être en effet votre visage m'est-il vaguement familier. Votre père ou votre seigneur sont-ils de ma connaissance ?

— Mon suzerain est le roi Henry, répondit Hugh en jetant un coup d'œil du côté d'Adrienna.

Elle se tenait parfaitement immobile, mais gardait les yeux fermés.

— Mon père était sir Gunther de Ryebourne, ajouta Hugh d'une voix sépulcrale.

— Impossible ! souffla Hallison en retombant sur son fauteuil comme un homme frappé de plein fouet. Rye... Ryebourne est mort.

Les yeux écarquillés d'effroi par l'expression qu'elle lisait sur les traits de son père, Adrienna poussa un cri horrifié.

— Oh, père, non ! Vous n'avez pas pu...

Hugh eut le cœur serré en voyant l'horreur et l'incrédulité qui déformaient le visage sa femme. Il aurait voulu la prendre dans ses bras et l'emmener loin d'ici, à mille lieues de la vérité qui s'apprêtait à la faire souffrir si cruellement.

Elle se jeta à genoux devant Hallison atterré.

— Dites-moi que vous n'avez pas engagé des tueurs pour assassiner mon mari cette nuit-là !

— Qu'as-tu fait ma fille ? éructa le maître des lieux en la repoussant.

— Moi ? s'écria-t-elle en se levant. Qu'est-ce que j'ai fait, moi ?

Sa voix n'était plus qu'un cri.

— Calmez-vous, lui souffla Hugh en l'attirant auprès de lui.

— Oui, toi ! s'exclama lord Hallison en la fusillant du regard. Comment as-tu pu le ramener ici ? Est-ce ma ruine que tu cherches ?

Hugh guida la jeune femme vers le siège qui lui était destiné et la força à s'asseoir.

— Restez ici, ordonna-t-il. Ne bougez plus.

Il se tourna ensuite vers Hallison.

— Pourquoi ma présence ici signifierait-elle votre ruine, Hallison ? Hormis que vous m'avez volé douze ans de ma vie, quel autre forfait avez-vous commis ?

— Moi, je vous ai volé douze ans ? répliqua le père d'Adrienna en se laissant aller dans un fauteuil. Il semble pourtant que vous êtes ici, et bien vivant, qui plus est ! Qu'est-ce qui me dit que vous êtes vraiment celui que vous prétendez être ?

Hugh ne voulait pas qu'Adrienna puisse voir son visage pendant qu'il s'expliquait avec son père, aussi vint-il se placer derrière elle. Quand il posa les mains sur ses épaules, elle lui saisit le poignet droit en un geste à la fois tendre et protecteur. Ce geste le calma un peu. Il en avait besoin, car les digues patiemment érigées dans son cœur venaient de sauter devant la poussée inexorable de ses souvenirs.

— Laissez-moi vous remettre en mémoire les événements de cette nuit-là, lança-t-il.

— Dans quel but ? railla Hallison. J'ai bonne mémoire. Et il n'est pas nécessaire que ma fille entende ce récit.

— Si, père, justement ! protesta Adrienna. J'ai besoin de savoir quelles bassesses vous avez pu commettre pour vous approprier les biens de Hugh de Ryebourne.

Hallison agita le bras en l'air en un geste dramatique avant de prendre un gobelet posé à même le sol à côté de son fauteuil.

— Voilà comment tu me remercies pour avoir essayé de te protéger.

— Je ne vous ai pas demandé votre protection. Je vous ai seulement demandé de nous aider jusqu'à ce que nous puissions trouver notre indépendance.

Hugh serra les épaules d'Adrienna, pour lui intimer de se taire.

— J'étais très jeune, milord. Un jouvenceau qui luttait pour se faire une place dans un monde d'hommes. Quand je suis entré dans notre chambre nuptiale, j'ai trouvé ma femme assise sur notre lit, ses atours de mariée répandus autour d'elle, et serrant une poupée sur sa poitrine en même temps qu'elle me criait de disparaître de sa vue.

Adrienna baissa la tête, les yeux perdus dans le vide. Hugh laissa sa main glisser sur son épaule pour venir lui caresser le cou du bout du pouce. Rien de tout cela n'avait été sa faute. Il l'ignorait jusqu'à présent, mais maintenant il le savait.

— Et vous vous êtes enfui à cause d'une poupée et des pleurs d'une femme ? se moqua Hallison en haussant les sourcils. Quel bougre d'homme vous faites, Ryebourne !

— Oui je me suis enfui, répondit Hugh, refusant de laisser les railleries de son beau-père prendre le meilleur sur lui. Je me suis enfui parce que je ne voulais pas effrayer davantage l'enfant que je venais d'épouser. Je n'ai trouvé à me réfugier que dans les écuries pour y passer la nuit, mais à l'évidence, les hommes que vous aviez embauchés pour me faire un mauvais parti me suivaient, puisqu'ils se sont saisis de moi alors que je venais à peine de m'installer sur la paille.

Les souvenirs remontaient en lui, plus vivaces que jamais.

— C'est alors que vous êtes arrivé et avez étouffé mes appels à l'aide.

— Eh, que croyiez-vous ? répondit Hallison en haussant les épaules. Comment aurais-je pu laisser ma fille partir avec un godelureau qui n'avait pas un liard ?

— Vous avez pensé alors qu'il valait mieux que je meure, n'est-ce pas ?

— C'est exact.

— Ah comme j'aurais aimé qu'ils me tuent ! Cela aurait été plus facile pour moi.

— Ne dites pas cela, Hugh, plaida Adrienna en lui caressant doucement le bras.

Il ignora ce geste. Il n'avait pas le choix. A présent que les choses étaient dites, il ne pouvait pas plus en arrêter le cours qu'il n'aurait pu faire cesser les battements de son cœur.

— Combien leur avez-vous donné pour prix de ma mort ?

— Pas grand-chose. Quelques pièces d'or, répondit Hallison avant de poursuivre, pour se défendre : quelle importance, puisque de toute façon vous êtes en pleine santé ?

Hugh secoua la tête d'un air sombre.

— Ils ont gagné quelques pièces d'or supplémentaires en me vendant en esclavage.

— Non ! s'étrangla Adrienna.

— En esclavage ? Quelles sont ces fadaises ? De quoi parlez-vous ?

— Des fadaises ? demandez à votre fille ce qu'elle pense des marques de fouet qui couvrent mon dos et le reste de mon corps. Dans la main d'un expert, un fouet peut être une arme redoutable, mais pas forcément mortelle.

Hallison fronça le sourcil, perplexe.

— Et où diable vous a-t-on retenu prisonnier de la sorte ?

— Loin d'ici, très loin. Dans un autre monde. C'est un endroit dont les richesses et la magnificence sont

au-delà de ce que vous pouvez imaginer. Et où les actes les plus abominables se pratiquent quotidiennement sans que quiconque y trouve à redire.

Les souvenirs se ruaient dans sa mémoire comme un flot irrésistible à présent. Il revivait sa terreur d'adolescent jeté dans un monde inhumain, la douleur du fouet, l'atroce morsure de la faim, le lent étouffement de la soif.

— On n'a pas dû vous traiter bien durement, puisque vous êtes ici et qu'apparemment vous êtes devenu un homme.

— Un homme ? Est-ce cela que je suis devenu ? Vous vous trompez, milord, et gravement. Un homme a une âme, une conscience. Moi, je n'ai plus ni l'une ni l'autre.

Hallison prit une nouvelle gorgée de vin avant de demander :

— Vous exagérez, Ryebourne.

— Vraiment ? En ce cas, dites-moi combien d'hommes vous avez tué au cours de votre vie.

— Quelques douzaines, peut-être, répondit le vieil homme en haussant les épaules.

— Moi, j'en ai tué des centaines, c'est ce qu'on m'a appris à faire.

Hugh sentit Adrienna trembler. Il savait qu'elle se souvenait de cette fameuse nuit dans les jardins de la reine, à Poitiers, mais elle avait insisté pour assister à cette conversation, aussi allait-elle devoir attendre qu'elle se termine pour pouvoir être rassurée.

— On ne devient pas un tueur contre son gré, Ryebourne.

— Ah non ? Si l'on vous torture suffisamment longtemps, si l'on vous affame, si l'on vous fait subir les pires sévices, il n'est rien qu'on ne puisse vous forcer à

faire, Hallison. On tuerait père et mère pour que cesse la douleur.

Il se remémorait toutes les nuits passées à prier le ciel de lui octroyer enfin la défaite dans son prochain combat. Il aurait donné n'importe quoi pour mourir des mains de son adversaire, pour ne plus avoir à tuer et tuer encore. Et pourtant, chaque fois qu'il pénétrait dans l'arène, son désir de vivre lui faisait oublier toute humanité.

— Ainsi, vous avez tué des hommes, railla Hallison en haussant les épaules. La belle affaire ! Cela arrive tous les jours sur les champs de bataille.

Hugh ne pouvait plus supporter cette désinvolture. Il dégagea ses mains des épaules d'Adrienna, puis, passant devant elle, saisit Hallison par le devant de sa tunique d'une main ferme et le souleva de son fauteuil comme un fétu de paille.

Hallison le regardait toujours, bouche bée, l'air de ne pas comprendre ce qui lui arrivait.

— Je ne parle pas de soldats mourant sur un champ de bataille, souffla-t-il en enserrant la gorge de Hallison de sa main libre. Je parle de tuer de pauvres bougres dans une arène, sans autre motif pour ce faire que le divertissement de la foule.

Il sentait la pomme d'Adam de Hallison s'agiter désespérément sous ses doigts. Il aurait été facile de l'étouffer et de le jeter sur le sol comme on se débarrasse d'un fruit pourri.

— Hugh ! cria Adrienna.

Surpris par ce cri, il desserra son étreinte, laissant retomber le vieil homme sur son fauteuil. Hallison se tâta le cou en râlant et le regarda avec des yeux exorbités, abasourdi.

— Oh mon Dieu, Hugh, je... pardonnez-moi !

Pardonnez-nous ! s'écria Adrienna d'une voix brisée en s'enfuyant hors de la pièce si vite que Hugh n'eut pas le temps de la retenir.

Hugh eut l'impression que sa colère venait de l'abandonner d'un coup et se laissa tomber dans le fauteuil que venait de quitter la jeune femme.

Hallison lui lança un regard suspicieux.

— Allez-vous me tuer, Ryebourne ?

— J'en avais bien l'intention, oui, répondit Hugh en affrontant le regard du vieil homme. Vous reste-t-il du vin ?

Le père d'Adrienna se dressa sur ses jambes tremblantes pour aller chercher sur une desserte un gobelet et un pichet plein.

— Et à présent ? s'enquit-il après avoir servi Hugh et s'être rassis lourdement.

— Je devrais vous tuer, répondit ce dernier en buvant une longue gorgée de vin qui glissa voluptueusement dans sa gorge. Votre mort m'apporterait sans doute un peu de paix, j'en suis sûr.

— Je comprends cela, concéda Hallison en hochant la tête. Vous ne me devez aucune faveur, mais je vais toutefois vous en demander une.

— Laquelle ?

— Servez-vous d'une épée.

Hugh se laissa aller contre le dossier de son fauteuil, les yeux fixés sur le père d'Adrienna. Les mains du vieil homme tremblaient doucement et un peu de sueur perlait à son front. Une marque violacée barrait son cou, hideuse.

Hugh avait la nausée. Se pouvait-il qu'il soit vraiment

devenu le monstre qu'il croyait être depuis si longtemps ? Tuer ce vieillard n'aurait pas été bien difficile, mais il y avait fort à parier que cela n'aurait pas étanché sa soif de vengeance.

Que fallait-il donc enfin qu'il fasse pour s'en délivrer ?

Le front plissé, il se mit à songer aux enseignements de Sidatha.

Il avait une femme dont les caresses apaisaient son corps et son âme. Les nuits qu'il passait dans ses bras apaisaient sa douleur…

Oui, il tenait sa vengeance : la propre fille de Hallison l'aimait, contre toute attente, contre toute raison. Il avait voulu la rendre folle de désir, mais par quelque miracle imprévu elle s'était prise à l'aimer d'amour.

Une question néanmoins restait sans réponse :

— Pourquoi ne l'avez-vous jamais mariée à un autre ?

— Parce que la nécessité ne s'en faisait pas sentir, répondit Hallison.

— Mes terres vous ont-elles rapporté tant d'argent que cela ? s'enquit Hugh.

Ce n'était qu'une hypothèse, mais l'hésitation de Hallison indiquait clairement que ses terres avaient été vendues, sans l'ombre d'un doute. Ses terres, par saint George ! La seule chose que son père n'ait pas perdue dans la guerre.

— Oui, laissa tomber Hallison.

Hugh poussa un soupir en voyant les joues du vieil homme s'empourprer subitement.

— Cela n'a plus d'importance, affirma-t-il. J'avais l'intention de les vendre moi-même, mais j'ignorais comment faire, à l'époque.

Hallison sembla un peu rasséréné par cet aveu.

— Quand j'ai demandé au roi Henry la permission de marier Adrienna, reprit-il, il m'a dit qu'il ne me la donnerait pas tant qu'on n'aurait pas retrouvé votre corps.

Hugh fronça le sourcil.

— Et pourtant, elle était à Poitiers, chez la reine. Ma dépouille serait-elle soudainement réapparue ?

— D'une certaine façon, oui, répondit Hallison en grattant nerveusement le bras de son fauteuil.

— Comment cela ?

— Alors que nous étions à la chasse, mes hommes et moi avons trouvé un cadavre décomposé dans les bois. J'ai fait prévenir le roi en disant qu'il s'agissait de vous.

— Sans chercher à savoir si c'était vrai ?

— L'occasion était trop belle, avoua Hallison en haussant les épaules.

— Et vous avez jugé bon de mentir à votre fille en lui envoyant une lettre dans laquelle vous l'informiez de ma mort ?

— Comment auriez-vous réagi à ma place ? La chose était faite, de toute façon. Ma fille avait besoin d'un mari, et le roi d'un cadavre.

— Et vous de plus d'argent ! s'exclama Hugh en se levant.

Il en avait assez entendu. Mieux valait quitter cette salle avant que la colère n'étreigne son cœur de nouveau.

Il jeta un regard noir à Hallison, en savourant la peur que manifestement il lui inspirait.

— Il faut que je retrouve ma femme.

Le soupir que poussa le vieillard résonna dans toute la pièce.

— Faites, se contenta-t-il de répondre en désignant la porte de la main.

18

Le vent qui giflait le visage d'Adrienna séchait ses larmes à mesure qu'elles coulaient, mais de pleurer ainsi ne parvenait pas à apaiser son cœur, pas plus que le fracas de tonnerre du galop de son cheval ne calmait la nausée qui lui tordait le ventre. Au contraire, elle se sentait de plus en plus mal.

Jugeant qu'elle s'était suffisamment éloignée du château, elle arrêta sa monture et glissa à bas de sa selle, puis, après avoir soigneusement attaché les rênes au pommeau, donna un coup sur la croupe de l'animal. Comme elle s'y attendait, celui-ci s'élança aussitôt vers Hallison et le foin qui l'attendait dans sa mangeoire.

Elle avait besoin d'être seule un moment et savourerait de rentrer au château à pied, plus tard. Pour l'heure, elle décida de s'asseoir au pied d'un arbre. Adossée au tronc rugueux d'un chêne, elle arracha un brin d'herbe qu'elle commença à triturer entre ses doigts pour s'aider à réfléchir aux événements de la journée, et à tout ce qu'elle venait d'apprendre.

Comment son père pouvait-il avoir fait une chose pareille ? Bien sûr, il n'était pas l'homme le plus parfait qu'elle connaissait, mais elle n'avait pas souvenir qu'il ait jamais auparavant laissé entrevoir la noirceur de

son âme. Cette révélation aussi soudaine que terrifiante lui soulevait le cœur. Comment pouvait-il avoir payé des hommes pour assassiner son mari ? Pire encore, comment pouvait-il ne pas s'être assuré que ses ordres avaient été exécutés ?

S'il s'était seulement enquis, le lendemain, ou même le jour d'après, du sort de Hugh auprès de ses sbires, il aurait pu au moins épargner à celui-ci l'abomination de sa captivité en terre païenne.

Personne d'autre n'était responsable. Lui seul avait eu depuis le début le sort du jeune homme entre ses mains, puisque le père de Hugh n'était plus depuis longtemps, et que ce dernier n'avait ni frère ni sœur, personne qui puisse partir à sa recherche ou offrir une rançon pour prix de sa liberté.

Oui, vraiment, son père avait commis un acte inimaginable.

Impardonnable.

Elle tremblait rien que de penser aux atrocités que Hugh avait dû subir. Pas étonnant qu'il méprise son père. Comment faire autrement ? Elle ne pouvait le blâmer d'avoir voulu se venger de lui et pouvait même comprendre qu'il le veuille encore. Elle pria néanmoins le ciel pour qu'il n'ait pas totalement fermé son cœur à la pitié.

Une autre question la taraudait : comment pouvait-il l'aimer, elle, la fille de son bourreau ?

Et d'ailleurs, l'aimait-il seulement ?

Elle se remémora leur dernière nuit dans la grotte, et ce souvenir délicieux l'en persuada. Elle ne pouvait pas croire que ses caresses et ses baisers n'aient été que des mensonges.

Toutefois, quand elle comparait leur étreinte de la nuit d'avant avec celles des semaines précédentes, elle

se rendait compte qu'il avait menti, au début. Leur rencontre à Poitiers ne devait rien au hasard. Dans sa quête de vengeance, il avait délibérément cherché à la séduire.

Cela faisait mal.

Bien sûr, il devait avoir eu envie de se venger d'elle aussi. Elle se souvenait de leur conversation dans le jardin de la reine, la première nuit. Et de s'être plainte de ce qu'il l'ait abandonnée lors de leur nuit de noces. Elle s'entendait encore l'accuser d'avoir déserté sa couche et de l'avoir plantée là tel un rufian sans vergogne.

Comme s'il s'était enfui de son plein gré !

L'humiliation faisait rougir ses joues, et le remords lui déchirait le cœur. Elle se prit la tête entre les mains pour les faire taire. Seigneur ! Dire qu'elle l'avait traité de menteur en lui jurant qu'elle le haïssait !

L'air lui manquait à la seule évocation de cette scène abominable, quand bien même elle pouvait prétendre n'avoir fait que défendre son père.

Comment Hugh pouvait-il l'aimer ? Comment pouvait-il lui pardonner ?

Malgré ces questions, elle se sentait étrangement calme et sereine, comme si la certitude de son amour calmait sa honte et ses remords.

Il l'aimait.

Comment ? Pourquoi ? Quelle importance ?

L'amour, la passion, le désir qu'il éprouvait pour elle étaient comme un sceau imprimé sur son cœur, et quoiqu'il lui en coûte, elle ferait ce qu'il faudrait pour s'en montrer digne.

Elle se leva. Il était temps de rentrer au château, temps de retrouver son mari et de l'aider sinon à oublier son passé, du moins à apaiser la douleur du souvenir.

Un bruit de sabots la fit sursauter soudain. Surprise, elle se retourna pour regarder de l'autre côté de la clairière, mais ne vit rien. Un sourire sur les lèvres, elle songea qu'il devait s'agir de Hugh. Ce serait bien de lui d'être venu la chercher au milieu des bois, ou d'avoir envoyé une escouade à sa recherche. Rassurée, elle s'adossa au tronc du chêne en attendant qu'on la trouve.

Quand elle vit enfin les cavaliers approcher, elle resta bouche bée, le souffle coupé. Celui de gauche, tout vêtu de sombre, lui était inconnu, mais le second était une vieille connaissance…

Richard !

Affolée, cherchant désespérément un moyen de leur échapper, elle regarda autour d'elle. En vain.

Il était trop tard pour s'enfuir, et elle pouvait hurler tant qu'elle voulait, ses cris ne parviendraient pas jusqu'au château.

Elle sentit une main glacée serrer son cœur dans sa poitrine. Pourquoi Richard les avait-il suivis jusqu'ici ?

Les deux cavaliers lui barraient le chemin, tournant autour d'elle comme des chasseurs forçant un cerf.

— Tiens, tiens, qui voilà ? lança Richard avec un sourire mauvais.

Adrienna se plaqua contre le tronc de l'arbre en se mordant les lèvres pour éviter de répondre par une insulte qui n'aurait fait qu'attiser la colère de Langsford.

— Où est Hugh ? demanda l'autre.

— Oui, ma chère, où donc se trouve votre mari ? insista Richard en la foudroyant des yeux.

Adrienna garda le silence. Hugh était en sécurité à Hallison. Si elle les envoyait là-bas, il disposerait d'eux facilement.

— Il est au château.

— Parfait, commenta l'inconnu avant de faire à Richard un signe de tête en direction de la jeune femme.

— Saisissez-vous d'elle. Elle nous servira d'appât.

Richard s'approcha, mais Adrienna tourna autour de l'arbre pour lui échapper.

— Hugh vous tuera si vous touchez à un cheveu de ma tête.

— Aidez-moi, Stefan, lança Richard. Cela me rendra les choses plus faciles.

Il devait s'agir de Stefan d'Arnyll, forcément, songea Adrienna, la bouche soudain atrocement sèche.

Hugh et William avaient décidé de quitter Poitiers précipitamment pour éviter de se retrouver face à face avec cet homme.

— N'est-il donc rien que vous puissiez faire par vous-même ? demanda ce dernier d'un air excédé en mettant pied à terre.

Rassemblant tout son courage, Adrienna s'élança en direction du château, mais ne parvint à faire que quelques pas avant que Stefan ne la saisisse par les cheveux.

Il enroula ceux-ci autour de son poignet et l'attira violemment en arrière contre lui. Affolée par la douleur et la terreur mêlées, elle hurla.

— Il vaudrait mieux pour vous ne pas recommencer, menaça Stefan en l'entraînant vers son cheval. Ce serait plus sage.

Elle hurla de nouveau, mais, pour prix de cette rébellion, reçut un coup en plein visage.

— Je vous avais prévenue, souffla Arnyll.

Richard se pencha vers eux, un bras nonchalamment posé sur son genou.

— Ma très chère Adrienna, il serait dans votre intérêt de faire simplement ce que l'on vous ordonne. Ce n'est

pas vous que nous voulons, mais votre mari. Nous vous relâcherons dès qu'il se sera rendu.

— Pourquoi le voulez-vous ? Il ne vous a rien fait.

Stefan la secoua, excédé.

— Stupide femelle ! Ce n'est pas nous qui le voulons, c'est son maître !

Adrienna sentit la nausée la reprendre.

— Oh mon Dieu, non ! supplia-t-elle. Je vous en prie, Richard, pour l'amour du ciel, ne faites pas ça !

— Je suis désolé, ma chérie, répondit ce dernier en secouant la tête. Mais Hugh peut me rapporter beaucoup trop d'or pour que je puisse changer d'avis à présent.

Hugh se frappa la jambe du plat de son épée. Où diable Adrienna était-elle passée ? Il la cherchait depuis des heures, et à présent le soleil commençait à plonger vers l'horizon. Bientôt, l'obscurité envahirait la campagne et il n'aurait d'autre choix que de faire cesser les recherches.

Il se maudit de ne pas avoir suivi la jeune femme quand elle s'était enfuie des appartements de Hallison. Il savait pourtant à quel point elle devait être bouleversée. Dans l'état où elle se trouvait, tout pouvait advenir, même le pire. Elle pouvait être tombée dans la rivière, s'être cogné la tête contre une pierre et avoir été emportée par le courant. Elle pouvait avoir glissé à bas de pentes abruptes qui entouraient le château. A cet instant même, elle gisait peut-être, blessée, toute seule au fond d'un ravin.

Il pétrissait nerveusement les rênes qu'il tenait à la main.

— Cessez de vous ronger les sangs, vous allez vous rendre fou ! tonna Hallison.

— Si je l'avais suivie au lieu de rester avec vous, ce ne serait pas arrivé, répliqua-t-il en se tournant vers celui-ci et en lui jetant un regard noir.

— Il ne sert à rien de vous blâmer. C'est une fille intelligente. Elle s'en tirera. Ce n'est pas la première fois qu'elle s'enfuit ainsi pour aller ruminer sa colère seule dans les bois.

Hugh se reprocha soudain de n'avoir pas renvoyé cet homme auprès de son créateur.

— Elle n'est pas en colère, rétorqua-t-il, mais bouleversée.

— Et alors, qu'est-ce que ça change ? Les femmes le sont toujours, quoi qu'on fasse.

Hugh se rendit compte qu'il ne lui suffirait pas de respirer profondément pour se calmer et ne pas assommer Hallison, aussi se tourna-t-il vers ses hommes pour leur lancer :

— Emmenez sa seigneurie au château, vite, et assurez-vous qu'elle y reste !

Une fois le reste de la troupe partie, il se dirigea de nouveau vers la rivière, décidé à passer la nuit dans la grotte. Peut-être Adrienna s'y réfugierait-elle ? Dans le cas contraire, il reprendrait les recherches dès l'aube.

Chaque fibre de son être lui criait qu'elle était vivante mais en danger. Elle avait besoin de lui, mais il ne savait où la chercher, malheureusement.

D'un seul coup, le ciel sembla se déchirer et une pluie glacée s'abattit sur lui, comme si les nuages répandaient les larmes qu'il ne pouvait verser lui-même.

Il attacha son cheval sous le couvert épais des arbres avant de se réfugier dans la grotte. Une fois à l'intérieur, il s'adossa à la paroi et se mit à attendre. Il se raccro-

chait à l'idée qu'elle viendrait sans doute, pour éviter de perdre la raison.

— Milord !

En s'entendant appeler ainsi, Hugh se leva et sortit de son abri dans l'espoir fou qu'on venait lui annoncer le retour d'Adrienna.

— Milord, on a besoin de vous au château.

C'était Alain, le visage sombre. Hugh sentit son cœur se serrer. Il craignait d'entendre la réponse, mais ne put s'empêcher de poser la question :

— S'agit-il d'Adrienna ?

— Oui milord.

Au lieu d'attendre les explications de son serviteur, il sauta en selle et s'élança au triple galop en direction du château. Tout le long du trajet, il imagina le pire, et chaque image qui passait dans son esprit était plus horrible que la précédente.

Quand il entra enfin dans les appartements de Hallison, l'appréhension l'étouffa presque. Le visage défait, les yeux rouges et les mains tremblantes de son beau-père ne pouvaient que l'effrayer.

— Un messager nous a apporté ceci, annonça Hallison en lui tendant une feuille de parchemin roulée.

A en juger par l'état du vieil homme, les nouvelles qu'apportait le document ne pouvaient qu'être tragiques. Sans un mot, Hugh déroula la missive.

Les mots écrits sur la page lui coupèrent le souffle, à tel point qu'il se laissa tomber lourdement sur un banc placé juste derrière lui.

— Quand est-ce arrivé ?

— Pendant que nous menions les recherches, répondit Hallison en lui tendant un gobelet de vin.

Hugh déclina d'un geste, conscient que boire ne ferait que raviver sa nausée.

— Est-ce que quelqu'un a vu le messager ?

— On m'a dit qu'il s'agissait d'un jouvenceau. Il a donné le pli aux gardes et est reparti aussitôt.

Hugh fixait le parchemin qu'il tenait dans sa main, les yeux brouillés par des larmes de rage et d'impuissance. De toute façon, il n'avait pas besoin de relire l'affreux message. Il le connaissait par cœur.

« Avec l'arrivée de ta femme, mon harem va s'enrichir d'un nouveau joyau. »

C'était signé d'un simple *A*.

Il ne savait pas comment, mais Aryseeth retenait Adrienna.

— Hugh ? l'interpella Hallison en se penchant vers lui. Qui est ce pendard qui signe d'une seule lettre ?

Hugh se leva et se dirigea vers la porte. Par-dessus son épaule, il répondit d'une voix sombre.

— C'est l'homme qui commandait aux esclaves…

En sortant de la pièce, il entendit le vieil homme pousser un sanglot étranglé en même temps que résonnait le fracas d'un gobelet d'étain tombant sur le sol.

Avant qu'il n'atteigne la porte d'entrée, Hallison le rattrapa :

— Qu'allez-vous faire ? Comment envisagez-vous de la délivrer ? Car vous comptez le faire, n'est-ce pas ?

Hugh répondit sans se retourner, la main sur la porte.

— Oui. Je la libérerai, c'est promis. Elle vous sera rendue bientôt.

— Avez-vous besoin de mes hommes ? Est-il quelque chose que je puisse faire ?

— Non, je n'ai besoin de personne, répondit Wynnedom en se retournant cette fois. Mais vous pouvez m'aider, en effet.

A sa grande surprise, le vieillard mit un genou à terre devant lui.

— Dites, je ferai n'importe quoi.

Si durement que cet homme les ait traités, lui et sa fille unique, Hugh n'arrivait pas à trouver assez de haine dans son cœur pour souhaiter sa mort. A l'évidence, il aimait profondément Adrienna, à sa façon. Ce n'était pas le moment de chercher à savoir si cet amour venait de naître ou s'il existait depuis longtemps.

Hugh ôta la bague qu'il portait au doigt et la tendit au père de la jeune femme.

— Envoyez ceci en même temps que mes hommes auprès du roi Henry. Il veillera à ce que mon épouse vive dignement et ne manque de rien.

— Je le ferai. Je vous en fais le serment, promit Hallison en prenant l'anneau avant d'ajouter, en se relevant : qu'allez-vous faire ?

— La seule chose qui soit possible, répondit Hugh en haussant les épaules. Je vais échanger ma vie contre celle de votre fille.

A la mi-journée, le lendemain, Hugh trouva le campement. Assis sur son cheval, il contempla les tentes qui parsemaient la vallée au-delà du village. Un grand vide l'envahit, chassant la terreur glacée qui l'avait envahi au cours de la nuit, et lui serrait le cœur et la gorge depuis la disparition d'Adrienna.

Cette sensation familière était presque bienvenue. C'était comme un engourdissement qui l'enveloppait tout entier. De ne plus rien éprouver ni sentir lui permettrait peut-être de traverser ce que l'avenir lui réservait sans souffrir.

— Milord…

Il avait beau ne pas avoir entendu le cavalier approcher, il n'eut pas besoin de détourner les yeux du paysage idyllique qui se déployait devant lui pour savoir de qui il s'agissait. La voix de William lui était aussi familière que celle d'Adrienna.

— Que fais-tu ici ? Ne t'ai-je pas envoyé à Wynnedom ? s'enquit-il.

— Nous avons été attaqués en route, répondit le colosse en venant se placer à côté de son seigneur et ami.

— Ta femme a-t-elle été capturée aussi, Ryebourne ? lança Guy de Hartford, surgissant de nulle part.

En entendant cette question, Hugh se retourna, abasourdi.

— Oui, répondit-il en hochant la tête sombrement. Bonjour, Guy. N'eussent été les circonstances, j'aurais été ravi de te revoir…

Hartford acquiesça en haussant les épaules tandis que William grommelait son approbation.

— Vous devriez partir, tous les deux, remarqua Hugh. Il est inutile de vous sacrifier alors qu'en fait c'est moi qu'ils veulent.

— Je suis ravi de constater que tu as toujours une haute opinion de toi-même, répondit Guy d'un ton ironique en jetant un regard entendu du côté de William. A-t-il toujours été comme ça pendant ces deux ans ?

— Oui, répondit le colosse. Milord n'a pas changé d'un pouce.

— Milord ? Ah, c'est vrai ! Comte de… Wynnedom, c'est bien ça ? J'ai entendu les rumeurs à ce sujet, mais n'ai pas eu le temps de les vérifier.

Hugh serra les dents. Ses sensations lui revenaient lentement et le vide dans son cœur cédait la place à la colère. Il n'était vraiment pas d'humeur à discuter. Avoir goûté à la liberté, même brièvement, lui donnait une idée de la cruauté de ce qui l'attendait. Comment ces deux-là pouvaient-ils plaisanter alors qu'il était près d'exploser de rage ?

— Ce n'est pas en grinçant des dents que tu feras s'arranger les choses, prévint Guy en se penchant vers lui. Allons, mon ami, nous cherchons simplement à chasser ton humeur maussade. Cela ne vaut rien quand on s'apprête au combat.

— Il n'y a que de la colère dans mon cœur, se défendit Hugh.

— Elle est mauvaise conseillère et nous fera tous tuer.

— Je ne peux pas vivre mes derniers instants de liberté sans colère ni regrets, voilà tout !

Hugh fit mine de s'éloigner, mais aussitôt William lui arracha les rênes des mains.

— Non ! Pardonnez-moi, milord, mais je ne vous laisserai pas agir seul. Pas comme cela en tout cas.

Guy fit avancer son cheval devant celui de Hugh pour lui bloquer le passage.

— De la colère ? Des regrets ? Croyez-vous être le seul à souffrir, par saint George ?

— Non, répondit Hugh en regardant alternativement les deux hommes d'un œil mauvais. Nos femmes sont dans les affres pendant que nous sommes ici à causer, protesta-t-il.

— Elles attendront ! répliqua Guy avec un haussement d'épaules agacé. Elles n'ont pas le choix de toute façon.

— Et en attendant, que faisons-nous ?

William ouvrit de grands yeux, comme si la question le surprenait sincèrement.

— Nous échafaudons un plan, bien sûr, répondit-il.

— A moins, ajouta Guy, que vous ayez déjà décidé de la marche à suivre.

— Je vous l'ai dit : j'ai l'intention d'offrir ma vie en échange de celle d'Adrienna.

— Pas question, par l'enfer ! s'écria Hartford en arrachant l'épée de Hugh de son fourreau avant de faire signe à William. Emmène-le loin d'ici, William, jusqu'à ce que nous puissions trouver l'endroit où il a perdu sa raison. Il faut la retrouver, et vite ! Il va en avoir besoin.

De se voir traiter comme un jeune écervelé ne fit que décupler la colère de Hugh, mais à présent elle était dirigée contre deux hommes que, jusqu'à cet instant, il considérait comme des amis. Muet de rage, il donna à Guy un violent coup de son poing ganté d'acier.

Celui-ci aurait pu très bien éviter le choc, mais il le prit en pleine poitrine, sans broncher. Il tangua sur sa selle l'espace d'un instant, puis se redressa :

— Voilà qui est mieux, commenta-t-il.

Il y avait quelque chose de sinistre dans cette phrase prononcée d'une voix à laquelle le souffle manquait. Hugh tiqua, intrigué, et dévisagea les deux hommes. A voir leur tête, on aurait pu croire qu'il ne se passait rien d'inquiétant. Ils avaient l'air étonnamment calme.

Quiconque les connaissait bien, en revanche, aurait pu déceler le frémissement presque perceptible de la mâchoire de William et l'éclat particulier des yeux de

Guy. Un étranger aurait remarqué d'un seul coup d'œil les armes attachées dans leur dos et au pommeau de leur selle, et aussi qu'au lieu d'une cotte de mailles, ils portaient de courts pourpoints de cuir.

A la place de la longue tunique normande qui constituait l'uniforme habituel, ils étaient vêtus d'un gilet de tissu brut à la coupe sommaire et aux manches courtes dont saillaient leurs bras nus et musclés. Des bandes de cuir croisées enserraient leurs chevilles, remplaçant les bottes rigides dont usaient généralement les cavaliers pour se protéger à la fois des coups et du frottement contre les flancs du cheval.

Guy et William étaient-ils donc venus prêts au combat ?

Hugh baissa la tête. Il ne se sentait plus la force de discuter. Il n'aurait su dire où elle était passée, mais il n'avait plus le courage d'aller sonder les profondeurs de son âme pour l'y retrouver.

— Hugh ! entendit-il Guy insister à travers la brume d'inquiétude et de colère qui lui noyait le cerveau. Ecoute-moi. Je sais que nous croyions cette époque révolue, mais les choses sont comme elles sont et nous n'y pouvons rien changer à présent. Nous n'avons qu'une issue. Une seule : faire face et vaincre.

William lui prit l'épaule et ajouta d'une voix sombre :

— Ou bien mourir en essayant. Tous les trois.

— Tu ne peux pas échanger ta vie contre celle de ta femme, Hugh. Réfléchis, renchérit Hartford.

— Je l'ai fait, Guy. Adrienna est tout pour moi.

— Et sa vie a plus de valeur que la vôtre à vos yeux ?

— Oui, répondit Hugh en soutenant le regard de William. Tu ne comprends pas.

— Non, c'est toi qui ne comprends pas, tonna Guy. Il est possible que William n'éprouve pas encore des sentiments très profonds pour sa femme, mais moi je suis marié à Elizabeth depuis plus de dix ans. Je sais de quoi tu parles. Mais quoique j'aie pensé à elle chaque jour de mon existence, je me suis aperçu à mon retour qu'en fait je croyais l'aimer. Le jour où je suis rentré chez moi, je l'ai trouvée occupée à accoucher de l'enfant d'un autre homme.

Guy s'interrompit un instant, le souffle court. Hugh avait le cœur serré. Lui qui n'avait survécu à leurs années de captivité qu'en pensant à sa femme nuit et jour, comment pouvait-il avoir trouvé en lui la force de lui pardonner ?

— Dans les semaines qui ont suivi, reprit Hartford en soupirant, j'ai appris la vraie nature de l'amour Cela n'a pas été facile, crois-moi. A présent, Elizabeth est aux mains de ces démons, et notre fille a été enlevée elle aussi. Peut-être est-ce la nouveauté de tes sentiments qui te rend les choses si difficiles, mais rassure-toi : je connais ta peur. L'inquiétude qui te ronge à présent, tu l'éprouves pour un autre que toi-même. C'est précisément pour cela qu'elle ne t'est pas familière.

Hugh fronça les sourcils. Se pouvait-il que Guy eût raison ? Etait-ce pour cela qu'il se sentait si impuissant, si terrifié ? Non ! Sa terreur abjecte ne pouvait s'expliquer ainsi.

— J'ai connu la peur auparavant…

— Oui, c'est vrai, répondit William en le serrant plus fort. Mais seulement pour vous-même. Vous n'étiez qu'un jouvenceau quand ils vous ont amené au palais de

Sidatha. Vous ne saviez rien de l'amour, n'ayant jamais eu l'occasion d'être un homme. Ni de vous sentir responsable de la vie et du bien-être d'autres que vous-même, comme c'est le cas aujourd'hui. Le roi ne vous a pas fait une faveur en faisant de vous un comte doté de titres et de terres. Il vous a chargé d'un fardeau que vous n'aviez jamais connu auparavant : des responsabilités.

— Je m'en acquitte ! protesta Hugh.

— Oui, trop bien, même. Ne me dites pas que le sort de Wynnedom et de ceux qui y vivent vous indiffère, je ne vous croirais pas. Vous ne pourrez jamais me convaincre non plus que le sort de lady Adrienna ne vous emplit pas de terreur.

— C'est le plus sûr moyen d'assurer son trépas, asséna Guy d'une voix sombre mais ferme.

La vérité de ces paroles frappa Hugh de plein fouet. Terrassé, il ferma les yeux. Oui, offrir sa vie en échange de celle d'Adrienna ne suffirait pas. Aryseeth se contenterait de mentir et finirait par la garder elle aussi.

Il préférait tuer Adrienna de sa main plutôt que de la voir tomber entre les griffes de ce monstre.

Il défit la jugulaire de son casque et jeta celui-ci sur le sol puis dégrafa sa ceinture et la tendit à Guy. Sans réfléchir, il lança un ordre sec à son capitaine :

— Aide-moi à ôter cette cotte de mailles.

— Merci mon Dieu ! murmura Hartford en levant les yeux au ciel.

Une fois qu'il eut ôté son armure, Hugh réclama une dague et une épée courte. Vraiment, en décidant de faire de William le capitaine de sa garde, il avait fait le bon choix. Il en eut une preuve supplémentaire quand ce dernier lui tendit un couteau parfaitement affûté et une épée à la lame pas plus longue que son avant-bras.

Pendant que William attachait les chevaux à un arbre, Hugh ôta sa chemise et entreprit d'en déchirer le tissu en bandes égales puis, après avoir ôté ses bottes, croisa les premières sur ses jambes depuis la cheville jusqu'aux genoux. Ce n'était pas grand-chose, mais avec ses braies, cela lui offrirait une protection un peu meilleure que rien du tout, et autrement moins encombrante que ses bottes de cuir rigide.

Une fois que ses jambières improvisées furent en place, il se redressa et s'avança dans la lumière du soleil puis, prenant sa dague dans une main et son épée dans l'autre, il releva la tête fièrement, redressa les épaules et fit jouer les muscles de ses bras.

Le regard tourné vers le soleil, il ferma les yeux et laissa quelques instants les rayons de l'astre du jour lui réchauffer le corps et l'âme. Suivant la coutume, Guy et William s'avancèrent à ses côtés et l'imitèrent.

Chaque inspiration, chaque bouffée d'air emportait avec elle un peu de sa peur et de sa colère. Une froide détermination remplaçait l'une et l'autre. Convaincu que sa résolution ne faiblirait plus à présent, il baissa la tête et regarda les deux hommes qui l'entouraient.

— Etes-vous prêts ?

Une fois déjà ils avaient combattu ensemble et gagné leur délivrance. Bientôt, ils repartiraient au combat, mais cette fois-ci, de leur succès dépendait bien plus que leur propre liberté. Il n'était pas question d'échouer. Il fallait qu'ils réussissent.

William poussa un grondement sourd et, sur les lèvres de Guy, apparut le sourire le plus maléfique que Hugh ait vu depuis bien longtemps.

— Conduis-nous ! souffla Hartford.

19

Les bras serrés autour de ses genoux, Adrienna était assise sur la terre battue au milieu de la tente et se balançait d'avant en arrière comme un animal en cage.

Depuis que Richard et son complice Stefan l'avaient amenée ici, rien n'était venu troubler sa solitude. Après lui avoir ordonné de ne quitter la tente sous aucun prétexte, Langsford lui avait suggéré de se consoler à l'idée qu'Aryseeth n'attachait pas d'importance à sa capture.

Comment pouvait-elle s'être trompée à ce point sur le compte de cet homme en croyant voir en lui un ami ? A Poitiers, hormis Elise, il lui semblait la seule personne digne de confiance.

Cela faisait mal de penser qu'elle pouvait se tromper à ce point sur quelqu'un.

Il voulait qu'elle se console ?

Vraiment, il pensait qu'elle trouverait une consolation dans le fait que ses anciens geôliers réclamaient Hugh ?

Il fallait avoir perdu toute humanité, et être dérangé, pour penser une telle chose.

Si par malheur ils réussissaient dans leur tentative de le capturer de nouveau, elle préférait mourir.

Le front appuyé sur ses genoux, éperdue, elle se mit à songer sérieusement à se donner la mort. Ce devait être une décision terriblement difficile à prendre, car le suicide était un péché mortel, et il lui semblait même que de simplement y penser constituait également une grave offense envers Dieu.

Bien sûr, chaque jour, des femmes devaient apprendre à vivre sans l'amour de leur mari, mais elle n'arrivait tout simplement pas à imaginer comment on pouvait survivre à une telle perte. La simple idée que Hugh puisse ne plus faire partie des vivants l'oppressait comme si un monstre surgi de l'enfer lui serrait la poitrine et faisait battre douloureusement le sang à ses tempes. Elle sentait une boule atroce se former dans son ventre.

Il semblait évident qu'elle n'était pas de taille à lutter contre ces gens-là.

Tout à coup, un juron épouvantable résonna dans la tente dressée à côté de la sienne. Une fois déjà, elle se souvenait d'avoir entendu celle qui l'occupait faire du tapage, et aussi qu'on l'avait fait taire brusquement. Elle préférait ne pas savoir comment.

Cette fois-ci cependant, elle tendit l'oreille. Il y avait quelque chose dans la voix de l'inconnue qui lui semblait vaguement familier. Intriguée, elle rampa jusqu'au bord de sa tente.

— Sors-moi d'ici, maudit fils du diable et d'une putain ! Mon mari t'arrachera les tripes et la tête à mains nues ! entendit-elle hurler sa compagne d'infortune.

Sarah !

Que faisait-elle ici ?

Sa présence en ces lieux signifiait-elle que William était prisonnier, lui aussi ?

Et Hugh ? Oh mon Dieu, Hugh !

Adrienna souleva la lisière de la tente pour jeter un regard furtif par-dessous le tissu épais et s'aperçut que la suivante ne se trouvait qu'à quelques pouces de la sienne, à peine la longueur d'un bras. Rapidement, elle chercha sur le sol quelques cailloux qu'elle rassembla dans sa main gauche.

Bientôt, elle vit les pieds d'un homme entrer dans la tente de Sarah et, l'instant d'après, les cris de celle-ci cessèrent brusquement en même temps que résonnait un bruit sec et terrifiant.

Elle tressaillit, mais parvint à étouffer le cri qui lui montait aux lèvres et attendit sans bouger de voir les pieds de l'inconnu s'éloigner. Quand ils eurent disparu de son champ de vision, elle compta lentement jusqu'à vingt, en priant le ciel que cela suffise pour la mettre hors de danger, puis jeta quelques cailloux sur la toile tendue.

Elle attendit un moment avant d'en jeter quelques autres. Au cinquième, elle vit la toile blanche se soulever doucement et, à son grand soulagement, aperçut les grands yeux bleus de Sarah qui la fixaient d'un air inquiet.

— Adrienna ?

— Chut ! Parlez plus bas. William est-il avec vous ?

— Non. Quand ils m'ont capturée, il ramassait du bois dans la forêt pour me laisser le temps de me calmer un peu.

Sarah hésita un instant, puis ajouta :

— Nous venions de nous quereller.

— Oh, je suis navrée, commenta Adrienna.

Elle compatissait sincèrement avec la jeune femme. Il ne devait pas être facile d'être contrainte d'épouser un

inconnu, surtout pour quelqu'un d'indépendant comme elle.

— William n'était pas vraiment en colère, précisa la jeune femme. Il serait revenu bientôt.

— Dieu soit loué, murmura Adrienna, qui n'avait pourtant pas l'habitude d'invoquer beaucoup le ciel.

— Et Hugh de Wynnedom ? Est-il avec vous ? souffla Sarah.

— Non, répondit Adrienna en secouant la tête. Il était au château.

— Croyez-vous qu'ils vont venir nous chercher ?

Adrienna remarqua que la pauvre fille avait la lèvre en sang et tremblait comme une feuille, aussi chercha-t-elle à la rassurer :

— Bien sûr. Essayez d'être calme jusque-là.

Des voix approchaient. Elle fit un geste à l'adresse de l'autre prisonnière et laissa retomber la toile avant de reprendre précipitamment sa place au milieu de la tente.

Stefan et Richard repoussèrent le battant qui servait de porte et entrèrent, l'air goguenard, une corde à la main.

— Nous avons pensé qu'il vous plairait d'assister au spectacle, lança le second.

— Non merci, répondit la jeune femme, les yeux fixés sur l'épais cordon de chanvre. Je suis très bien ici.

Stefan traversa en deux pas l'espace qui le séparait d'elle et la força à se lever sans ménagement puis, en silence, lui attacha les poignets dans le dos.

Richard s'avança sur elle et laissa un doigt glisser sur sa joue.

— Tâchez, ma chère, de vous comporter comme une

épouse obéissante et craintive. Cela vaudra bien mieux pour vous.

— Moi, obéissante et craintive ? Allez au d…

Le reste de son cri fut étouffé par le bâillon que Stefan venait de placer sur sa bouche et dont il lui nouait les deux bouts derrière la tête.

— Au fait, ajouta Richard en saisissant le devant de la robe la jeune femme, vous ai-je dit que vous faisiez partie du spectacle ?

D'un geste sec, il déchira le tissu, révélant la chair pâle et deux seins magnifiquement galbés.

Pendant un instant, il resta campé devant elle, les yeux fixés sur ses formes voluptueuses puis, en soupirant :

— Quel dommage que Wynnedom soit venu jouer les trouble-fêtes, observa-t-il. J'aurais aimé goûter à vos charmes en son absence.

Du bout du doigt, il lui effleura la pointe du sein droit et, d'un ton gourmand :

— Cela pourrait se faire quand même, qui sait ? laissa-t-il tomber.

Adrienna voulut hurler de dégoût, mais le bâillon remplissait son office à la perfection.

Stefan tira sur la corde sans ménagement.

— Si vous tombez, je vous traînerai derrière moi, menaça-t-il.

Adrienna trébucha, mais parvint toutefois à rester sur ses pieds et le suivit hors de la tente comme un animal qu'on mène à l'abattoir.

L'épée au clair, Hugh, William et Guy de Hartford entrèrent côte à côte dans le campement. L'intérieur du cercle formé par les tentes formait une aire que l'on venait visiblement de dégager pour la bataille.

Hugh s'arrêta en plein milieu, face à la tente principale que gardaient quatre hommes en armes.

— Aryseeth, montre-toi ! Je suis venu chercher mon épouse, cria-t-il.

Son cœur cognait à un rythme effréné dans sa poitrine, mais pas question de laisser son inquiétude brouiller son jugement. Cela ne se reproduirait plus.

Guy avait raison : c'était bien pour Adrienna qu'il s'inquiétait, mais au lieu de mettre toute son énergie à lutter pour la délivrer, il l'avait gaspillée pendant des heures à se ronger les sangs.

L'ancien chef des esclaves de Sidatha sortit soudain de sous la tente, tenant à la main ce qui semblait être un morceau de viande.

— Qui se permet de troubler mon repas ? lança-t-il à l'adresse des trois hommes, un sourire mauvais sur les lèvres. Ah ! Je vois que les brebis égarées ont rejoint le troupeau !

Cette saillie le fit rire aux éclats. Quand il se fut un peu calmé, il s'enquit, en agitant le morceau de viande devant lui.

— Vous ne trouvez pas ça drôle, esclaves ?

— Où est Adrienna ? cria Hugh.

— Et Sarah ? lui fit écho William de sa voix grave et puissante.

— Et Elizabeth ? demanda Guy de Hartford à son tour, d'un ton étonnamment maîtrisé.

Pour toute réponse, Aryseeth leva la main et fit claquer ses doigts. Aussitôt les trois femmes apparurent, tirées au bout d'une corde par leurs gardiens. L'étranger observa chacun des trois hommes attentivement, cherchant sur leurs visages un indice susceptible de le renseigner sur leurs émotions.

Hugh resta parfaitement impavide, convaincu que les deux autres en feraient de même. Ils connaissaient bien ce monstre tous les trois, et savaient qu'il chercherait à découvrir leur point faible pour le retourner contre eux.

Mais Hugh n'avait plus rien d'un jouvenceau désormais, et ne se trahirait pas aussi facilement qu'autrefois. Il avait bien l'intention de ne rien révéler de ses émotions, et surtout pas à ce fils du diable.

Il jeta à Adrienna un regard rapide, suffisant en tout cas pour s'assurer qu'elle n'était pas blessée. La rage qui brûlait au fond des yeux de la jeune femme ne devait rien à la peur, il aurait pu en jurer. Cela voulait dire que contrairement aux apparences, elle n'avait pas été violentée.

Les liens qui l'entravaient, sa robe déchirée et le bâillon sur sa bouche n'étaient que des artifices destinés à le faire réagir.

Il ne fallait pas qu'Aryseeth compte sur lui pour tomber dans le piège.

— Que me donnerez-vous en échange de la vie de vos femmes ?

— Quel échange ? répondit Wynnedom en haussant les sourcils. Nous ne sommes pas venus marchander avec toi, démon. Tu vas nous les rendre, ou nous viendrons les chercher nous-mêmes. J'ai tué de ma main le dernier qui a essayé de la capturer, et peu m'importe d'en massacrer encore quelques autres.

— Ah c'est donc ça ! Je me demandais bien ce qui pouvait être arrivé à cet imbécile que j'avais envoyé la chercher à Poitiers. Il aurait dû être facile pourtant de s'assurer de cette fille qui te tenait sous son charme, pour s'en servir comme d'un appât et t'attirer vers moi. Tant

pis pour lui. Il a payé le prix de son échec. En tout cas, je constate que ta liberté provisoire t'a donné un certain sens de l'humour.

Le sourire disparut d'un seul coup sur le visage d'Aryseeth, remplacé par un rictus féroce.

— Je me chargerai personnellement de t'en débarrasser, Ryebourne.

— Je serai ravi de te voir essayer, le provoqua Hugh en agitant son arme devant lui.

Il savait pertinemment qu'Aryseeth n'oserait jamais l'affronter. Pour cela, il faudrait d'abord qu'il l'ait fait enchaîner, entraver et menotter par ses gardes.

Cet homme était un couard de la pire espèce.

— Ainsi, vous croyez pouvoir attaquer mon camp à vous tout seuls pour délivrer vos femmes ?

Hugh et ses compagnons hochèrent la tête d'un air résolu.

Aryseeth accusa le coup, surpris par cette détermination qu'il sentait inflexible.

Ou presque.

— J'ai quatorze hommes sous la main, précisa-t-il.

— Disons seize, et que le combat commence.

— Seize ? Comment cela ?

Hugh désigna du bout de sa dague les deux hommes qui se tenaient derrière Adrienna.

— Ces deux-là font partie de tes troupes, lança-t-il.

Il serait heureux de les faire passer de vie à trépas. De toute façon, il ne doutait pas un instant qu'ils aient amené Adrienna ici eux-mêmes. La mort leur serait une juste récompense.

Richard pâlit et fit un pas en arrière.

— Non merci, répondit-il. Je ne pratique pas le combat de près.

Aryseeth leva la main et agita son doigt en direction de deux de ses hommes, qui se jetèrent immédiatement sur Richard avant qu'il puisse esquisser le moindre geste pour s'échapper et le traînèrent jusqu'à leur maître malgré ses protestations pour le jeter aux pieds de celui-ci.

Le chef des esclaves tira une lame étroite de sous son ample vêtement puis, saisissant Richard par les cheveux, la lui plaça sur la gorge.

— Tu as le choix, Langsford, siffla Aryseeth entre ses dents : te battre comme un homme ou mourir comme un chien.

— Mais… je ne peux pas…

Hugh jura en silence quand la voix de Richard se perdit dans un gargouillis atroce. Un jet de sang rouge gicla sur le sol quand le couteau passa sur la gorge du traître.

Dans un silence de mort, Aryseeth laissa glisser le cadavre sur la terre souillée.

On entendit l'une des femmes tomber à terre, mais Hugh s'interdit de regarder de ce côté-là. Les yeux rivés sur son ennemi, il souffla :

— Parfait, cela se jouera donc à quinze contre trois.

Sans prévenir, Stefan se rua vers Aryseeth et se jeta à ses genoux, livide.

— Milord, je vous ai bien servi…

— Et tu continueras à le faire, sans quoi tu redeviendras mon esclave.

— Mais… ils vont me tuer.

Aryseeth regarda Stefan avec un mélange de mépris et de surprise.

— Tu les as trahis. C'est la moindre des choses.

Il fit un geste de la main pour faire s'avancer deux de ses hommes.

— Emmenez-le et préparez-le pour la bataille. Qu'il soit prêt demain matin.

— Demain matin ? répéta William, surpris.

— Oui. Tu m'as entendu. Mes hommes ont eu une rude journée et rêvent de se reposer un peu. Vous pourrez passer la nuit avec vos femmes, ou bien seuls, peu m'importe.

Hugh ne savait plus à quel saint se vouer. Que mijotait donc ce traître cette fois-ci ?

— En tant que comte de ce royaume, lança-t-il en gardant sa réflexion pour lui, j'exige une tente, de la nourriture est un peu d'intimité pour moi et mes compagnons.

— Bien sûr, répondit l'autre en agitant la main en direction des tentes. Jamais il ne me viendrait à l'idée de maltraiter des vassaux du roi Henry. Pas ici du moins. Bien évidemment, vous ne m'en voudrez pas de faire garder vos quartiers…

Il laissa passer quelques secondes de silence puis ajouta :

— Afin d'assurer votre sécurité, bien sûr.

Hugh secoua la tête.

— Non. Pas de gardes. Puisque tu sais en quelle estime le roi me tient, j'entends que tu me traites comme un hôte de marque.

Aryseeth le fusilla du regard, mais acquiesça néanmoins et se dirigea vers sa tente. Avant d'entrer dans celle-ci, il se tourna vers Hugh et ses compagnons.

— Dormez bien, lança-t-il, sarcastique.

Dès que les trois hommes eurent rejoint leurs femmes, Guy demanda à voix basse :

— Quel mauvais coup crois-tu qu'il nous prépare ?

— M'est avis, suggéra Hugh, qu'il espère que nous

ne dormirons pas cette nuit. Il pense que nous allons passer les heures qui viennent à préparer la bataille, ou à nous inquiéter d'une possible traîtrise, ou à nous… occuper de nos femmes.

William poussa un soupir.

— Je ne suis pas sûr de ce que feront les vôtres, avoua-t-il, mais j'ai bien peur que la mienne ne me tue avant que l'aube ne pointe.

Hugh jeta un coup d'œil vers Adrienna. Visiblement, elle ne connaissait pas encore suffisamment Aryseeth pour avoir vraiment peur. Pour l'heure, elle semblait terriblement en colère. Et à voir les yeux qu'elle lui faisait, sa rage semblait être dirigée contre lui.

Elle ne se doutait pas que le pire était encore à venir.

Il s'arrêta devant elle et soutint son regard furibond quand il passa la main derrière elle pour se saisir de la corde qui l'entravait encore.

William en fit autant avec Sarah tandis que Guy s'occupait d'Elizabeth, qui gisait inconsciente sur le sol. Quand il l'eut soulevée dans ses bras, il s'adressa aux deux autres :

— Dormez bien, mes amis, leur souhaita-t-il, imitant Aryseeth. A demain.

Ayant dit, il suivit le garde qui devait le mener à sa tente.

Comme s'il ne savait pas exactement que faire, William jeta un coup d'œil à Hugh en fronçant les sourcils d'un air interrogateur. Ce dernier haussa les épaules puis tira sur la corde qui retenait sa femme.

— Venez Adrienna, souffla-t-il.

Elle ouvrit des yeux incrédules, mais le suivit néanmoins vers leur tente.

Une fois à l'intérieur, Hugh posa ses armes sur la terre battue puis, se tournant vers la jeune femme, leva les mains devant elle comme pour se protéger du regard furibond qu'elle lui lançait.

— Tournez-vous, ordonna-t-il.

Pendant qu'il s'activait sur les liens qui lui enserraient les poignets, il se pencha sur elle et lui murmura à l'oreille :

— Il est possible qu'il n'y ait pas de garde à l'extérieur, mais je suis persuadé qu'on nous écoute. S'ils s'aperçoivent que j'ai le moindre sentiment pour vous, tout est perdu. Ils se serviront de vous pour me faire céder.

Il lui libéra les poignets et jeta les liens sur le sol avant de la faire tourner sur elle-même pour lui ôter le bâillon qui l'étouffait, puis la prit dans ses bras et la serra contre sa poitrine.

— Insultez-moi si vous voulez, mais faites-le à voix basse.

— Ce monstre a tué Richard !

Il trouva la remarque surprenante, aussi se pencha-t-il en arrière pour fixer la jeune femme.

— Regardez-moi, Adrienna.

Elle avait les yeux tout brillants de larmes retenues. Emu, Hugh posa doucement la main sur sa joue.

— Pensez-vous qu'il méritait de mourir ?

— Oui, mais pas comme cela.

— En ce cas, pourquoi ces larmes ?

— Je suis tellement désolée de ce que mon père a fait, Hugh, et de ce que j'ai fait moi-même. Comment pouvez-vous m'aimer ? Comment ma vue ne vous est-elle pas odieuse ?

Ainsi ce n'était pas la colère qui brouillait ses yeux,

mais plutôt l'angoisse à l'idée du malheur qu'il devait à sa famille.

— Ne dites pas de sottises. Vous tenez mon cœur et mon âme entre vos mains. Le passé est le passé.

Il la serra follement contre lui puis, toujours à voix basse :

— Au nom du ciel, Adrienna ! J'ai cru ne jamais vous retrouver, murmura-t-il.

En voyant les épaules de la jeune femme s'agiter de soubresauts, il comprit qu'elle venait de perdre la bataille qu'elle livrait contre ses larmes. Il la souleva dans ses bras doucement et l'emmena au centre de la tente. Là, il s'assit sur le sol sans la lâcher une seconde.

— Là, là, ma chérie, calmez-vous.

— Oh Hugh ! Et si cette nuit ne devait pas avoir de lendemain ? s'écria-t-elle en se jetant à son cou.

— Non. Il ne faut pas penser cela, Adrienna. J'ai besoin que vous soyez forte. J'ai besoin que vous croyiez en moi, et me fassiez confiance.

Elle croyait en lui, et se fiait à lui totalement, mais elle ignorait où trouver la force qu'il exigeait d'elle.

— Hugh, mon amour, je peux faire tout ce que vous me demandez, je peux vous donner tout ce que vous voulez, mais je ne peux pas être forte.

— Mais si, vous le pouvez, affirma-t-il en se penchant sur elle, avec tant d'amour dans les yeux qu'elle en fut chavirée. C'est tout simple, croyez-moi. Pour l'heure, il vous suffira de garder le silence.

Elle ne comprenait pas ce qu'il voulait dire. Cela n'avait pas de sens de lui demander de simplement se taire.

— Demain, nous nous battrons pour nos vies et pour les vôtres, expliqua-t-il. Aryseeth vous forcera sans doute à assister au combat. J'ai absolument besoin que vous

restiez calme. Il faudra vous taire, et surtout éviter les cris de victoire ou de détresse. Pas un son ne doit sortir de votre bouche.

— Mais pourquoi ? insista-t-elle, incapable de comprendre la raison de cette requête.

— Parce que, ma chérie, si j'entends votre voix par-dessus le fracas de la bataille, cela risque de me distraire.

Elle comprenait à présent. La moindre hésitation, la moindre distraction pouvaient signifier la mort.

— Entendu, je garderai le silence.

— Quoi qu'il arrive ?

— A vous entendre on croirait qu'il va s'agir de bien plus que d'un combat.

— C'est exact. Ils vont vous tourmenter, faites leur confiance.

— Me tourmenter ? s'étrangla la jeune femme. Que voulez-vous dire ?

Tendrement, il repoussa une mèche qui lui tombait sur le front.

— Ils ne vous tortureront pas, mais ils feront tout pour vous faire croire qu'ils s'apprêtent à le faire. Ils se débrouilleront pour vous donner le sentiment que vous risquez d'être violée à chaque instant, mais je vous jure que, moi vivant, ils ne feront rien.

C'était là qu'intervenait la confiance.

— Mais si vous… ne survivez pas ?

— Je survivrai. Mais au cas où…

Hugh tira de sa jambière une lame étroite et sans manche.

— Tenez, c'est pour vous, souffla-t-il.

Elle prit l'arme dans sa main et la contempla un instant.

— Si je porte cela sur moi, et que je trébuche, je risque de me tuer.

— Oui, répondit-il en appuyant le front contre celui de la jeune femme. C'est à peu près ça.

Elle le regarda, incrédule.

— Vous voulez que… que j'attente à ma vie ?

— Si je meurs, oui.

— Est-ce que cela veut dire que s'ils m'emportent, ils me feront souffrir au point que ma vie ne vaudra plus la peine d'être vécue ?

— Si je meurs, ils mettront leurs menaces à exécution. Vous supplierez le ciel de vous délivrer de la vie.

— En ce cas, mon amour, répondit-elle, le souffle court, il vaudrait mieux que vous ne perdiez pas ce combat.

— Je suis résolu à quitter cet endroit debout, ma chérie, avec vous à mon bras.

Adrienna songea que cela risquait de ne pas être le cas si elle le tenait éveillé toute la nuit, aussi quitta-t-elle à regret les genoux de Hugh et, en désignant le sol de terre battue :

— Allongez-vous, Hugh, et dormez, ordonna-t-elle.

Il s'étendit sur le sol mais l'attira auprès de lui.

— Je ne pensais pas à dormir…

— Oh, j'allais oublier, en effet : répondit-elle avec un sourire. Ne vous ai-je pas entendu parler de vous… occuper de votre épouse ?

— Vous savez très bien que je n'ai pas dit les choses de la façon que vous croyez, se défendit-il en lui caressant la pointe du sein du bout du pouce.

Adrienna poussa un soupir, mais lui prit le poignet et repoussa sa main.

— Dormez, vous dis-je.

Il n'eut aucun mal à se dégager et la fit rouler sur le dos en poussant un grognement de fauve. Doucement, il s'allongea sur elle et, lui prenant la tête entre les mains, plongea le regard au fond de ses yeux.

— Ma chérie…, j'ai besoin de vous cette nuit.

— En ce cas, mon amour, répondit-elle en le serrant dans ses bras, je suis à vous.

Elle n'eut pas le temps de le convaincre de la nécessité de dormir et se retrouva nue en un instant. Dans les minutes qui suivirent, la douceur de ses caresses lui arracha des larmes.

Dieu qu'il allait lui manquer si un malheur arrivait !

20

Hugh se réveilla juste comme le soleil commençait à percer à travers les coutures et les déchirures de la tente, pour constater qu'Adrienna n'était plus dans ses bras.

— Rendormez-vous, souffla-t-elle.

Quand il tourna la tête, il la vit assise à soncôté, l'épée sur les genoux.

— Depuis combien de temps êtes-vous là comme ça ?

— Depuis que vous vous êtes endormi.

— Pourquoi ?

— Je vous fais confiance, Hugh, mais pas à ces gens, répondit-elle en désignant l'ouverture de toile du bout de l'épée. On a essayé d'ouvrir ce battant deux fois cette nuit.

Il se sentit extraordinairement fier d'elle, tout à coup, et plus amoureux que jamais.

— Vous avez veillé toute la nuit pour me protéger, murmura-t-il, abasourdi.

Il ne s'agissait pas d'une question, mais elle répondit quand même.

— Oui. Je ne pouvais pas faire moins, puisque vous allez risquer votre vie pour moi aujourd'hui.

D'un geste souple, il s'assit sur son séant et traça

lentement du bout du doigt une ligne entre l'oreille et le menton de la jeune femme.

— Vous feriez un guerrier parfait, ma mie.

— Je préfère de loin être une épouse.

— En ce cas, j'imagine qu'il va falloir que je m'emploie à en faire une de vous. N'est-ce pas ?

— Oui, absolument, répondit-elle d'une voix tremblante.

Hugh marqua un temps d'arrêt, désireux de dire quelque chose qui puisse la rassurer, mais inquiet de ne pas trouver les bons mots.

Finalement, ne trouvant que dire, il se leva.

— En ce cas, je vais aller chercher les autres et m'assurer que notre stratégie est au point.

— Vous verrai-je avant le combat ? s'enquit Adrienna en lui tendant son épée.

— J'en doute fort.

Elle se leva à son tour et lui prit la taille. Agrippée à lui, elle murmura, la bouche contre sa poitrine :

— Soyez fort, Hugh, mais ne commettez pas de folies. Ce soir, je veux voir de nouveau le soleil se coucher depuis notre grotte, et votre corps tout auréolé de couleurs mordorées.

— Voilà une pensée qui va me soutenir et m'aider à vaincre, commenta-t-il en lui embrassant le front.

— Partez, souffla-t-elle en le repoussant vers la sortie et en lui tournant le dos. Partez avant que je me mette à pleurer.

— Je vous aime, ma chérie.

La gorge serrée, il lui sourit et la fit se retourner pour essuyer du bout du pouce une larme sur sa joue.

— Voyez, c'est pour moi qu'elle a coulé, pour nous, murmura-t-il en portant son doigt humide à ses lèvres.

Il n'y a pas de honte à vous montrer inquiète Adrienna. Je pourrais vous dire de ne pas vous inquiéter, mais cela ne servirait à rien, aussi inquiétez-vous et laissez couler vos larmes pendant que vous êtes encore seule. Le mieux serait que vous n'en ayez plus à verser tout à l'heure.

— C'est promis, souffla-t-elle en se blottissant contre lui.

Le soleil n'était pas encore très haut dans le ciel quand Aryseeth ordonna à l'un de ses esclaves de frapper sur le gong pour appeler les combattants à pénétrer dans l'arène sommaire sur laquelle devait avoir lieu le combat. Adrienna se tenait aux côtés de Sarah et d'Elisabeth sur le bord de l'aire déserte, surveillée par deux gardes armés jusqu'aux dents.

Sarah ne cessait de jeter des regards par-dessus son épaule comme si elle cherchait désespérément un moyen de s'échapper.

— Vous perdez votre temps, remarqua Adrienna, ce qui ne sembla pas convaincre du tout l'autre jeune femme.

— Il y a forcément un moyen de s'enfuir d'ici, répliqua cette dernière en suivant des yeux la crête des collines qui les entouraient.

— Pour pouvoir quitter librement ces lieux, il faudra d'abord que vos hommes survivent, lança Aryseeth en surgissant derrière les trois femmes. Mais à votre place je n'y compterais pas. Je me préparerais plutôt à rejoindre mon sérail.

— Votre sérail ? répondit Sarah d'un ton agressif.

Si elle continuait comme ça, songea Adrienna, elle allait les faire massacrer toutes les trois.

— Ah oui ! répondit l'ancien chef des esclaves de Sidatha, les yeux fixés sur les seins de la prisonnière, j'ai oublié de vous dire que je possède dans mes appartements privés une fort belle collection de jeunes femmes superbes et très obéissantes.

— Vous comptez faire de nous des esclaves ? demanda Elizabeth en ouvrant de grands yeux ronds.

Adrienna se retint de secouer la tête devant la naïveté de cette question.

— A votre avis ? Jamais je ne laisserai échapper de beaux spécimens comme vous trois.

Elizabeth se mordit la lèvre en détournant les yeux.

Aryseeth poursuivit :

— Mes femmes sont parfaitement entraînées, et excellent dans l'art de satisfaire les désirs d'un homme. Bien sûr, cet… entraînement vous paraîtra peut-être un peu brutal, au début, et je doute que vous l'appréciiez vraiment. Il est arrivé que quelque fille un peu fragile succombe sous ma férule, mais vous me semblez suffisamment forte toutes les trois. Je gage qu'une fois que vous vous serez accoutumées à mes méthodes, vous vous battrez entre vous pour partager mon lit.

Ce n'était pas tant ce qu'il disait que le ton qu'il employait pour le faire qui terrifiait Adrienna. Sa voix grave et presque enjôleuse rendait ses menaces encore plus effrayantes. Elle y décelait cependant quelque chose d'un peu forcé, qui sonnait étrangement faux.

Elle garda le silence, et remarqua qu'Elizabeth et Sarah faisaicnt de même. De toute évidence, William et Guy les avaient prévenues de ce à quoi elles pouvaient s'attendre elles aussi.

Quand les hommes pénétrèrent finalement sur

l'aire, Adrienna ne put détacher ses yeux de leurs trois silhouettes.

Si l'on oubliait les armes terrifiantes qu'ils portaient à la main, ils avaient fière allure. Les muscles de leur torse et de leurs bras luisaient dans le soleil comme s'ils venaient d'y appliquer de l'huile.

— Ah mon Dieu, mon Dieu, mon Dieu !

Le murmure de Sarah semblait comme un écho des pensées d'Adrienna.

On aurait pu croire que les hommes avaient entendu la première ou lu dans les pensées de la seconde, car tous les trois bandèrent leurs muscles en redressant les épaules.

Adrienna se dit que ce devait être le soleil qui lui occasionnait cette soudaine bouffée de chaleur qu'elle sentait sur son visage. Forcément.

Mieux valait se calmer, car si elle n'y prenait garde, tout le monde se rendrait compte de sa réaction. Aryseeth le premier.

Les trois combattants s'arrêtèrent en arrivant au centre de l'aire, puis se disposèrent en cercle, chacun tournant le dos aux deux autres. Hugh leva son épée et l'agita devant lui pour inviter l'ennemi à s'avancer.

Aussitôt, sur un coup de sifflet d'Aryseeth, dix hommes en armes apparurent, surgissant d'une des tentes.

Sarah saisit la main d'Adrienna, qui fit de même avec celle d'Elizabeth. Les trois femmes redressèrent fièrement les épaules elles aussi, les yeux fixés droit devant elles, tissant par ce geste un lien dont elles espéraient qu'il leur donnerait la force d'affronter l'épreuve qui les attendait.

Adrienna se répétait les paroles de Hugh, dans la tente.

Elle l'entendait encore lui expliquer qu'il était un tueur entraîné, et qu'elle devait avoir confiance.

Elle commençait seulement à comprendre ce qu'il voulait dire. Elle avait beau se tenir sur le bord du champ de bataille, la distance qui la séparait de lui n'excédait pas quelques toises. En tout cas, elle était assez près pour voir dans ses yeux l'ombre de la mort promise à ses adversaires. Et aussi pour sentir l'âcre odeur du sang qui commençait à couler.

Hugh, William et Guy abattirent six hommes en moins de temps qu'il ne fallut au cœur d'Adrienna pour recommencer à battre. Avec une célérité et une force incroyables, ils maniaient leurs armes comme de véritables machines à tuer.

Les quatre survivants se regroupèrent sur un côté de l'aire en même temps qu'Aryseeth faisait retentir son sifflet pour appeler ses cinq derniers soldats.

Abasourdie, Adrienna vit Stefan se détacher du petit groupe et s'avancer vers Hugh à reculons. Elle fut tentée de demander à Sarah ce que signifiait ce manège, mais tint sa langue de nouveau, comme promis.

Ce fut Aryseeth qui lui fournit la clé de l'énigme : rouge de colère, il poussa un juron.

— Abattez ce traître ! hurla-t-il.

Hugh hocha la tête à l'adresse de Stefan et s'écarta un peu pour permettre à celui-ci de le rejoindre dans le cercle qu'il formait avec les deux autres.

La balance semblait néanmoins toujours peser en faveur d'Aryseeth car ils se battaient tout de même à quatre contre huit. D'autant, remarqua Adrienna, que quatre des nouveaux assaillants ne portaient ni épée ni dague, mais un long fouet dans une main et une courte chaîne dans l'autre.

Elle sentit le souffle lui manquer, soudain.

Hugh et William venaient d'esquisser un sourire avant de jeter leurs armes à terre et de faire un pas en avant pour sortir du cercle. Immédiatement, Guy et Stefan s'adossèrent l'un à un autre pour se protéger mutuellement.

William écarta les jambes et s'accroupit lentement, comme pour présenter à l'ennemi une cible moins facile, quant à Hugh, il se tourna de côté pour présenter son flanc aux hommes qui avançaient vers eux.

Avant qu'elle puisse comprendre ce qu'il comptait faire, il fit un bond inouï et, détendant sa jambe d'un coup sec, frappa du pied l'un des assaillants à la gorge. Adrienna entendit le bruit écœurant des vertèbres qui se brisaient juste avant que l'homme s'affaisse et tombe vers le sol, mort, pendant que, d'un nouveau bond, Hugh rejoignait l'endroit précis d'où il venait de porter son attaque.

Le tout ne devait pas avoir duré plus de quatre secondes.

William se raidit en voyant l'un des sbires d'Aryseeth armer son fouet. Quand la longue lanière de cuir se déploya vers lui, un rictus éclaira son visage baigné de soleil. Il se redressa subitement, vif comme l'éclair, et se saisit de la mèche de cuir. Pour son malheur, l'homme n'eut pas le temps de lâcher son arme, car, d'un coup sec, William l'attira contre lui et lui passa un bras autour du cou.

Et de nouveau, Adrienna entendit un craquement abominable.

De leur côté, Guy et Stefan semblaient avoir l'avantage sur les hommes qui les attaquaient furieusement à coups d'épée et de lance. D'abord, ils semblaient plus vifs, plus rapides, mais Adrienna ne put s'empêcher de remarquer

aussi qu'ils se mouvaient tous les deux avec une fluidité et un ensemble étonnants.

Il ne s'agissait pas simplement d'un de ces arrangements dans lesquels chacun protège l'autre, mais plutôt d'une sorte d'harmonie étrange, comme s'ils ne faisaient plus qu'un seul corps armé de quatre bras.

Il n'y avait pas d'autre moyen de décrire la chose.

Pendant une attaque, l'un des hommes eut la malchance de heurter William et de rebondir contre Hugh. Instantanément, celui-ci lui prit la tête entre les mains et, d'une torsion rapide et sèche, lui brisa la nuque d'un coup.

Malheureusement, William semblait avoir reçu plusieurs coups de fouet, tandis que Hugh, de son côté, perdait abondamment son sang, qui s'écoulait, rouge vif, de quelques blessures occasionnées par des coups de dague.

Malgré cela, l'ennemi était en très mauvaise posture. En fait, il ne restait que deux hommes valides.

Adrienna pensa qu'Aryseeth comprendrait qu'il serait plus sage d'arrêter ce massacre, mais, au lieu de cela, elle entendit son sifflet retentir une troisième fois.

Surprise, elle regarda alentour et ne put retenir le cri qui s'échappa de sa gorge quand elle vit une vingtaine de cavaliers foncer sur eux depuis le flanc de la colline qui lui faisait face.

William et Hugh reprirent leurs armes et rejoignirent Guy et Stefan pour former le cercle de nouveau. Pendant un instant, Wynnedom fixa Adrienna d'un regard qui semblait un adieu. Elle se mordit la lèvre pour s'empêcher de pleurer, résolue à ne pas briser son serment.

Elle n'oublierait pas non plus l'arme cachée entre ses seins.

Pitié, Seigneur !

Cela ne pouvait pas se terminer ainsi.

Le souffle chaud d'Aryseeth sur sa nuque la fit sursauter.

— Croyiez-vous vraiment que j'allais les laisser vivre ? éructa-t-il. Croyiez-vous vraiment retrouver la liberté ?

Elle ferma les yeux et ignora la question, mais Sarah se raidit à ses côtés tandis qu'Elizabeth lui serrait la main si fort qu'elle crut un instant qu'elle allait lui briser les doigts.

Bien sûr, Aryseeth remarqua la réaction des trois femmes. En s'approchant de Sarah, il lui lança :

— Jamais encore je n'ai fait couler le sang entre les jambes d'une femme aussi blonde que toi, ma belle. Me supplieras-tu d'avoir pitié de toi quand je t'obligerai à les écarter ?

Adrienna serra la main de la jeune femme en priant pour qu'elle continue de se taire, mais comme Sarah ne répondait pas, l'autre la jeta à terre et, se penchant sur elle :

— Peut-être devrais-je le faire tout de suite, hurla-t-il. Pendant que ton mari respire encore. Tes cris seront sans doute la dernière chose qu'il entendra de sa vie.

Sarah demeura immobile, les yeux fermés.

Adrienna leva les yeux vers les combattants en priant le ciel que William ne fasse rien qui puisse inciter Aryseeth à les tuer toutes les trois tout de suite. Le colosse se tenait au milieu de ses compagnons, immobile lui aussi, dardant sur Aryseeth un regard meurtrier. Adrienna vit les lèvres de Hugh bouger imperceptiblement pour murmurer quelque chose à son capitaine. Sans doute, songea-t-elle, l'exhortait-il à garder son calme.

— Lève-toi ! hurla l'odieux tortionnaire à l'adresse de Sarah.

Celle-ci obtempéra, et reprit sa place auprès d'Adrienna, dont elle saisit la main en tremblant.

— Pas de précipitation, souffla Aryseeth. Je ne voudrais pas que vous manquiez la suite des événements.

Incapable de détourner les yeux de la scène qui se jouait devant elle, Adrienna regarda avec horreur les cavaliers fondre sur Hugh et ses compagnons.

La poitrine serrée au point d'étouffer, elle sentit le souffle lui manquer brutalement, et au moment même où elle allait s'évanouir, incapable d'en supporter davantage, Elizabeth lui lâcha la main et, levant celle-ci en direction de l'horizon, s'écria :

— Regardez ! Regardez ! Dieu soit loué !

Un groupe d'une cinquantaine de cavaliers tenait toute la crête de la colline, sur la droite, et une oriflamme rouge flottait dans le vent au milieu d'eux. Quand l'homme qui le tenait dressé s'élança sur la pente abrupte, Hugh reconnut sur l'étendard le lion rampant symbole de la maison royale.

Adrienna tomba à genoux. Elle ne savait pas comment ni pourquoi ces hommes se trouvaient là, mais sur le moment, cela n'avait plus aucune importance. Si l'arrivée du roi Henry constituait un miracle, il n'y avait rien d'autre à faire que d'en remercier le ciel.

Sarah se tourna vers Aryseeth :

— Et maintenant, êtes-vous prêt à mettre un terme à ce massacre ? lui cria-t-elle.

L'autre leva la main pour la frapper, mais hésita en voyant William s'élancer vers lui en rugissant.

— Halte, cria-t-il à celui-ci en laissant retomber sa main.

William s'arrêta net, aussitôt rejoint par Hugh et Guy. Tous les trois s'avancèrent vers les femmes.

Pendant ce temps, Stefan fit mine de se diriger vers les tentes, mais n'eut pas le temps de faire deux pas que l'un des hommes d'Aryseeth l'attaquant par-derrière le tua net d'un coup d'épée entre les omoplates.

Adrienna s'effondra sur le sol, les mains en avant, et resta prostrée un long moment jusqu'à ce que la terre cesse de tourner autour d'elle.

Elizabeth s'évanouit une nouvelle fois.

— Elle est de nouveau enceinte, expliqua Guy en se précipitant vers elle.

Hugh aida Adrienna à se remettre debout et la prit dans ses bras.

— Etes-vous prête à regarder le soleil se coucher depuis la grotte, ma mie ?

— Oui, répondit-elle, le visage baigné de larmes, un sourire meurtri sur les lèvres.

Hugh leva les yeux vers le roi qui approchait sur son cheval.

— Il va certainement nous falloir attendre un peu pour cela, expliqua-t-il à Adrienna.

— Cela n'a pas d'importance, commenta-t-elle. Mais quoi qu'il advienne, je resterai à vos côtés.

— J'espère bien, répondit-il en la serrant tendrement.

Le roi s'arrêta devant eux et, appuyant une main sur sa cuisse :

— A-t-on vraiment besoin de mon aide ? s'enquit-il d'un ton affable.

Hugh inclina la tête en signe d'allégeance avant de pointer du doigt en direction d'Aryseeth.

— Oui, Sire. Il serait bon que Votre Majesté puisse

débarrasser le royaume de celui-ci et de ses semblables.

— C'est dans le domaine du possible, répondit Henry en faisant signe à quelques-uns de ses hommes d'armes d'approcher :

— Veillez à ce que lord Aryseeth et son escorte traversent la Manche sans délai et sans encombre, ordonna-t-il. Vous informerez mon épouse qu'ils sont partis pour… la France. Louis n'aura qu'à s'en occuper.

— Merci, Majesté, dit Hugh. Comment donc avez-vous fait pour savoir que nous avions besoin de votre aide ?

— Le comte de Hartford, ici présent, répondit Henry en jetant un regard à Guy, a eu la présence d'esprit de me faire parvenir une missive dès qu'il a appris que sa femme avait disparu. Quand j'ai eu vent moi-même de ce que mon hôte venait de prendre vers le nord avec sa troupe alors qu'il devait normalement se diriger vers le sud, il ne m'a pas fallu longtemps pour comprendre qu'il venait par ici, puisque le père de votre épouse vit dans cette contrée et que vos terres ne sont pas très loin non plus.

Le roi s'interrompit un instant puis, en lançant à Hugh un regard insistant :

— L'usage de la raison plutôt permet parfois d'obtenir de bien meilleurs résultats que la force, Wynnedom, affirma-t-il. Vous devriez y réfléchir à l'occasion.

Hugh n'eut d'autre choix que d'acquiescer de la tête.

— J'essaicrai, promit-il.

Le roi leva les yeux au ciel.

— Allons donc ! Vous n'en ferez rien, Hugh. Je vous connais. Puis-je partir à présent ?

Adrienna poussa un soupir de soulagement devant

l'évidente bonne humeur du roi et, posant la main sur la poitrine de son époux, répondit à sa place :

— Oui, milord, je vous promets de veiller à ce que le comte de Wynnedom se tienne tranquille jusqu'à ce qu'il comprenne la valeur de la raison et du bon sens.

— Je vous souhaite bonne chance, milady, répondit Henry en secouant légèrement ses rênes.

En passant devant Sarah, il hocha doucement la tête.

— Milady Rémy ? Quelle surprise de vous voir ici.

— C'est que je suis avec… mon époux, Majesté, répondit la jeune femme en rougissant et en prenant le bras de William.

— Votre époux ? répéta le roi en haussant les sourcils, visiblement incrédule.

— Oui, milord, insista William en se redressant devant son souverain. Je suis son mari, en effet.

— Voilà une position intéressante pour l'une des espionnes de ma femme, commenta le roi.

Adrienna resta bouche bée. Hugh, lui, secoua la tête, abasourdi. Ainsi, ils avaient deviné juste ! Ou presque : Sarah était bien loin d'être la ribaude pour laquelle elle se faisait passer, sans doute, mais jamais ils n'auraient pu imaginer le rôle qu'elle jouait auprès d'Aliénor.

A voir la tête que faisait William, elle allait devoir s'expliquer très bientôt là-dessus.

Henry s'adressa à Guy avant de s'éloigner :

— Ah, Hartford ! J'ai des nouvelles de votre fille…

Hugh pria le ciel pour qu'elles soient bonnes, mais pour l'heure, il ne pensait plus qu'à Adrienna.

— Allez-vous passer toute la nuit à cela ? grommela Hugh à l'adresse de la jeune femme, lassé qu'elle examine

ses blessures pour la troisième fois depuis leur arrivée dans la grotte.

— Non, répondit-elle en appliquant une nouvelle couche d'onguent sur une plaie qu'il avait dans le dos. Mais vous ne serez pas content si cela s'infecte.

— Peut-être pas, mais je le serais beaucoup plus si vous cessiez de vous inquiéter.

— Je ne peux pas m'en empêcher, répliqua la jeune femme avec un sourire. Il semble que c'est ce que je fais de mieux.

Hugh se retourna et l'attira sur ses genoux puis, lui ôtant sa chemise, vint blottir son visage entre ses seins frémissants.

— Non, ce n'est pas vrai. Il y a quelque chose d'autre que vous faites fort bien aussi.

— Hugh !

— Le soleil va bientôt se coucher, annonça-t-il en regardant du côté de la cascade.

— C'est ce que je vois.

— Je croyais que nous avions prévu quelque chose pour ce soir. N'avez-vous pas parlé de savourer les couleurs mordorées du couchant jouant sur ma peau pendant que nous ferions l'amour ?

Adrienna se tourna pour lui faire face et l'enfourcha en le fixant au fond des yeux.

— C'est possible. J'ai peut-être dit quelque chose comme cela…

Elle le sentait contre son ventre, dur et palpitant.

Avec un sourire, elle posa les mains sur les épaules de Hugh et le prit lentement en elle.

— Vous disiez ?

— Rien du tout, répondit-il en gémissant de plaisir tandis qu'elle cambrait davantage les reins à sa rencontre.

— Vraiment rien ?

— Un instant, lança-t-il en faisant glisser les jambes de la jeune femme vers l'avant tout en se redressant lui-même, pour inverser leur position.

Aussitôt, Adrienna noua les jambes autour de sa taille en s'agrippant à son cou.

Allongé sur elle, il prit appui sur ses coudes puis lui frôla les lèvres de sa bouche brûlante.

— C'est mieux ainsi, n'est-ce pas ?

Tremblante de désir, Adrienna leva les yeux vers le visage de son mari, nimbé de la lumière orangée du couchant, reflet du bonheur radieux qui lui enflammait le cœur.

— Oh oui, beaucoup mieux, mon amour. Beaucoup mieux !

Vous venez de découvrir Les feux de la passion, *l'histoire d'amour entre Hugh et Adrienna. Rendez-vous le 1er août prochain pour retrouver leurs amis, Guy et Elizabeth, dans le prochain roman de Denise Lynn à paraître dans la collection* Les Historiques.

A paraître le 1er août 2010

L'INCONNU AU REGARD DE JADE, ***de Ruth Langan - n°483***

Etats-Unis, 1876. Lorsqu'elle voit arriver un cow-boy blessé, tenant dans ses bras une fillette comanche, Clarté du Matin ne sait quelle attitude adopter. Cet étranger a beau avoir risqué sa vie pour un enfant de la tribu, il n'en reste pas moins un ennemi – un visage pâle. Pourtant, dès qu'elle croise son regard, elle est bouleversée. Ces yeux de jade, ce sont ceux de Dan Conway, le garçon qui lui a sauvé la vie, autrefois ! Un garçon devenu homme qui allume en Clarté du Matin le feu d'une passion interdite. Car résonne encore à ses oreilles la terrible mise en garde d'Ishatar, le sorcier : *le malheur coule dans les veines de cet homme ; si tu l'aimes, tu trahiras les tiens...*

LA PASSAGÈRE ET L'AVENTURIER, ***de Meriel Fuller - n°484***

Barfleur, 1135. Voyager en compagnie de Talvas de Boulogne, l'homme qui l'a offensée dès leur première rencontre ? Pour Emmeline, il n'y a pas pire épreuve... Pourtant, et bien qu'elle ne lui ait pas pardonné, elle doit ravaler sa fierté. Car, plus que jamais, elle a besoin de l'aide de ce rustre : si elle veut secourir sa sœur Sylvie, qui, après des mois de silence, l'implore de venir la chercher en Angleterre, elle n'a d'autre choix que de remettre son sort entre les mains de cet aventurier beau comme le diable. Le seul à pouvoir braver la tempête qui s'annonce...

LA VAGABONDE DES HIGHLANDS, ***de Joanna Maitland - n°485***

Angleterre et Ecosse, 1815. À la mort de ses parents, Cassie Elliott endure les cruautés de son demi-frère, James, un ivrogne et un joueur. Elle s'en accommode tant bien que mal jusqu'au jour où elle apprend qu'il compte régler ses dettes de jeu... en la mariant de force ! Dès lors, Cassie ne voit plus qu'une issue : fuir. Fuir, même si elle sait n'être pas armée pour affronter les dangers d'une vie d'errance. Livrée à elle-même, elle fait bientôt la rencontre de Ross Graham, séduisant capitaine qui, après qu'elle lui a confié son histoire, lui offre de la protéger. Une proposition inespérée, qui plonge Cassie dans la confusion : en dépit de ses airs chevaleresques, quelle contrepartie Ross Graham exigera-t-il d'elle en échange de sa protection ?

LE SERMENT TRAHI, ***de Denise Lynn - n°486***

Angleterre, 1171. Elizabeth est sous le choc. Guy de Hartford, son époux qu'elle croyait mort depuis sept ans, vient de réapparaître dans sa vie. Il n'est plus le même — son regard est plus dur et son corps porte le témoignage des épreuves qu'il a endurées —, mais Elizabeth voudrait pouvoir se réjouir de son retour. Hélas, seule l'appréhension habite son cœur : car comment Guy va-t-il réagir quand elle lui avouera qu'elle vient de mettre au monde un enfant, l'enfant d'un autre ? Un petit être innocent qu'Elizabeth a conçu par pur devoir, et sans imaginer une seconde qu'elle trahissait ainsi son serment d'épouse... Et risquait de perdre par là même, toute chance de retrouver la confiance et l'amour de Guy.

UNE AUDACIEUSE IMPOSTURE, ***de Catherine March - n°487***

Londres et Saint-Pétersbourg, 1876. Si elle avait écouté la voix de la raison, Alexandra Packard n'aurait jamais épousé le major Reid Bowen, le fiancé de sa sœur Georgia ! Certes, elle aurait pu tout révéler, au moment de dire « oui », devant l'autel, dissimulée par son voile de mariée. Or, étrangement, aucun mot n'a pu franchir ses lèvres. Parce qu'elle avait trop peur de dénoncer la folle escapade de Georgia, qui s'est enfuie avec un autre ? Ou plutôt par crainte de gâcher son propre rêve : épouser un jour l'un des plus beaux partis de Londres ?

A présent que la nuit de noces approche, sur ce bateau qui les emmène, son mari et elle, vers Saint-Pétersbourg, Alexandra redoute l'instant fatidique où Reid découvrira la supercherie...

L'ENFANT DE L'ESPOIR, ***de K. Albright - n°488***

Etats-Unis, 1836. En rejoignant Brandon Dumont au Texas où il s'est engagé dans l'armée, Caroline tente le tout pour le tout : Brandon l'a quittée sur un malentendu quelques jours avant leur mariage, après qu'elle a embrassé son frère Jake à la suite d'un pari stupide. Aujourd'hui, elle doit lui faire comprendre qu'il s'est trompé et qu'elle l'aime. Et surtout, elle s'apprête à lui avouer qu'elle porte son enfant. Mais au lieu du beau médecin dont elle est tombée amoureuse, c'est un tout autre Brandon qu'elle retrouve : un homme brisé par la guerre, persuadé de ne plus pouvoir aimer...

30 € à gagner !

Répondez à notre grande enquête et
gagnez peut-être un bon cadeau de 30 €*

- 1 livre GRATUIT offert aux 1000 premières réponses -

1/ Quels sont vos critères d'appréciation de la collection Les Historiques ?
(5 pour très bon - 1 pour mauvais)

- Intensité du conflit amoureux ☐
- Personnalité des héros ☐
- Epoque historique ☐
- Rythme de l'histoire ☐
- Sensualité ☐
- Auteur ☐
- Image de couverture ☐

2/ Quelles sont les époques historiques que vous préférez ?
(3 choix possibles - 1 étant votre choix n°1)

- Moyen-Age ☐
- Rome Antique ☐
- Renaissance ☐
- Régence anglaise ☐
- 19e siècle/Amériques ☐
- Début 20e siècle ☐

3/ Dans la collection Les Historiques, préférez-vous des romans qui se déroulent : (3 choix possibles - 1 étant votre choix n°1)

En Angleterre ☐ En Russie ☐ En Italie ☐ En Amérique ☐
En Ecosse ☐ En France ☐ En Irlande ☐

4/ Quel type de romans, aimez-vous trouver dans Les Historiques ?
(3 choix possibles - 1 étant votre choix n°1)

- Des romans de corsaire ☐
- Des romans exotiques ☐
- Des westerns ☐
- Des romans de chevalerie ☐
- Des romans de cour ☐

5/ Sélectionnez vos 3 thèmes préférés dans la collection Les Historiques
(1 étant votre choix n°1)

- Mariage forcé ☐
- Secret à la cour ☐
- Saga/trilogie ☐
- Mésalliance ☐
- Héritage ☐
- Enfant secret ☐
- Fausse identité ☐
- Vengeance ☐
- Retrouvailles ☐
- Enlèvement ☐

HIST1

6/ Qu'aimeriez-vous trouver plus souvent dans les romans de la collection Les Historiques ?

	Oui	Non
- Plus de sensualité	☐	☐
- Plus d'intensité dans le conflit amoureux	☐	☐
- Plus de divérsité dans les époques	☐	☐
- Plus de rythmes dans les histoires	☐	☐
- Plus d'histoires avec des enfants	☐	☐

- Autre : ....

7/ Globalement, quelle note sur 10 attribueriez-vous à la collection Les Historiques ?

|_|_|

8/ Si vous n'avez pas aimé certains romans de la collection Les Historiques diriez-vous que c'est à cause de :

- Epoque à laquelle se déroule l'histoire ☐
- Lieu où se déroule l'histoire ☐
- Personnage (leur caractère, leur passé) ☐
- Manque de sensualité ☐
- Manque d'intensité ☐
- Rythme de l'histoire un peu lent ☐
- Autre : ....

9/ Parmi ces auteurs, lesquels aimez-vous lire dans la collection Les Historiques :

	J'aime	Je n'aime pas	Je ne connais pas
- Elizabeth Lane	☐	☐	☐
- Michelle Willingham	☐	☐	☐
- Ruth Langan	☐	☐	☐
- Georgette Heyer	☐	☐	☐
- Suzanne Barclay	☐	☐	☐
- Sophia James	☐	☐	☐
- Juliet Landon	☐	☐	☐
- Helen Dickson	☐	☐	☐
- Joanne Rock	☐	☐	☐
- Louise Allen	☐	☐	☐

Autre : ....

10 Selon vous, les couvertures Les Historiques sont :

☐ Très bien ☐ Bien ☐ Assez bien
☐ Passable ☐ Je ne les aime pas du tout

Pourquoi ? ....

11/ Selon vous, ces couvertures sont suffisament :

	D'accord	Moyennement d'accord	Pas d'accord
- Historiques	☐	☐	☐
- Sensuelles	☐	☐	☐
- Attirantes	☐	☐	☐
- Le reflet du roman	☐	☐	☐
- Modernes	☐	☐	☐

12/ Si vous deviez changer quelque chose sur les couvertures Les Historiques, que changeriez-vous en priorité ?

- Les illustrations ☐ - Le sceau ☐ - L'ensemble ☐

Autre : ....

13/ Sélectionnez vos 5 critères d'achat de la collection Les Historiques et classez-les de 1 à 5 (1 étant le premier)

- L'intensité du conflit amoureux	⌴	- L'image de la couverture	⌴
- Le résumé au dos du livre	⌴	- La passion	⌴
- L'auteur	⌴	- L'émotion	⌴
- Le titre	⌴	- La marque	⌴
- L'époque	⌴	- Le prix	⌴
- Le lieu	⌴	- La pagination	⌴

14/ Concernant la collection Les Historiques que vous venez d'acheter...

- J'achète tous les livres chaque mois ☐
- J'achète une sélection de livres chaque mois ☐
- Je l'achète occasionnellement ☐

15/ Avez-vous acheté un livre de l'une de ces collections au cours des 6 derniers mois ?

☐ Azur	☐ Audace	☐ Horizon	☐ Blanche
☐ Nocturne	☐ Best-Sellers	☐ Les Historiques	☐ Prélud'
☐ Black Rose	☐ Passions	☐ Red Dress Ink	☐ Spicy
☐ Mira	☐ Jade	☐ Aventures et Passions	
☐ Passion intense	☐ Barbara Cartland		

Autre : ....

16/ Etes-vous abonnée à l'une des collections Harlequin ?

Si oui, laquelle ? ....

Non, je l'ai été mais j'ai arrêté ☐

Non, je ne l'ai jamais été ☐

17/ Utilisez-vous un site Internet pour rechercher des informations avant d'acheter en magasin ?

Oui ☐ Non ☐

Si oui, lequel / lesquels ?

Harlequin.fr ☐ Fnac.com ☐ Amazon.fr ☐ Autre ☐

HIST3

M. ☐ **Mme** ☐ **Mlle** ☐
Nom : .... Prénom : ....
Adresse : ....
Code Postal : .... Ville : ....
Date de naissance : ....
E-mail : ______________________________@________________

☐ Oui, je souhaite être tenue informée des offres promotionnelles des Editions Harlequin
☐ Oui, je souhaite recevoir les offres promotionnelles des partenaires des Editions Harlequin

Quelle est votre profession ?

☐ Agriculteur
☐ Artisan, commerçant, chef d'entreprise
☐ Cadre et profession libérale
☐ Profession intermédiaire
☐ Employée ☐ Ouvrier
☐ Retraitée ☐ Inactive

Quelle est la profession du chef de famille ?

☐ Agriculteur
☐ Artisan, commerçant, chef d'entreprise
☐ Cadre et profession libérale
☐ Profession intermédiaire
☐ Employé ☐ Ouvrier
☐ Retraité ☐ Inactif

* Un tirage au sort désignera les 20 gagnants d'un bon cadeau de 30 €
(soit 45 SFr pour les gagnants suisses)

Merci de retourner le questionnaire complet au plus tard le 31/08/2010
sous enveloppe affranchie à l'adresse suivante :
Editions Harlequin – service Marketing
Grande enquête Harlequin
83/85 bd Vincent Auriol
75646 Paris cedex 13

Extrait du règlement :
La société HARLEQUIN organise un jeu-questionnaire intitulé « Grande enquête Harlequin» du 1er avril 2010 au 31 aout 2010 qui accompagnera les livres mis en vente. Il est gratuit et sans obligation d'achat, et ouvert à toute personne physique majeure résidant en France métropolitaine (Corse comprise), à Monaco, dans les DOM-TOM, en Suisse et en Belgique. La réponse est possible sur papier libre ou en demandant un exemplaire du jeu-questionnaire au service lectrices au 01 45 82 47 47 ou à l'adresse du jeu.
Un livre d'une valeur commerciale unitaire de 6,30€ sera offert aux mille (1000) premières personnes ayant répondu à la grande enquête Harlequin dans toutes les collections concernées. Les vingt (20) personnes tirées au sort se verront attribuer un chèque cadeau d'une valeur de 30€ (soit 45SFr). Les lots seront envoyés par la Poste dans le délai d'un mois après la clôture du jeu.
Pour participer, les candidats doivent avoir répondu au questionnaire et le renvoyer à la Société Harlequin à l'adresse suivante : Editions Harlequin – service marketing 83/85 bd Vincent Auriol 75646 Paris Cedex 13.
La participation au jeu-questionnaire entraîne l'acceptation pleine et entière du règlement déposé chez Maîtres Gaultier et Mazure, Huissiers de justice, 51, rue Sainte Anne, 75002 Paris.
Le règlement est adressé à titre gratuit à toute personne en faisant la demande à : Société Harlequin 83-85 boulevard Vincent Auriol 75013 Paris. Timbre remboursé sur demande au tarif lent.

Loi informatiques et libertés
Pour vous offrir le meilleur service, vos noms et adresses seront enregistrés dans notre fichier clientèle. Conformément à la loi Informatique et libertés du 6 janvier 1978,vous disposez d'un droit d'accès et de rectification aux données personnelles vous concernant. Par notre intermédiaire, vous pouvez être amenée à recevoir des propositions d'autres entreprises.
Si vous ne le souhaitez pas, il vous suffit de nous écrire en nous indiquant vos nom, prénom et adresse à :
Service Lectrices Harlequin BP 20008 59718 LILLE Cedex 9.

Composé et édité par les
éditions Harlequin
Achevé d'imprimer en mai 2010

CPI
Bussière

à Saint-Amand-Montrond (Cher)
Dépôt légal : juin 2010
N° d'imprimeur : 100289 — N° d'éditeur : 14970

Imprimé en France

EDI 2200 - Encart Les Historiques juin 2010

DÉTACHEZ SELON LES POINTILLÉS ET POSTEZ AUJOURD'HUI MÊME.

❐ **Oui,** envoyez-moi mes 2 romans **Les Historiques gratuits** et mes **2 cadeaux surprise**. Les frais de port me sont offerts.

J'accepte de recevoir ensuite chaque mois 3 livres de la collection Les Historiques, simplement en consultation, au prix exceptionnel de 5,65 € le volume (au lieu de 5,95 €), auxquels viennent s'ajouter 2,80 € de participation aux frais de port. Je n'ai aucune obligation d'achat et je peux retourner les livres, frais de port à ma charge, sans rien vous devoir, ou annuler tout envoi futur, à ma guise. Il en sera ainsi tous les mois tant que je le voudrai. **Dans tous les cas, je conserverai mes cadeaux.**

N° ABONNÉE (SI VOUS EN AVEZ UN) ⎵ ⎵⎵⎵⎵⎵⎵⎵

❐ Mme ❐ Mlle

NOM .... PRÉNOM ....

ADRESSE...

.... CP ⎵⎵⎵⎵⎵

VILLE ....

N° DE TÉLÉPHONE ⎵⎵⎵⎵⎵⎵⎵⎵⎵⎵

DATE DE NAISSANCE ....

EMAIL ....

Offre valable jusqu'au 31/12/2010. Vous recevrez votre colis 20 jours environ après réception de cette carte.

HFØEØ1

❐ Oui, je souhaite recevoir les offres promotionnelles des Éditions Harlequin par e-mail.

❐ Oui, je souhaite recevoir les offres promotionnelles des partenaires des Éditions Harlequin par e-mail.

Cette offre – soumise à acceptation - est valable en France métropolitaine uniquement jusqu'au 31 décembre 2010 à raison d'une demande par foyer. Prix susceptibles de changement. Réservé aux lectrices de plus de 18 ans qui n'ont pas encore demandé de livres gratuits. Photos non contractuelles. Conformément à la loi Informatique et Liberté du 6 janvier 1978, vous disposez d'un droit d'accès et de rectification aux données personnelles vous concernant en vous adressant au : Service Lectrices Harlequin – BP 20008 - 59718 Lille cedex 9. Les informations demandées sont nécessaires à la gestion de votre commande et le suivi de la relation commerciale. Si vous ne souhaitez pas recevoir nos offres promotionnelles, cochez ci-contre ☐ Y. Par notre intermédiaire, vous pouvez être amenée à recevoir des propositions commerciales de nos partenaires. Si vous ne le souhaitez pas, cochez ci-contre ☐ O.

ECOPLI T

20 g
Validité permanente

HARLEQUIN
AUTORISATION 59031
59789 LILLE CEDEX 9

Décrochez le Jackpot !

Grattez les 3 cases dorées

J'ai gagné
2 romans Les Historiques gratuits

J'ai gagné
2 cadeaux

J'ai gagné
2 romans Les Historiques gratuits
+ 2 cadeaux !

Bravo ! Pour recevoir vos cadeaux, retournez-nous vite votre coupon complété au dos